[口]

我们专注图书　我们追求精彩

外国文学名著

施尼茨勒中短篇小说选

[奥]施尼茨勒 __著
高中甫 __译

中国画报出版社·北京

图书在版编目（CIP）数据

施尼茨勒中短篇小说选 /（奥）施尼茨勒著；高中甫译. -- 北京：中国画报出版社，2017.7
（中画译典）
ISBN 978-7-5146-1518-0

Ⅰ.①施… Ⅱ.①施… ②高… Ⅲ.①中篇小说—小说集—奥地利—现代②短篇小说—小说集—奥地利—现代 Ⅳ.①I521.45

中国版本图书馆CIP数据核字（2017）第136220号

施尼茨勒中短篇小说选
[奥]施尼茨勒 著　高中甫 译

出 版 人：于九涛
责任编辑：吕　微
责任印制：焦　洋

出版发行：中国画报出版社
地　　址：中国北京市海淀区车公庄西路33号　邮编：100048
发 行 部：010-68469781　010-68414683（传真）
总编室兼传真：010-88417359　版权部：010-88417359

开　本：32开（880mm×1230mm）
印　张：10.75
字　数：234千字
版　次：2017年7月第1版　2017年7月第1次印刷
印　刷：北京艺堂印刷有限公司
书　号：ISBN 978-7-5146-1518-0
定　价：33.00元

目录

001/ 译者序

001/ 梦的故事

083/ 古斯特少尉

119/ 埃尔瑟小姐

189/ 死者无语

209/ 鳏夫

221/ 另一个男人

229/ 附录

241/ 轮舞

译者序

奥地利文学是德语文学的一个不可或缺的组成部分，它与德国文学相互影响，相互融合，但在有别于德国的政治、经济和文化环境中，形成了自己相对独立的特点和走向，自中世纪以来，在每一个文学时期都涌现了一批具有代表性的出色作家。进入19世纪和20世纪交替时代，奥地利文学进入一个前所未有的繁荣时期，出现了一批在德语文学、在欧洲文学，乃至在世界文坛都享有盛誉的作家、诗人、剧作家。他们是奥地利文学现代化的开拓者，无论是审美情趣、艺术风格、表现手法都开创了文学上的一股新风；他们扬弃了上一辈的文学传统，使自己融入了欧洲现代文艺思潮之中。

在这一批奥地利现代派文学的精英中，阿图尔·施尼茨勒是其中一位佼佼者。他的一些代表性的戏剧和小说充分体现了现代派文学之新，在题材的撷取上，在叙事的技巧上，在表现方式上，在艺术构思上所取得的成就，使他享有奥地利现代之父的盛誉。

施尼茨勒1862年生于维也纳一个犹太人之家，父亲是一名孚有众望的医生；他在中学毕业后进入维也纳医科大学学医，取得博士学位后在医院做助理医生，后随精神病学教授台迈纳特做助手，开始对精神病学产生兴趣。1880年，还在大学时，时年18岁的他就开始在杂志上发表文学作品。19世纪80年代末，他在父亲开办的医院里做助理医生，他的专业是喉科；那时他任父亲主办的《国际临床动态》杂志的编辑，在这份杂志上发表了一篇有关催眠术和意识感应治疗的医学论文。在此同时他仍不忘情于文学创作，完成了一些短篇小说和戏剧，本集中所选择的《另一个男人》即发表于1889年。

已过而立之年的施尼茨勒，1893年在父亲逝世后自己开办了一家诊所，虽然他对行医感到厌倦——他对精神病学的兴趣不减——但戏剧、文学创作是他的追求。他清楚地感到自己的艺术家的天性。一直在医学和文学之间徘徊不定的施尼茨勒，在1890年做出了最终的抉择，确定了他的人生走向：戏剧和文学创作。他对人的精神世界的观察和思考的兴趣远浓于对人的躯体的诊断和治疗。在此之前，他发表了多部戏剧、小说和诗歌，已在文坛上博得了名声；在此之后他结识了胡果·霍夫曼斯塔尔（1874—1929）、毕尔·霍夫曼（1866—1945）、海尔曼·巴尔（1863—1934）等人，这一批同时代人经常在咖啡馆聚会，形成了一个松散的文学团体，这即是领一代风骚的"青年维也纳"。以作家更以文艺理论家著称的巴尔，他的一些代表性文论为"青年维也纳"产生和发展提供了理论上的支撑，提出了维也纳现代文学的诉求。他在《对现代派批评的研究》一文中写道："这些年轻人不知道说什么。他们没有形式。他们没有纲领。他们没有美学。他们只是一直在重复说，他们要现代化……"这种现代化就是对时下流行的写实主义、自然主义的克服，是文学创新之路的探索。世纪交替时期，哲学家马赫提出的感觉复合论，认为人的感觉是心理、生理和感情的诸多成分的混合，人是一个相对的复合体，始终处于变化之中；弗洛伊德的精神分析学的建立，提出了心理动力、深度心理、自由联想等观点；还有作为一种新的旨在探索人与人之间、群体与群体之间的相互关系和影响的社会学的出现，无不为维也纳现代派作家，开拓了视野，加深了思想的深度，提供了充足的营养，增强了他们探索和创新的欲望。

施尼茨勒就是在这种文化思潮和文学氛围中进入他创作的活跃期，在戏剧和小说创作的创新上取得令人瞩目的成就。他的戏剧《阿纳托尔》（1893）和《轮舞》（1896—1897）可称之为场景系列剧（Scenenreihe），是一种既独立也相互联系的独幕剧系列。这是世界戏剧史上的一种创新，它不仅形式新颖，更淋漓尽致地展现出了奥匈帝国晚期弥漫整个社会的颓废和世纪末的情绪。在小说创作上，他是德语文学中第一个使用"内心独白"，即意识流技巧的作家。

施尼茨勒一生共写了60余篇小说，其中包括一部长篇《通向旷野之路》。在本集里我选择了他著名的四个中篇，以及两个早期创作的短篇。它们虽不能代表他的整体，但我们从中可以一窥作者小说创作之全豹。

《梦的故事》是作者晚年的一部力作，掩卷之后读者都不由自主地想起"假作真时真亦假"这句诗。一对青年夫妇，丈夫经历了一场不忠于妻子的梦幻般的情爱的险遇，而妻子阿尔伯丁娜做了一个背叛丈夫的绮梦。梦邪？真邪？噩梦醒来，俩人都从弗洛伊德的"快乐原则"回归到"现实原则"，生活又重新步入正轨。《古斯特少尉》和《埃尔瑟小姐》，也包括《死者无语》，都是以"内心独白"的技巧写成的。《古斯特少尉》写的是一个自认为自己作为军人的荣誉受了伤害的军官，细腻地描绘了他从深夜到清晨几个小时间不断变化着的心理状态和意识的流动。围绕着用自杀来挽救荣誉的念头，他像一个梦游者在马路上徜徉，像一个梦呓者在"自由联想"，最终他得知那个侮辱他的人中风死去，他得到了解脱，他可以活下去了。《埃尔瑟小姐》是作者晚期的名作，被拍成电影，被改编成戏剧。少女埃尔瑟随富有的姨妈旅游，突然接到母亲的电报、急信，要求急筹三万古尔盾，否则父亲会因还赌债侵吞被监护人财产而面临入狱的危险。母亲要她向父亲的一个朋友，当时也在同一游览胜地的古董商道斯戴借钱，可他却要以她裸露全身供他欣赏为代价。她陷入恐惧和焦虑之中，可就在这时她又接到母亲的电报：数目不是三万而是五万。她的精神崩溃了，在神志错乱之中，外披大衣，内里一丝不挂，在大庭广众下，裸露全身，随即晕厥过去，苏醒后服药自尽。《死者无语》写了一个有夫之妇与情人幽会的故事。傍晚俩人乘马车前往郊区僻静地，途中出了车祸，情人死去。这偶发的事件令她精神失衡。在马车夫去邻近村镇求助时，她为避免丑闻惹身，潜行返家；噩梦般的经历令她魂不守舍，她不断苛责自己，更不断为自己解脱。她为自己找到了理由，意识中一直挥之不去：死人是不会说话的。这便是这四个中篇的故事梗概。

《梦的故事》径直描写了女主人公的梦，在其他三个中篇里，主人公也无一不处在白日梦的状态。他们的行为像是梦游，他们的内心独白像似梦呓。梦是什么？对于我们常人来说，梦是入睡后脑中出现的表象活动，是最为自由的胡思乱想；对精神分析家而言，梦是下意识的本能的一种无意识的表白；而对作家来说，梦是展示人物内心世界的一种手段。弗洛伊德称"梦是希望的一种满足"，英国著名的作家和医生哈·艾利斯说得更为精确，他称"梦使人摆脱道德上的自我约束，而看到自我情感生活的原形"。阿尔伯丁娜、埃尔瑟小姐、古斯特少尉，还有《死者无语》的爱玛，无论是做真梦还是白日梦，都是他们愿望的一种外化，都是他们潜意识中欲望的一种宣泄。这里我们不由自主地想到汤显祖《牡丹亭》中的杜丽娘。

霍夫曼斯塔尔在读了《古斯特少尉》后，在写给作者的信中赞誉道："……《古斯特少尉》叙述得那么好……这在德意志文学中确实是一种您创造的特有的种类。"（1929年6月3日）施尼茨勒第一次把"内心独白"，即意识流的创作技巧引入德语文学，他虽稍晚于1887年法国作家杜·维尔丹，却早于爱尔兰作家乔伊斯运用这种文学表现手法。这种"内心独白"为作者提供了充分的时间和空间去细致地展示人物在特定精神状态下，即在精神失衡或者在崩溃的状态下的内心世界和意识的活动。在精神受到严重打击和挫折时，那些潜伏的被压抑的深层意识在外界诱发下便失去了控制，以各种形式释放出来，产生了自由联想。有如白日梦一样，它有自己的时空观，即如弗洛伊德称之为的心理时间，我们也可以补充上一个"心理空间"。在《古斯特少尉》和《埃尔瑟小姐》中读者可以明显觉察到主人公的内心独白中的时间倒错、无序，空间的混乱、跳跃。也正是由于主人公处于精神失常状态，就必然经常耽入幻想而出现幻觉，古斯特少尉做出不得不自杀的决定后自由联想中出现的种种幻境，埃尔瑟在接到母亲第二封急信后，精神崩溃中出现的种种幻象，它们虽然虚幻，却是一种"心理上的真实"。他们用幻想表达了可望而不可即的愿望。施尼茨勒通过内心独白的技巧令人赞叹地、精确地描绘了人的内心世界和意识流动，这使弗洛伊德由衷地叹服，他在致作者六十岁生日的贺信中写道："每当我专心致志于您那美妙的作品时，我总是相信在那诗意的表象后面找到了同样的假设，同样的兴趣和同样的结果，熟悉得如我自己的一样。"他把施尼茨勒称为自己的"双影人"。弗洛伊德在精神分析科学上所探索的也正是施尼茨勒用文学手段所描绘的，同是人的幽暗的精神世界。

施尼茨勒在戏剧和小说创作上所取得的卓越成就为他赢得了极大的声誉。他多次被授予各种文学奖项，任国际笔会奥地利分会主席，六十岁生日时，德语国家有26家大剧院同时上演他的剧作。还要着重提及的是，已确定授予他和另一位奥地利作家阿尔敦伯格1914年的诺贝尔文学奖，但由于第一次世界大战爆发这届文学奖的评选被迫中断。

施尼茨勒这个名字对我们中国读者也并不陌生，早在上个世纪20年代末，作者还在世时，他的个别作品就被译介进来，如《阿纳托尔》《循环舞》（即《轮舞》）等。到40年代末，他的一些代表性的戏剧和小说相继被译成中文，且译者多系中国文坛的名家，如茅盾、田汉、刘大杰、郭绍虞、施蛰存等人，其中施蛰存着力较多，且其本人的文学创作也受其影响。施尼茨勒的作品在俄国十月革命前后在苏俄拥有大量读者，出版了他的全集，但在20世纪30年代他被冠上一顶资本主义颓废派的帽子，遭到封杀；其影响在50至70年代的中国不言而喻。直到80年代，施尼茨勒的作品在中国又陆续翻译出版。

  这序言写得稍长了些，我在翻阅相关资料时，还发现了托马斯·曼1912年在《水星》杂志上发表的一篇谈及施尼茨勒的文章，他写道："他的男子汉世界和对人的认识，他的问题（Probleme）具有的魅力，他的风格的优美纯净和温文尔雅，他的高尚和坚定的鉴赏文化——这使他毕生都在谬误和失败面前得到保护，他的细腻和坚强的悟性，生动的穿插（Episodic），他的戏剧中展现出小说般的情景交融，他的小说艺术的精心和引人入胜的形式，且和蔼可亲毫不专擅强加于人，抗拒所有敌视人类的僵化，至佳，源出自他所形成这一切的那种人品的魔力……"这是一种高度的概括，我将它译出附在这里，也以此来结束这篇序言。

高中甫
2014年4月

梦的故事

1

"二十四个褐色的奴隶在划一只华丽的帆桨大型战船,朝向卡里夫的王宫驶去。阿米基亚德王子身披紫色罩袍,他孤零零一个人躺在甲板上。夜空深蓝,群星密布,王子的目光……"

小姑娘直到现在都在大声地朗读,可几乎是突然间闭上了双眼。双亲相互望了一眼,泛起微笑,弗里多林朝她俯下身子,吻了吻她金色的头发,合上了书,放到还没有整理过的桌子上。孩子像做错了事被当场捉住似的,望了望他。

"九点了,"父亲说,"该去睡觉了。"这时阿尔伯丁娜也朝孩子俯下身来,双亲的手在孩子的圆润可爱的额头上碰到一起,他们都微微一笑,这微笑不再是仅对孩子的,他俩的目光相遇。女仆走了进来,提醒孩子向双亲道声晚安;她服从地起身,把小嘴唇送给父亲和母亲去吻,随后安静地被女仆带出了房间。但弗里多林和阿尔伯丁娜要单独地在吊灯的红色光亮中留下来,他们要把晚饭前突然开始谈起的话题继续下去:参加昨晚的那次化装舞会上的经历。

这是今年他们的第一次节日化装舞会,恰恰还是在狂欢节结束之前他们决定参加的一场舞会。弗里多林刚一踏入大厅,他像是一个苦等方至的朋友,立即就被两个脸上戴红色面具的人拉了过去。他对这两个人一无所知,可她们对他大学期间和从医时代的各式各样惹眼的事情知根知底。她们热情友好地把他邀入一个包厢,随后做下了许诺,很快就会返回来,而且除掉面具。她们离开包厢,但很长时间都没有返回,他变得不耐烦起来,于是前往大厅,希望能重新遇到那两个可疑的人。他费力地四下巡视,但却没有看到她们;代替她们的却是另外的一个女人意外地挽住了他的胳膊:他的妻子,她刚好离开了一个陌生的人,此人忧郁感伤故作高雅,说话明显有波兰人的重音,倒是令人颇有好感,可一开始他就突然地脱口说了句令人意想不到的混账话,使她受到伤害,甚至是吓坏了她。现在丈夫和妻子坐在一起,十分高兴都摆脱了一场令人失望的庸俗不堪的假面游戏。不久,他俩就像一对恋人一样,置身其他相爱的情侣中间,在冷餐自助间吃牡蛎,喝香槟,相谈甚欢,好像这是他们之间的第一次结识似的,进入一场大献殷勤、欲拒还迎、诱惑引逗、允诺顺从的喜剧。随后他们乘车穿过白色的冬日夜晚快速回到家里,拥抱在一起,好长一段时间了,他们没有体验过如此炽烈的爱的愉悦了。一个灰色的清晨过早地唤醒了他们,丈夫的工作要求他很早就要出现在病床前面,家事和母亲的义务让阿尔伯丁娜几乎得不到较长时间的休息。时间在日常的义务和工作中变得刻板平淡,且都预定下来。刚过去的一夜,开始和结束一样,变得苍白;现在,两项当日的工作已经完成,孩子已经睡觉,没有任何一种干扰来影响他们了。这时,化装舞会上那些影子般的形象,多愁善感的陌生人和戴红色面具的两个人又都升起,变得栩栩如生;那些微不足道的经历一下子被转瞬即逝的虚幻之光魔法般和令人痛苦地环来绕去。善意的和确是意在言外的问题,狡黠的模棱两可的回答不断地翻来覆去。两人没有一个愿意离之而去,两者之中没有一人退让,都指出错在对方,他们都感到这是在进行一种温和的复仇。他们夸大了他们在化装舞会上邂逅的陌生人对他们的吸引力,他们嘲笑彼此让对方觉察到的忌妒,拒绝自己有忌妒之心。可从这场有关昨夜毫无价值可言的艳遇交谈中,虽是轻松的,他们却进入一场严肃的谈话,涉及那种隐藏起来,几乎预料不到的愿望,它可以搅浑最清澈和最纯洁的灵魂,能卷起一种危险的旋涡。他们谈及私密的领域,几乎感觉不到对这个领域有什么渴望,这种难以把握的命运之风能把他们带往何处,或许只是在梦里。他们完全是性情中人,属于情感和官能性类型的。他们知道,昨天并不是他们第一次触及的一丝冒险、自由和危险的气息。恐惧,自我折磨,一种不体面的好奇,他们试图诱使一个人向另一个坦白,畏葸的更密切的相互靠近,每一个人都在探究某一件事,去思考某一次经历,它是那样无足轻重,它是如此微不足道,闭口不说就是一种表达,对某一件事的真正的忏悔,或许就能把他们从一种紧张和猜疑中解救出来。它已经开始变得不能忍受了。阿尔伯丁娜,尽管她是两人之中更没有耐心的,是诚实的或是善良的,她首先找到一种公开宣告的勇气;她的声音显得有些游移,她问弗里多林,他是否记起那个年轻人,他在上一个夏天的一个晚上坐在丹麦的海滨与两个军官坐在邻桌就餐,就在晚餐期间他收到一封电报,随即匆忙地告别他的朋友离席而去。

弗里多林点了点头。"这个人怎么啦?"他问道。

"我在清晨就见过他,"阿尔伯丁娜回答说,"当时他正好带着他的黄色提包匆忙地上楼。他匆匆地扫了我一眼,但刚登上比我高一两个台阶时,他就停了下来,朝我转过身来,我们的目光相遇。他没有微笑,我更觉得他的面孔阴沉,我的情况大概相似,因为我从没有这样激动过。我一整天梦幻般地躺在海滨。如果他喊我的话——我认为我会做的——我不能反抗。我相信我已经准备一切了。你,孩子,我的未来,都献出去,我相信就像做出决定一样,并且同时——你懂得我的意思吗?——你对我比什么都更珍贵。恰恰在这个下午,你一定还能记起来,碰巧的是,我们是那样亲昵地无所不谈。也谈到了我们共同的未来,也谈到了孩子,好长时间以来都不再这样了。日落时我们坐在露台上,你和我,这时他在下边的海滨经过,没有朝上看,我很高兴看到他了。我摸着你的额头,吻着你的头发,在我对你的爱中,同时有许多痛苦的怜悯。晚间我很美,你本人当时就对我这样说的,我腰带上挂了一朵白色的玫瑰花。这个陌生人与他的朋友坐在我们的近旁,这也不是一种偶然。他没有望向我,但是我却起了玩把游戏的念头,于是站了起来,走到他的桌旁,问他:'我在这儿,我在等待着,我的情人——带我走。'在这一瞬间有人给他带来一封电报,他在读,面色煞白,向身旁两位军官中年轻的那位耳语了几句话,面带一种谜一样的目光睃了我一眼,离开了大厅。"

"然后呢?"当她沉默时,弗里多林问了一句,声音干巴巴的。

"没有什么可讲的了。我只知道,翌日清晨我醒来时,怀有某种恐惧不安——尽管此前,他已经动身了,或者此前,他还在这儿——这我不知道，那个时候我也不知道。可到中午他也没有出现时，我呼出了一口气。不要再问了，弗里多林，我已告诉你了全部真相——并且你在那海滨也经历了点什么——我知道的。"

弗里多林站起身，在房间踱步少许，随后他说："你说得对。"他站到窗前，脸在暗中。"早晨，"他开始说，声音显得模糊不清，并带有某些敌意，"有些时候，我在你起床之前很早就外出了，通常都是沿着海岸散步，经过那个地方；虽说是很早，太阳在海面上却已很亮很强了。那儿的外围海滨有一些小型的别墅，你是知道的，它们自成一个小世界，有些带有围起来的小花园，有些也只是掩映在森林里，那些洗浴小屋，借助一条公路和一段海滨与别墅分离开来。在那么早的时间里我没有遇到什么人，从来没有看到浴客。可这天清晨，我却突然看到一个女人，她先还是隐约不清，站在沙滩中架起的一间洗浴小屋的露台上，一只脚放在另一只脚前面，手臂伸开身贴紧木墙，小心翼翼地往前移动。这是一个非常年轻，也许只有十五岁的姑娘，一头松散开来的金发垂落双肩，在一侧覆盖住柔软的胸部。姑娘看着前方，俯视水面，慢慢地沿着墙壁继续滑动，目光垂向另一个角落，突然间她径直地与我面对面。她用双臂紧抓向身后，好像要与它们贴得更紧似的。她抬起目光突然间看见了我。她全身颤抖了一下，仿佛要坠落下来或者逃避一样。可由于踏板狭窄，她只是非常缓慢地继续移动，她决定停下来——她站在那儿，先是面现一种惊恐，随即是一种愤怒，最后是一种尴尬的表情。但突然间她微笑起来，笑得令人感到奇怪；这是一种致意，是的，是从她目光中传达出的一种问候——同时是一种轻微的嘲弄，面带这样的嘲弄，她完全是匆匆地用她的双脚掠过把我与她分离开来的水面。随后她高高地伸直了年轻窈窕的身躯,为她的美貌感到快乐。很容易就看得出来,她感觉到我目光中的惊艳,激起骄傲和甜蜜的感觉。我们就这样面对面站在那里,或许有十分钟之久,都嘴唇半开,双眼闪光。我不由自主地向她伸开了我的双臂,在她的目光里是献身和喜悦。但她骤然间剧烈地摇动头部,松开扶在墙上的一只手,命令式地表示,我该离开;当我表示并不想立即服从时,于她那儿童的眼睛中流露出一种请求,一种乞求,这使我除了转身离开没有其他选择。于是我便尽可能快地重新走我的路。我一次也没有去寻找她,不是因为顾虑、服从、骑士风度,而是因为,我在她最后的目光中察觉到了这样一种超越所有经历过的感动,这使我陷入一种近于软瘫无力的状态。"他沉默下来。

阿尔伯丁娜目光前视,语调平淡,她问道:"事后你还经常去走这一条路吗?"

"我刚才给你讲的,"弗里多林回答道,"就是我们逗留丹麦的最后一天偶然发生的。我也不知道,在另外的情况下会是什么样子。你也不要再问了,阿尔伯丁娜。"

他还一直站在窗前,一动不动。阿尔伯丁娜抬起身来,走近他,她的眼睛湿润而昏暗,额头有些轻微的紧皱。"这类事情我们今后要立即告知对方。"她说。

他默默地颔首。

"答应我。"

他把她拉到身旁。"难道你不知道吗?"他问,但他的声音仍然生硬。

她拿起他的双手，抚摩它们。用有如蒙上一层薄纱的眼睛望着他。他能据此读出她的思想。现在她在想他的另外的，实有其人的，想的是他年轻时经历的往事，其中有一些曾向她透露过，因为他乐于屈服她心怀忌妒的好奇之心，在婚后最初年代把某些东西吐露出来，他经常觉得，原本不如此做更好。在这样的时刻，他知道这会迫使她不得不去回忆起某些东西，当她，如出自梦中一样，说出他青年时代一个几乎被遗忘的情人的名字时，他几乎不感到奇怪。可这像是一种责备，这名字听起来对他像是一种轻微的威胁。

他把她的双手靠近他的嘴唇。

"请相信我，每一个女人，即使这听起来也许是套话了，每一个女人，我认为我爱上时，我寻找的只是你。我知道得很清楚，远比你所能懂得的清楚，阿尔伯丁娜。"

她忧郁地微然一笑。"如果我也乐于首先是去寻找呢？"她说，他的目光变化了，变得冷静和不可探究。他让她的双手从他手中滑落，好像她捕捉住他的一种谎言，一种背叛似的谎言；但是她说："啊，如果她们知道就好了。"她又沉默不语。

"如果她们知道？你这要说明什么？"

她以少有的生硬口气回答："差不多是你所想的，我亲爱的。"

"阿尔伯丁娜——那一定有什么你没有告诉我的了？"

她点了点头，面带一种异样的微笑，目视前方。一种不可理解的荒唐的怀疑在他的心中活跃起来。

"我不太懂，"他说，"当我们订婚时，你还不到十七岁。"

"刚过十六岁，是的，弗里多林。可是——"她明亮的眼睛望着他的双眼，"我成为你的妻子时还是处女，那不是我自己的缘故。"

"阿尔伯丁娜!"她讲述下去,"那是在沃特湖畔,就是我们订婚前不久,弗里多林,在一个美好的夏天傍晚,一个非常可爱的年轻人靠在我的窗旁,从那里可以望向一片广阔的草地,我们聊天,在交谈期间我在想,是啊,我只是在听,我所想的这是一个多么可爱的迷人的年轻人——他现在只要说一句话,当然啦,这必须是一句恰当的话,那我就会跟他出去到草地上,与他一道散步,随他的意到任何地方,或者到林中去,或者最美好的是我们一道乘小舟到湖中去——在这一夜,只要他提出要求,那他就能从我这里得到一切。是啊,我是在这样想。但是他没有说出这句话,这个迷人的年轻人;他仅是温柔地吻了我的手,在翌日清晨他问我,我愿不愿意成为他的妻子。我说愿意。"

弗里多林悻悻地放开她的手。"如果在那晚上,"他说道,"有另外一个人偶然站在你的窗前并想到了那句恰在此时要说的话,比如——"他在考虑,他该叫出谁的名字时,她像抗拒似的伸出了双臂。

"另一个人,不管他是谁,他都能说出他要说的——可这对他很少有什么帮助。如果站在窗前的那个人不是你的话,"她朝他莞尔一笑,"那这个夏日傍晚也就不那么美好了。"

他嘲弄地努了努嘴。"你在这个时刻这样说,你在这个时刻也许这样想。但是——"

有人敲门。女仆进来并通报,施拉依弗格尔巷的女管家已来这里接医生,去宫廷参议处,他的病又变得厉害了。弗里多林起身进入前厅,他从女管家那里得知,宫廷参议员的中风情况十分危险,他答应立即前往。

"你要走？"他准备停当正欲动身外出，阿尔伯丁娜问道，声音悻悻然，好像他这是有意跟她怄气似的。

弗里多林感觉到奇怪，他回答说："我必须去。"

她轻轻地叹了口气。

"希望不会太坏，"弗里多林说，"直到此前三十毫克吗啡一直能缓解病情。"

女仆给他拿来皮大衣，弗里多林相当漫不经心地吻了吻阿尔伯丁娜，好像刚才说的话从他的记忆里已经抹去了似的，他吻了她的额头和嘴唇，随即匆匆而去。

2

在大街上他不得不敞开皮大衣。天气突然变得露水重重，人行道上的雪几乎都融化了，空气中飘浮着即将到来的春天的气息。位于约瑟夫城区的弗里多林诊所靠近公众医院，几乎不用一刻钟就进入施拉依弗格尔巷；不久弗里多林就踏上这座古老房子的弯弯曲曲的楼梯，光线暗淡，他登上三楼，拉动门铃；还在老式门铃响起之前，他就注意到，门只是虚掩的。他穿过没有灯光的前厅，进入卧室，立即发现，他已经来迟了。天花板上悬挂着一盏绿色的煤油吊灯，它把苍白的亮光投向床上的一条被子。一个羸瘦的躯体一动不动地躺在下面。死者的脸上一层阴影,弗里多林能看得清楚,他十分清晰地辨认出:消瘦、满面皱纹、额头隆起,白色的修剪很短的满腮胡须、惹眼的可憎的长满白毛的耳朵。玛丽亚娜,宫廷参议员的女儿,坐在床的一端,双臂无力地下垂,极度疲惫。房间里溢出的是古老家具、药剂、煤油、厨房的气息;也有少许的古龙水和玫瑰香皂的味道。弗里多林也嗅到这个苍白姑娘身上的某种甜得发霉的气味,她还年轻,几个月来,几年来,她一直忙于家务,照顾病人,夜间侍奉,这些辛苦的劳动使她逐渐变得萎靡憔悴。

当医生进来时,她把目光转向他,可在暗淡的光线下,他几乎看不清她的双颊是否像他从前见到的一样红润。她要站起身来,可弗里多林用手阻止了,她颔首表示致意,双眼大而显得忧郁。他靠近床的一端,机械地摸了摸死者的额头和床单上的宽大敞开衣袖里的两只胳膊,随后他稍许遗憾地垂下双肩,把双手插入他皮大衣的口袋里,目光在房间巡视一番,最后落到玛丽亚娜身上。她的头发浓密、金色,但是干涩无光;脖颈的线条优美、修长,却有少许的皱纹,泛黄,嘴唇紧闭,像是有许多话没说出来似的。

"哪,"他低声并几乎窘迫地说道,"我亲爱的小姐,您大概对此是没有准备的吧。"

她朝他伸出手来。他关怀地握住她的手,按照常规问起死亡弥留过程,她如实地做了回答,随后她谈到父亲最近一段时期病情相对稳定,弗里多林在此期间没有去看过病人。他拽过一把椅子,与玛丽亚娜相对而坐,安慰她,她的父亲在最后时刻几乎没有什么痛苦;之后他问起,是否已通知了亲戚。已通知了,女管家已在去叔叔家的路上,吕丁格博士先生不久就会来的。"他是我的未婚夫。"她补充了一句，不再直视他的双眼，而是转视他的额头。在这一年中他在这个家里遇见过吕丁格博士两次或者三次。那是一个过于消瘦的面色苍白的年轻人，留有修短了的金黄色络腮胡子，戴着一副眼镜，是维也纳大学的历史讲师，给弗里多林留下了很好的印象，除此并没有激起他更多的兴趣。弗里多林在想，如果玛丽亚娜成为他的情人的话，那她看起来肯定要漂亮得多。她的头发不会这样干涩无光，她的嘴唇会更红润更丰满。她会是多大岁数？他在继续问自己。当我第一次被电话召到参议员这里时，是三年或四年之前，她二十三岁。那时她的母亲还在世。她有一段不长的时间不是在学唱歌吗？她要和这个讲师结婚。她为什么这样做？她肯定不爱他，他也不是那么有钱。这会变成一种什么样的婚姻？呐，一种和其他千百种一样的婚姻，这与我何干。很可能我再不会见到她了，因为我在这所房子再也无事可做了。啊，像许多人一样我不会再见到她了，我与那些人的关系比与她更密切得多呢。

就在弗里多林脑子里正转这些念头时，玛丽亚娜开始讲起死者的一些事情，带着某种紧迫性，好像他由于死亡这件简单的事而突然变成一个引人注意的名人了。他真的只活了五十四岁？当然，这么多的忧虑，这么多的失望，妻子总是受病痛折磨，儿子给他带来那么多的苦恼！怎么，她有一个兄弟？肯定是的。有一次她已经把这事告诉过医生了。现在她的兄弟生活在国外某个地方，在玛丽亚娜的小房间里挂着一幅画，那是他在十五岁多时画的。他画的是一个军官，纵马跃下山丘。父亲总是装作根本就不看这幅画。但这是一幅好画，如果环境良好，他会成就一番事业的。

她讲得是怎样激动啊，弗里多林在想，她的眼睛是怎样地在闪闪发光啊！发烧？这有可能。在最近这段时间她变得更加消瘦，可能是感冒了。

她仍一直在讲个不停，但他觉得，她好像根本就不知道她在对谁讲呢；或者她是在自言自语。她的兄弟离家出走已经十二年了，是啊，当他突然消失不见时，她还是个孩子呢。四五年前，圣诞节时她从他那儿得到了最后的消息，是从一个意大利小城。奇怪的是她忘记了城市的名字。她还谈了一会儿琐事，根本没有必要，几乎毫不相干，直到蓦然间她沉默下来，一声不响地坐在那里，双手捧着头部。弗里多林感到疲倦，更感到乏味，他企盼着有人出现，或者亲戚或者她的未婚夫。沉默在房间里令人感到沉重。他觉得，好像死者与他们一道缄口不语；这不是因为他不能讲得再多，而是因为他有意的，并且有些幸灾乐祸。

弗里多林扫了死者一眼，说道："不管怎么样，事情既来之，则安之，玛丽亚娜小姐，你不必在这幢房子待下去了。"她稍许抬了抬头，但没有朝弗里多林望去——"您的未婚夫不久就会得到一个教授的职位；哲学学科的前景要比我们医科有利得多。"他想到，多年前他也在一条科研的路上奋斗过，但他对一种愉快生活的偏爱，最终决定选择了一份有实用价值的职业。突然间他感觉在出色的吕丁格博士面前低了一等。

"在秋天我们就会搬家，"玛丽亚娜平静地说，"他在哥格廷根得到了聘任。"

"啊。"弗里多林说，他要表达出一种祝贺之情，但他觉得当前在这种情况下不大得体。他朝紧闭的窗户望了一眼，没有征得允许，就像行使一个医生的权利一样，他打开两扇窗户，让变得温暖、富有春天气息的空气流动起来，它像是从苏醒的远处森林带来了一种轻柔的芬芳。当他重新转向房间时，他看到玛丽亚娜的眼睛像是在发问般望向自己。他朝她靠近了些，解释说："新鲜的空气对您会有好处。天正在变暖，昨天夜里——"他要说的是：我们是在暴风雪中从化装舞会回到家中的，但是他迅速地改变了他要说的话，而是补上了："昨天晚上马路上的雪还有半米深呢。"

她几乎没有听他在说什么。她的眼睛变得湿润，粒大的泪珠顺着面颊滚了下来，她再次把脸埋在双手之间，他不由自主地把他的头贴近她的头顶，抚摸她的额头。他感觉到，她的身体在发抖，她在啜泣。先是几乎听不到，后来啜泣声越来越大，最终变得完全不加节制，突然间她从扶手椅滑下地，落在弗里多林的双脚前，她用双臂抱起他的双膝，把她的脸埋在中间。随后她睁大痛苦和带有野性的双眼望着他，炽热地轻声说道："我不愿离开这里，即使是您再也不会来，即使我再也看不到您；我要在靠近您的地方生活下去。"

他与其说是惊愕，毋宁说是感动。他一直知道她爱上了他，或者说自以为是这样。

"您起来，玛丽亚娜。"他轻轻地说道，向她俯下身来，温柔地把她扶起，并在想：当然她也有些歇斯底里。他朝死者扫了一眼。他想，他是否什么都听到了。或许他是假死？或许每一个人在死的最初几小时里只是假死？他握住玛丽亚娜的双臂，但立即远离了稍许，几乎是不自觉地在她的额头上吻了一下。他本人都觉得这有些可笑。倏然间他想起了一部长篇小说，那是他多年以前读的，故事是讲一个年轻人，几乎还是个孩子，他在母亲的灵床前被他的女友诱奸了。在这同一瞬间，他不知道为什么，他必然想到他的妻子。一阵酸楚涌上心头，对在丹麦一家饭店的楼梯上遇到的那位手提黄色旅行袋的先生产生了一种郁闷的愤懑。他把玛丽亚娜紧紧地拉向自己，却丝毫感受不到激动；目光触及她那干枯无光的头发令他有些不快，而从她密不透风的衣服中散发出的一股甜得有些发霉的气味更激起他的一丝反感。外面的铃声响了起来，他像是得到了解脱，迅疾地吻了吻玛丽亚娜的手，心存感激地去开门。站在门口的是吕丁格博士，身着深灰色的披肩，穿一双套鞋，手执一把雨伞，面带一种相应的严肃表情。两位男士相互点头致意，显得好像比他们实际上的交往还要亲切得多。他俩进入房间。吕丁格向死者拘谨地望了一眼，随后向玛丽亚娜表达了关切之情。弗里多林进入隔壁的房间，去写一份死亡证明，把书桌上的煤气灯调得亮一些。他的目光落到身穿白色军服的军官画上，军官手舞战刀，跃下山丘，冲向一个看不见的敌人。画装在一个老式金黄色的相框里，它的效果并不比印制的一幅简朴的油画好多少。

弗里多林写完了死亡证明又回到房间，在死者的床边，那对未婚的恋人手拽着手坐在那里。

门铃又响了起来，吕格丁博士起身前去开门；这当儿玛丽亚娜目视地面用几乎听不见的声音说："我爱你。"弗里多林不无柔情地说出玛丽亚娜的名字。吕丁格同一对年迈的夫妇一道进入房间。他们是玛丽亚娜的伯父和伯母，彼此间说了几句应景的套话。在死者的周围泛起了一种令人感到拘谨的气氛。小小的房间突然拥满了悼唁的客人，弗里多林感到自己是个多余的人，于是告辞。吕丁格把他送到门口，觉得应该说几句感谢的话，并表达出不久再见的希望。

3

弗里多林站在房门前,朝窗户望去,这还是他早些时候亲自打开的;窗扇在早春的微风中轻轻地颤动。留在上面的人,活着的完全和死了的一样,他觉得他们都是同样的幽灵般的虚幻不真实。他本人好像是摆脱开了;不是一场经历,更像是一种忧郁的魔法,它对他施展不了魔力。唯一的后果是使他感到一种明显的心情不佳,不愿立刻回家。大街上的积雪已经融化了,道路的两边都堆着小小的肮脏雪丘,煤气灯的火苗摇曳不定,近处的教堂响起了十一点的钟声。弗里多林决定睡觉之前,在家附近的一家安静的咖啡屋待上半个小时,于是穿过议会公园向前走去。在这儿或那儿的一些罩在暗影里的凳子上几对情侣紧紧拥在一起,好像春天真的到来了似的,诱人的温暖空气里没有孕育着什么危险。一个衣衫褴褛的汉子摊开手脚躺在一条长凳上,帽子扣在前额。弗里多林在想,我要把他叫醒?啊,他继续在考虑,那有什么用,早晨我还要去关照他,否则这毫无意义,到头来我还要被怀疑与他有什么犯罪上的联系呢。他加快了自己的脚步,就像要尽可能快地逃避开某种责任和诱惑似的。为什么恰恰是这个人?他自己问自己,仅在维也纳就有成千上万这样的可怜虫。如果去关顾所有的人,那就要去关顾所有陌生人的命运!他想到了那个刚刚离开的死者,有一些恐怖,一想及此不无恶心。在褐色的法兰绒床单上一个摊开来的消瘦的躯体,按照永恒的法则已经开始在腐烂、在瓦解。他感到高兴,他还活着,对他而言,发生这一类可憎事情的可能性还很遥远。是呵,他还正值壮年，还有一个迷人和值得去爱的妻子，如果他要是去爱的话也可能还有一个或更多的女人。他没有那么多空闲时间用于调情幽会。他想到，他早晨八点就得到诊所，从十点直到下午一点去拜访一个私人病号，从下午三点到五点必须为病人看病，就是晚上还有几个病人来就诊。呐，他希望至少不在夜里被叫去，就像今天这样。

他穿过议会广场，它像一个褐色的池塘一样幽幽地闪光，随后他转向约瑟夫斯达特区。从远处他听到沉闷而有规律的脚步声，还离相当远的地方，刚折入街角，就看到一小群佩戴独特色标的大学生，有六个或八个之多，他们迎面走来。当这群年轻人走近一个路灯时，他认出来了，他们是蓝色阿勒曼[1]。他本人没有从属于任何一个联盟，但在大学期间他曾参加过一两次战刀决斗。一忆起他的大学时代就想起昨天晚上把他诱进一个包厢并旋即弃他不顾的那两个戴红色面具的女人。那些大学生走近了，他们大声叫嚷大声欢笑；他是否在他的医院里认识其中的一个？可是在昏暗的灯光里他不可能清晰地认出其容貌。他必须紧贴在墙边停下脚步，以免与他们相撞；现在他们都过去了，只是走在最后的一个，一个个头高高的家伙，敞开了棉上衣，左眼上打着一条绷带，好像有意地留在后面，从侧面用胳膊撞了他一下。这可不是偶然的。这个家伙想干什么，弗里多林在想，他不由自主地停下脚步；那个人走了两步也

---

[1] 阿勒曼系日耳曼的一支，曾组成阿勒曼尼亚的独立国家，后臣服于法兰克人；今天的法语、西班牙语将德国称为阿勒曼。蓝色阿勒曼系维也纳的大学生组织。

停了下来，他俩面对面，直视对方，距离很近。但突然间弗里多林转过身去，他走开了。他听到后面传来一阵短短的笑声，他几乎想再次转过身来，拦住这个家伙。但是他感到一种异样的心跳——完全像十二年前或十四年前有人敲他的门时一样，当时一个年轻貌美的女人在他身边，她信口胡说一直在爱着一个身在远方的人，也许是根本就不存在的未婚夫；其实是一个信差，在猛烈地敲门。他现在就像当时一样，心剧烈地跳动。这是怎么回事，他恼怒地自问，并注意到了，他的膝盖有些发抖。懦夫？废话，他在回答自己。我该与一个醉酒的大学生去一决高下，我，一个三十五岁的男子汉，一个从业医生，已婚，一个孩子的父亲！对手！证人！决斗！归根到底就是因为挨了这么愚蠢的一撞？一两个星期无法上班了？或者一只眼睛被打掉了？或者败血症？要不了八天就像施拉依弗格尔巷那个躺在褐色法兰绒床单上男人一样！怯懦？他进行过三次战刀决斗，他也有一次准备好手枪，当时事情完满地解决了，可那不是因为他。他的职业！来自各方面的危险，并且随时都可能发生，人们总是一再地忘记这点。那个患白喉的孩子直朝他脸咳嗽，有多长时间？三天或者四天，不会再长了。这是一种远比一次小型的战刀决斗要严重得多的事情。他根本就没有再朝这方面想过。如果他再遇到那个家伙，他一定要摆平这件事。这根本就不是他要去考虑的，在午夜从一个病人那里回来或者到一个病人那里的时候，尽管有可能发生这种事情，不，他真的没有必要对这样一次大学生的挑衅做出反应。比如说，若是现在那个年轻的丹麦人与阿尔伯丁娜一道迎面朝他走来的话——不，我在想些什么呀？呐，若是她成了他的情人的话，那可就不一样了。还要更加恶劣。对，他现在就要朝他迎上去,噢,在某个林间空地上与他面对面,用一支手枪的枪管对准长着一头油滑锃亮的金色头发的太阳穴,那该是怎样的一种快乐。

他突然发现,他身处在一条狭窄的巷子里,已越过了他的目的地,路边只有零星几个夜间拉客的妓女在四下走动。他在想,幽灵般的。骤然间那些头戴蓝色圆形帽的大学生形象涌上心际,还有玛丽亚娜,她的未婚夫、叔叔、婶母,他被一一介绍给这些人,他们都手挽手围在老宫廷参议员的停尸床四周;还有阿尔伯丁娜,她沉入睡乡,脖颈枕在胳膊上,在他的灵魂中浮现出来。甚至他的孩子,她现在蜷卧在狭小的白色铜制小床上。还有两腮红润,左鬓角长有胎痣的女仆——他觉得他们所有人完全都变成了幽灵。尽管他们使他感到少许惊恐,但在这种感觉中同时是某种慰藉,它使他从所有的责任中解脱出来,是的,像从形形色色的人的关系中摆脱出来一样。

一个四下游荡的姑娘要求和他一起走。这是一个很会打扮,还非常年轻的女人,脸十分苍白,嘴唇涂得鲜红。他在想,这同样以死为结局的,只是不会这样快!胆怯?从根本上说是的。他听到她的脚步声,随即听到她的声音。"你不要跟我来吗,医生?"[1]

他不由自主地转过身来。"你怎么会认识我?"他问。

"我不认识你,"她说,"但在这个地段里的人都是博士。"

从他中学以来,他就没有与任何一个这类女人有过交往。如果突然间他回到他的少年时代,这类女人会激起他的兴趣吗?他想起一个交往不多的熟人,此人风流倜傥,是个情场高手。他那时是一

---

[1] 妓女说的是Dokter,这个词在德文中意为博士,通常也指医生。

个大学生,在一次舞会之后,他与那人一道进入一家夜总会;在他对从事这门职业的女人中的一个表示拒绝之后,这个人目光显得有些奇怪地对弗里多林说了这样的话:"这永远是最舒服的事,再说她们也并不是很坏的女人。"

"你叫什么?"弗里多林道。

"我们都叫什么呢?当然是叫米琪了。"她已经用钥匙打开了楼房的大门,进入走廊,等着弗里多林跟进来。

当他显得犹豫不决时,她说:"快一点!"突然间他就站在她的身旁,门留在身后,她把它锁上,点起一支蜡烛,在他前面指路——难道我发疯了?他在自问。我当然不会动她。

她在她的房间点起一盏煤油灯,拨动灯芯。这是一个令人十分惬意的空间,布置得可爱。无论怎么说,它散发出一种远比玛丽亚娜房间要舒服得多的气味。当然啰,这里没有一个几个月一直卧病在床的老人。姑娘在微笑,她并不情急地靠近弗里多林,他温和地避开了她。之后她指了指房间里的一把摇椅,他倒乐于坐在上面。

"你一定是够累的了。"她说,他点了点头。这期间她不紧不慢地脱掉衣服。

"呐,一个男人,整天都得忙个不停。我们要轻松多了。"

他注意到,她嘴唇根本就没有涂红,而是天然的红润,为此他对她说了句恭维的话。

"是啊,我为什么要涂口红?"她问道,"你看我有多大了?"

"二十岁?"弗里多林猜道。

"十七岁。"她说,随即坐在他的怀里,像个孩子似的用胳膊绕着他的脖子。

他在想,在这个世界上有谁能猜想到,我现在居然待在这个空间里?在一个小时之前,在十分钟之前我自己认为这是可能的吗?为什么?为什么?她的嘴唇在寻找他的嘴唇,他朝后仰去,她有些悲哀地望着他,从他身上滑下去。他几乎感到惋惜,因她的缠绕令他感到许多慰藉。

她拿起挂在床的靠背上的一件红色睡衣,围在身上,用双肩护住胸部,掩盖住她的整个胴体。

"你现在好些了?"她问,语调里没有嘲弄的意思,十分淡定,好像她要竭力弄懂他似的。他几乎不知道如何回答她。

"你猜得对,"他说,"我真的疲倦极了,坐在这儿的摇椅上并听你说话,我觉得很愉快。你的声音很美,很温柔。讲讲吧,给我说点什么。"

她坐在床上,摇了摇头。

"你害怕了,"她轻声地说,随即像是自言自语,几乎听不清,"真遗憾!"

这最后一句话令他的血脉贲张,激起一阵热浪。他走到她跟前,要把她抱紧,对她解释说,他对她完全信赖,说得十分认真。他把她拉到胸前,就像取悦一个少女,取悦一个可爱的女人一样取悦她。她抗拒,他感到羞愧。最后终于放手了。

她说:"人们不可能知道,这病总会发生的。如果你感到害怕,那你完全是对的。一旦发生了,那你会诅咒我的。"

她果断地拒绝了他给她的几张钞票,他不能强迫她接受。她围起一件狭长的蓝色棉披肩,点上一根蜡烛,为他引路,陪他下楼,随后打开大门。"我今天要留在家里。"她说。他拿起她的手,不由自主地吻了吻。她奇怪地看了看他,甚至是感到惊讶,随后窘迫地笑了起来,感到快乐。"像对一位女士。"她说。

大门留在他的身后,弗里多林迅急地一瞥,要把楼房的号码印到他的记忆里,可能的话,明天他要给这个可爱的可怜姑娘送来酒和甜点。

4

天气已经变得更加温暖了。柔和的微风给狭隘的街巷带来一股从潮湿的草原和远山中溢漾出的春意般的芬芳。现在到什么地方去?弗里多林在思考,好像回家睡觉并不是他的所想,他的所愿,但他不能做出决定。从与那些阿勒曼人的令人厌恶的相遇时起,或者从玛丽亚娜的供认时起,他就成了一个无家可归的人,一个被逐出家门的人?不,好久前他就是了,从与阿尔伯丁娜这次夜间交谈时起,他就一再离开他当下所居住的地区,进入某一个异样的遥远而陌生的世界。

他穿越黑夜中的街道,微风吹拂他的额头,最终,他果断地踏入一家低档的咖啡馆,好像是到了一个找寻良久的目的地。这是一家老式维也纳咖啡馆,很舒适,不太大,灯光温和,在这么晚的时候只有寥寥无几的顾客。

在一个角落里有三位顾客在玩牌;此前一直在旁观的一个侍者

帮助弗里多林脱掉大衣,问了他点的酒水,把几份画刊和晚报摆在桌上。弗里多林就像躲了起来一样,开始翻阅浏览报刊。他的目光不时被吸引住。在某个波希米亚城市德语路牌被拿掉了,在康斯坦丁波尔因为小亚细亚的一项铁路修建计划召开一个会议,克拉福特爵士参加了这次会议,本尼和瓦因格鲁伯公司破产,妓女阿娜·梯格尔因为忌妒向她的女友海敏娜·德洛比茨基泼了硫酸,今天晚间在索菲大厅举办一场鲜鱼宴,一个住在美泉宫大街28号的年轻姑娘玛丽亚·B吞服水银。——所有这类无聊和可悲的事情,在枯燥乏味的日常生活中都对弗里多林起着某种清醒和慰藉的作用。这个年轻的姑娘玛丽亚·B令他感到惋惜,吞服水银,这太蠢了。此刻他坐在咖啡馆里,阿尔伯丁娜脖颈枕在胳膊上酣然沉睡,宫廷参议员已经脱离了尘世的痛苦,就在这几秒钟里,住在美泉宫大街28号的玛丽亚·B正在极度的痛苦中挣扎。

他把目光从报纸上移开,他看到对面一张桌子上的一双眼睛正注视自己。这怎么可能呢?是纳赫梯戛尔?对方早就认出了他,高兴和惊喜地举起双臂,朝弗里多林走来。这是一个高大魁梧,几乎有些臃肿,还很年轻的人,长着一头长长的有些轻度弯曲且金黄色中杂有少许灰白的头发,留有一副金黄色的波兰式样的小胡子。他身着一件灰色的大衣,敞了开来。里面穿着一件有些油渍的上装,一件皱巴巴的衬衫,上面有三颗假的钻石纽扣,一副发皱的衣领和一条轻飘飘的白色领带。他的眼皮发红,好像熬了不少夜似的,可是蓝色眼睛炯炯发亮,目光欢愉。

"你在维也纳,纳赫梯戛尔?"弗里多林喊道。

"你不知道,"纳赫梯戛尔说,他带有柔软的波兰重音和通常的犹太声调。"你怎么不知道呢？我现在有名气了。"他大笑，坐到弗里多林的对面。

"怎么？"弗里多林问道，"也许悄悄地成了外科教授？"

纳赫梯戛尔又欢快地笑了起来："难道你现在没有听到？就是刚才？"

"怎么，是听到？哈，对了！"弗里多林现在才意识到，在他进来时，还早些呢，当他接近这家咖啡馆时，就听到从某个地方的下面传来钢琴弹奏的声音。"那就是你了？"他叫了起来。

"除了我还有谁？"纳赫梯戛尔笑了起来。

弗里多林点了点头。这当然了，用左手独特有力地敲击，这种异样的、有些恣意而为但却是优美的和弦他立刻就听出来了。"那么说你现在是全力以赴了？"他说道。他想起来了。纳赫梯戛尔早在第二次，虽说迟了七年，幸运地通过了动物学的预考之后就彻底地放弃了医学学习；可他在医院、在解剖室、在实验室和大讲堂里还待了一段时间；长有金黄色头发的艺术家脑袋，衣领经常是皱巴巴的，戴一条轻飘飘的一度是雪白的领带，是一个颇有人缘的人物，他不仅得到同事们，也得到那里某些教授的喜爱。他生于波兰一个小地方，是一家犹太酒馆老板的儿子，从家乡到维也纳学医。从一开始他几乎从双亲那里得不到什么经济支持，但这并没有妨碍他出现在林德霍夫医学院大学生团体的聚会上。弗里多林当时也属于这个团体。他的花销在某一个时间段，每一次都轮流由一个富有的人付账。就是他的衣物多半时候也是别人赠送的，他对此同样欣然接受，毫不忸怩作态。早在他在故乡的那座小城市时，他就在一个失意的钢琴家那里学过钢琴演奏基础教程，在维也纳学医期间他同时进入音乐学院，被看作大有希望的钢琴达人。但就是在那里他既不严肃正经也不勤奋刻苦，无法进一步深造；不久他就完全满足于自己在熟人圈子里音乐上的成功，更不如说是他通过钢琴演奏给他们带来的快乐。有一段时间他在郊区的一家舞蹈学校弹钢琴。他大学里的同事和餐桌上的朋友都设法为他在富有的家庭谋取更好的位置以施展他的才能。他有这样的机会，可是不思更好的发展，而是率性而为，在与年轻女人的日常交谈中，他总是做得不够得体；没有酒力，却贪饮无度。有一次他在一个银行经理家举办的舞会伴奏。午夜之前他对那些跳舞的年轻少女大献殷勤，言语轻佻，使她们尴尬窘迫。这随即激起她们的男舞伴的愤慨；此时他灵机一动就弹奏了一首康康舞曲，并用他极富力度的男低音唱了一段意思暧昧的歌词。银行家盛怒之下要把他逐出。纳赫梯戛尔依然是兴高采烈，他拥抱银行家；银行家愤怒之极，吼叫起来，因为他本人是一个犹太人，银行家就冲着这个钢琴家骂了一句犹太人骂人的话，纳赫梯戛尔毫不犹豫地扇了他一记耳光，这样一来他在这个城市上流人家的谋生之路就彻底完结了。在一些更私密的圈子里，总地说来他知道要举止得体些，可就是在这样的场合里他有时也还是被提前逐出活动场地。但翌日清晨，这类事件就被所有的参加者置之脑后或者原谅了。有一天，他的同事都早早地完成了他们的研究题目，可他却突然从这座城市消失不见。几个月之后他还从一些俄罗斯和波兰城市寄来了明信片表达问候。有一次，没有什么解释，他不仅仅向经常极为关心他的弗里多林表达问候，还请求把一笔数额不多的钱寄往他的住地。弗里多林立即汇出了这笔款，但一直没有从纳赫梯戛尔那里收到表达感谢或者生活情况的复信。

在这个时候,午夜一时三刻,八年之后,纳赫梯戛尔毫不迟疑地来弥补他的过失,他从一个相当破旧却鼓囊囊的钱包里取出数目极为准确的钞票,弗里多林收到这笔还款倒也心安理得……

"你现在过得不错。"他面带微笑说了一句,这像是为了使自己平静下来。

"没有什么可抱怨的。"纳赫梯戛尔回答说。他把胳膊搭在弗里多林的肩上:"现在说说你,你怎么半夜来到这儿?"

弗里多林解释说,他之所以这么晚到这儿是因为太渴了,在一次夜诊之后想喝上一杯咖啡;但并没有说,他的病人已经死亡,他不知道这是为什么。随后他非常笼统地说了他在医院的从医活动和他的私人生活,提到他的幸福婚姻,是一个六岁女儿的父亲。

现在纳赫梯戛尔谈起他的情况。与弗里多林猜想的十分相符,这些年来他是在波兰、罗马尼亚、塞尔维亚和保加利亚的城市和村镇里度过的,是一个钢琴演奏家,在雷姆伯格有一个妻子和四个孩子。他爽朗地笑了起来,好像他有四个孩子,全都在雷姆伯格,全都是由同一个女人生的,这使他感到格外的快乐。去年秋天,他又回到维也纳。他工作的小歌舞场很快关门歇业,现在他在不同的酒馆饭店里演奏,碰巧的话,在同一个夜里有时也在两个或三个地方弹奏,比如在这儿的地下酒馆里,如他所说的,这不是非常高雅的娱乐场所,其实就是某种形式的保龄球馆,而听众呢……"一个人要养活在雷姆伯格生活的四个孩子和一个老婆。"他大笑了起来,可不再像刚才笑得那么开心。"我有时也找私活。"他很快地补充说了一句。当他看到弗里多林脸上露出忆起往事的微笑时,他说:"不是在银行家那里,不,在所有各式各样的圈子里,也在可憎的、猴子般的和神秘的圈子里。"

"神秘？"

纳赫梯戛尔忧郁而狡黠地朝前望去。"我马上就要被接走了。"

"怎么，今天你还要演奏？"

"是的，那儿两点钟才开始呢。"

"这一定很特别。"弗里多林说。

"是的，也不是。"纳赫梯戛尔笑了起来，但随即又变得很正经。

"是的，也不是？"弗里多林好奇地重复了一句。

纳赫梯戛尔俯在桌子上望着他。

"今天我要在一家私人府邸里弹奏，但这是谁家的府邸，我不知道。"

"那么说你今天是第一次到那儿了？"弗里多林问道，他的兴趣越来越浓。

"不，这是第三次。但好像又是另一幢住宅。"

"这我就不懂了。"

"我也不懂，"纳赫梯戛尔笑了，"你最好还是别问了。"

"哼。"弗里多林哼了一声。

"噢，你错了，不是你想的那样。我已经见识了很多，人们不会相信，在这样一些小城市，特别是在罗马尼亚——人们——可以大长见识。但是在这儿……"他把黄色窗帘朝后拉开少许，朝马路望去，像是自言自语说道："还没有来，"随后对弗里多林解释说，"我是指马车。每次都有一辆马车来接我，每次都是另外一辆马车。"

"纳赫梯戞尔，你激起了我的好奇心。"弗里多林冷冷地说道。

"听着，"纳赫梯戞尔稍显犹豫，随后说，"如果说在这个世界上有一个信赖的人——但是，该怎么说呢——"他突然脱口而出："你有勇气吗？"

"一个奇怪的问题。"弗里多林说，语调像是受到侮辱的蓝色社团大学生。

"我不是这个意思。"

"那你究竟指的是什么？在这种场合里为什么需要特别的勇气？会发生什么事情？"他发出短暂而轻蔑的笑声。

"我不会有任何事情发生的，顶多这是我最后一次罢了——但也许会是这样的。"他沉默不语，眼睛重又望向窗外。

"呐，怎么啦？"

"你指的是什么？"纳赫梯戞尔像是在梦中问道。

"你倒讲下去啊。既然你已经开了头……秘密演出？封闭性的聚会？暴躁的客人？"

"我不知道。最近一次有三十人，第一次只有十六个人。"

"一个舞会？"

"当然是一个舞会。"他现在好像感到后悔，根本不该谈这种事情。

"你是为它弹琴？"

"怎么是为它？我不知道为什么。真的，我不知道。我弹钢琴，我弹琴——眼睛被蒙上。"

"纳赫梯戞尔，纳赫梯戞尔，你这是唱的哪一出啊！"

纳赫梯戛尔轻轻地叹了口气。"但遗憾的是没有完全蒙住。不，我不是完全看不见的。透过眼睛上的黑纱我在镜子里还是……"他又不言语了。

　　"一句话，"弗里多林不耐烦地轻蔑说道，但感到格外激动，"赤身裸体的妇女。"

　　"弗里多林，不要说妇女，"纳赫梯戛尔像是受到侮辱似的，"你从来就没有看到过这样的女人。"

　　弗里多林轻轻地咳嗽了一声。"门票多贵？"他附带地问了一句。

　　"你是说入场券？呐，你在想些什么呀。"

　　"怎么才能进去？"弗里多林咬紧嘴唇问道，他的手在桌子上不断敲打。

　　"你必须知道暗语，而每次都是不一样的。"

　　"那今天的呢？"

　　"我不知道。得从车夫那儿得到。"

　　"带上我，纳赫梯戛尔。"

　　"不可能，太危险了。"

　　"在一分钟之前你自己可是说过，我是你信赖的人。这就是说是可能的。"

　　纳赫梯戛尔审视地观察他。"随你了——在任何情况下，你不会认识这些先生和夫人的，所有的人都戴有面具。你现在身上有一个面具吗？不可能。也许下一次吧。我会想到办法的。"他静听了一会儿，又一次透过窗帘的缝隙朝大街望去，他呼出了一口气："车来了。再见。"

弗里多林紧紧抓住他的胳膊。"你不能就这样离开我。你一定要带上我。"

"算了吧，老朋友……"

"其他的事情由我来办。我已经知道了这是'危险的'，也许这恰恰吸引我。"

"可我给你说过了，没有面具和服装——"

"有假面服装出租商店。"

"在凌晨一点！"

"听我说，纳赫梯戛尔。在维肯堡大街的拐角就有这么一家商店，每天我都要经过一两次。"他变得急迫，越来越激动，"你在这儿再停留一刻钟，纳赫梯戛尔，我要去试试我的运气。那家出租店的店主就住在同一座楼里。若是我弄不到，那我就放弃。要命运来决定。在同一座楼里有一家咖啡馆，我想是叫维多波纳咖啡馆。你告诉车夫，你在这家咖啡馆里忘了点东西，你进去，我在门附近等你，你把暗语迅速告诉我，然后再进入你的车里；我呢，若是成功的话，那就弄到一套道具，迅速地登上另一辆车，跟上你，随后一切就不言而喻了。纳赫梯戛尔，以我的荣誉为证，在任何情况下我都承担你的风险。"

纳赫梯戛尔好几次都试图打断弗里多林的话，可是无济于事。他结了账并给了一笔不菲的小费，像是与这个夜间的情调相匹配一样，随后他就走掉。一辆封闭的马车停在外边，车夫动也不动地坐在座位上，一身黑衣服，戴着一顶高高的礼帽。弗里多林在想，这像是一辆灵车。短短几分钟之后，他快步跑到拐角他要找的那幢楼房，拉动了门铃，问守房人，面具租借商吉比舍是否住在这里，可心里却暗暗地希望,事情最好不是这样。但吉比舍就是住在这里,在楼的底层是租借商店;看房人似乎对这么晚来的客人从不感到特别惊奇,而是在得到弗里多林一笔可观的小费之后说道,狂欢节期间就是在这么晚的时候来租借服装的人也不少呢。他点起一支腊烛,从下面为弗里多林照路,直到他在二楼按动门铃。吉比舍先生好像就在门口等他似的,亲自打开门。这是一个消瘦、无须、秃顶的人,穿一件老式的花睡袍,戴着一顶挂有流苏的土耳其帽子,样子看起来像是舞台上一个可笑的老头。弗里多林提出了他的要求,说钱不是问题。吉比舍先生几乎是轻蔑地回答说:"该多少是多少,我不会提高价码。"

他领着弗里多林登上一个螺旋楼梯,进入储物间。这里的空气散发出丝绒、香水、灰尘和干花的气味;从模糊不定的昏暗中闪烁出银色和红色的亮光。突然间,在一条狭窄和细长的过道——它的后面是一片漆黑——两旁排列的陈列柜之间,许许多多的小灯亮了起来。左右两边挂着各式各样的服装,一边是骑士、骑士的侍从、农夫、猎人、学者、东方人、丑角;在另一边是宫廷贵妇、侍女、家妇、女仆、夜女王,上面摆的是相匹配的头饰。弗里多林觉得他像是在两排吊死鬼之间穿行,他们在邀请对方跳舞。吉比舍先生在他的后面。"先生,您有特别的喜好吗?路易十四?总督?老式德意志的?"

"我需要一件深色的修士罩袍和一个黑色的面具,别的不要什么了。"

就在这一瞬间,从通道的尾端响起了玻璃撞击的声音。弗里多林悚然地直视面具租借商,仿佛要这个人立即做出解释似的。但吉比舍本人却站在那发怔,他在摸索隐藏在某个地方的一个开关——一束耀眼的亮光立即照到了过道的尽头。看到在那儿摆有一张铺有台布的小桌子,上面有碟子、杯子和酒瓶。左右两面各坐着一个身穿红色长袍的菲默[1]法官,他们从座位上站了起来,就在同一瞬间一个俏丽鲜亮的活物消失不见了。吉比舍跨着大步冲了过去。越过桌子,把一个白色假发抓到手里;这时,藏在桌底下一个俊俏、非常年轻,还几乎是个孩子的少女,身穿女小丑的服装和白色丝袜,她穿过过道直跑向弗里多林,他只好把她拥在怀里。吉比舍把白色假发摔到桌子上,一左一右紧紧抓住两个菲默法官的长袍褶裥不放,同时朝弗里多林喊道:"先生,别放掉这个姑娘。"小女孩紧紧偎依在弗里多林身上,好像他一定会保护她似的。她的细长的小脸涂得雪白,上长有几颗美人痣,从她柔软的双乳飘起一股玫瑰和香粉的芬芳,她面带微笑,从眼睛里流露出狡狯和愉悦的表情。

"两位先生,"吉比舍喊了起来,"你们就好好待在这里吧,直到我把你们交到警察手上。"

"您怎么这么想呢?"两个人喊道,几乎是异口同声,"我们是应小姐之邀而来的。"

吉比舍放开了他们。弗里多林听他对两个人说:"你们必须把详情讲出来。你们难道不能一眼就看出来,你们是在与疯姑娘在一起吗?"随着他转向弗里多林说道:"先生,事出突然,请您

---

[1] 菲默法庭是活跃在14、15世纪德国的一种秘密组织,受神圣罗马帝国皇帝支持,有"鬼的法庭"之称。

原谅。"

"噢,没什么。"弗里多林说。他最好是停在这儿还是马上带上小姑娘一道离开,不管是到哪——不管结果如何。她像着魔似的,诱惑地和天真地望着他。过道尽头的两个菲默法官在激动地交谈,吉比舍郑重其事地转向弗里多林问道:"您想要一个修士罩袍,一顶朝圣者的帽子,一个面具,先生?"

"不对,"小姑娘说,她的眼睛闪闪发光,"你一定要给这位先生一件银皮大衣和一件丝绸紧身上衣。"

"不许你离开我,"吉比舍说,随后他指着挂在一套乡下仆人服饰和一套威尼斯参议员服饰之间的一件深色修士罩袍,"这一件适合您的个头,这是那顶相配的帽子,拿上,快点。"

现在那两个菲默法官又开始讲话了。"您得立刻放我们走。吉比西埃先生。"他们说吉比舍这个名字时带有令弗里多林感到陌生的法语发音。

"这不可能,"面具租借商讥讽地回答,"此刻你们得做点好事了,在这儿等我回来。"

这当儿弗里多林穿上罩袍,把垂下来的白色腰带结成一个扣,站在小梯子上的吉比舍递给他一顶黑色的宽帽檐的修士帽子,弗里多林戴了上去。可他在做这一切时感到被迫而为,因为他想留在这里帮助身处险境的少女,这是他的一种义务,这种感受越来越强烈。吉比舍递到他手上要他马上试试,面具散发出一种异样的,有点令人厌恶的香水味道。

"你走在我的前面。"吉比舍对女孩说,他严肃地指向楼梯。她回转身来,望向过道的尾端,感伤而又欢快地示意告别。弗里多林随着她的目光看到，站在那儿的不再是两个菲默法官，而是两个消瘦的年轻人，他们身穿礼服，结白色的领带，可是脸上还依然戴着红色的面具。少女飞快地走下螺旋楼梯，吉比舍走在她的后面，弗里多林紧随其后。在楼下的前庭吉比舍打开了通向内室的一扇门，对少女说："你赶快到床上去，你这个下流货，等我打发掉上面那两个先生，咱们再算账。"

她站在门里，脸苍白温柔，悲哀地朝弗里多林瞥了一眼，摇了摇头。弗里多林在右边的一面大的墙镜里看见了一个瘦长的朝圣者，这不是别人，正是他自己，并且感到奇怪，这副装扮竟是那么相配。女孩消失不见了，年迈的面具租借商在她后面把门锁上。随后他打开楼房的大门，把弗里多林推到楼梯间。

"请您原谅，"弗里多林说，"我该付多少钱……"

"我的先生，先不忙，交还时付账，我信任您。"

弗里多林没有挪动脚步。"您得向我发誓，您不会伤害可怜的孩子吧？"

"先生，这事要您来关心？"

"我之前听到，您把小姑娘当成疯子，您刚才又骂她是下流货。这太自相矛盾了，您不会否认吧？"

"呐，我的先生，"吉比舍回答说，像是用一种戏台上的腔调，"在上帝面前疯狂难道不是下流吗？"

弗里多林摇头表示异议。

"不管怎么样，"他随后说道，"总是听听劝告嘛。我是一个医生。我们明天继续说这件事情。"

吉比舍嘲弄地笑了起来，随后一声不响。楼梯间灯光突然亮了起来，在弗里多林和吉比舍中间的门关上了，插销随即落下。在他下楼梯的当儿，他把帽子、罩袍、面具都收整起来，夹在胳膊下面。看房人打开了门，那座灵车还停在对过，车夫一动不动地坐在驾驭台上。纳赫梯戛尔正准备离开咖啡馆，弗里多林准时出现，他对此好像并不高兴。

"这么说你真的弄到了一套服装？"

"你不是看到了嘛。暗语？"

"这么说你是要去了？"

"绝对。"

"那好吧——暗语是丹麦。"

"你疯了吗，纳赫梯戛尔？"

"什么疯了？"

"没什么，没什么。我今年夏天偶然去了丹麦海岸。上车吧——但不要马上走，这样我好有时间到那边弄一辆车。"

纳赫梯戛尔点了点头，不紧不慢地点上一支香烟，这期间弗里多林迅急地穿过马路，坐上一辆马车，用一种轻松的语气叫车夫赶上前面那辆开始动起来的灵车，像是在寻找乐趣似的。

他们路经阿尔瑟大街，穿过公路桥，朝着郊区驶去，随后是灯光昏暗、寥无人迹的小巷。弗里多林担心他的车夫会看不见前面那辆车，他不时把头探出敞开的车窗朝外望去，空气显得异常的温暖，那辆车一直在前面，隔有一段相当大的距离，车夫一动不动坐在上面，头戴一顶高高的黑色礼帽。弗里多林在思忖，事情的结局也许很坏。这同时他还一直嗅到从女孩双乳朝他散发出那股玫瑰和香粉的芳香。我经历了怎样一桩罕见的奇事？他在自问。我不该走掉,也许不可以离开。我现在究竟身在何处?

在简朴的别墅中间,车缓缓爬坡前行。现在弗里多林相信他猜出来了,多年前他有时散步路经这里:那上面一定是卡里岑堡,在左下方他看到在雾霭里,在无数灯光中闪烁不定隐约可见的城市。他听到车轮的辚辚声,从窗外朝后面望去,有两辆车在他后面,他觉得这好极了,灵车上的车夫就绝不会对他有所怀疑了。

突然,猛地摇动一下,马车转到一侧,在围墙之间,斜坡下行,有如在一条峡谷中一样。弗里多林忽然想到,是他该化装的时候了。他脱下皮大衣,穿上罩袍,完全像他每天早晨在医院穿上他的亚麻罩衣一样。他在朝好处想,如果一切顺利,那他在几个小时之后,就是如每个早晨在病床之间巡视的一个乐于助人的医生。

马车停了下来。怎么办,弗里多林在想,若是我根本就不下车,而最好是立刻就返回呢?可到哪儿去?到那个租借商的女儿那儿?或者到布赫费尔德巷子那个小妓女那儿?或者去玛丽亚娜,那个死者女儿那儿?或者回家?他宁愿去任何地方也不想回家。或者是因为他觉得这条路最远?不,我不能回去,他在自忖。我前面很远,那会是我的死亡。他对自己的这种夸张笑了起来,可他并不因此而感到轻松。

花园的大门敞了开来。他前面的那辆灵车驶入更深的峡谷,或者说他觉得是驶入黑暗之中。纳赫梯戛尔看来是早已下车了。弗里多林快速地跳下车来,示意车夫在那个拐弯处等他回来,不管多久,为了保险起见,他事先给了车夫一笔不菲的费用,并答应车夫返程时再给一笔相同数目的钱。他后面的两辆车跟随而至。弗里多林看见从第一辆车上下来的是一个蒙面的女人。他进入花园,戴上面具，一条被室内灯光照亮的窄狭小道通向一个门，门的两扇突然敞开，弗里多林走进一个狭小的白色前厅。迎面响起的是风琴声，两个身穿制服、头戴灰色面具的侍者分列左右。

"暗语？"两人齐声低语。他回答："丹麦。"一个侍者把他的皮大衣拿到接待室，随即在邻室消失不见，另一个开了一扇门，弗里多林随即进入一座朦胧、几乎是昏暗的高高的大厅，四周都悬挂着黑色的丝绸。面具，完全是教会的服装，有十六到二十个修士修女来回走动。风琴的声音温和地增强，一个意大利教堂的旋律像是从高空飘落下来似的。在大厅的一隅有一小群人站在那里，三个修女和两个修士；他们从那里像是有意地飞快地朝他望来，旋即转过头去。弗里多林观察到，他是唯一的一个遮着头的人，于是他拿下了朝圣者的帽子，尽可能装作若无其事的样子随意走动。一个修士碰了他胳膊一下，颔首向他致意，可面具后的目光深深地直刺入他的眼睛，有一秒钟那么长的时间。他的四周弥漫着像是来自南国的一种异样的淫荡的香味。又有人碰了下他的胳膊，可这次是一个修女，她也像其他修女一样，整个双额、头部和颈部都蒙上黑纱，在镂空的丝制面具后面一张血红的嘴在闪闪发亮。我这是在哪儿？弗里多林在想。在一群疯子中间？在一群阴谋分子中间？我陷入某一个宗教教派的集会？或者是纳赫梯戛尔被安排把某个不知内情的人带进来，他得到酬劳，而被带进来的人供这些人开心取乐？可他觉得为了寻欢作乐举办这样一场化装舞会太郑重其事了，太单调乏味了，太阴森可怕了。风琴在为一个女声伴奏，一首古老的意大利的宗教咏叹调响彻了整个大厅。所有人安静地停立，像是在谛听，就是弗里多林也有一会儿被这优美的旋律所陶醉。

突然间，在他身后有一个女人轻轻低语："您不要回头看我。您赶快离开，还来得及。您不属于这里。若是他们发现了，那您可就惨了。"

弗里多林一怔。有那么一瞬间他想听从警告。但是好奇心、诱惑，首先是他的骄傲比任何顾虑都更为强烈。既来之，他在思忖，管它结果如何。他摇了摇头表示异议，并没有转身来。

后面的人低声说："我为您感到惋惜。"

现在他转过头来，看到一张血红的嘴在镂空的面具的后面闪闪发亮，昏暗的眸子直视他的双眼。"我留在这儿。"他用一种他自己都不熟悉的英雄腔调说，随即又转过脸去。歌声奇妙地增强了，风琴以一种新的，完全不是教会的风格，而是世俗淫荡的，响了起来，管风琴像是在咆哮。弗里多林朝四下环视。他注意到所有的修女都消失不见，在大厅里，剩下的都是修士。这期间歌声也从阴沉的严肃，通过一种艺术性的逐渐增强的颤音而进入到欢快和明亮。钢琴声响起，代替了风琴，粗俗而且放肆，弗里多林立即就听出来是纳赫梯戛尔野性和刺激地敲击，此前是那么高尚的女声在一种末日般的尖厉、淫荡的喊叫中像是穿透穹顶直进入无限。那些门分向左右敞了开来，弗里多林在门的一侧认出了坐在钢琴前的纳赫梯戛尔隐约可见的身影，在他对面的空地上灯光明亮刺眼，人人站在那里纹丝不动，头上都蒙着黑色面纱，脸上戴着镂空的黑色面具，但其他的部位都一丝不挂。弗里多林的眼睛饥渴地左顾右盼，落到这些娇美的胴体上，从丰满的到苗条的，从温柔的到惹眼的。每一个赤裸女人都有一个秘密。从每一张黑色面具里闪向他的一双双大眼睛都是不解之谜，这种视觉上不可言喻的快乐在他身上变成了一种几乎不可忍受的欲望之苦。其他的男人像他一样也是如此。首先是着迷的短促呼吸变成呻吟，随之声音听起来是一种深深的疼痛。一个地方迸发出一声喊叫，刹时所有人像是被追逐般从郁闷的大厅冲了出来，都不再披着修士的罩袍，而是身着节庆的白色、黄色、蓝色和红色的骑士服装，扑向那些女人，一阵疯狂的，几乎是丑恶的笑声迎向他们。弗里多林是唯一一个留在原地不动的修士，他感到有些恐惧，于是躲进一个最偏远的角落，那儿靠近背对着他的纳赫梯戛尔。弗里多林看得很清楚，纳赫梯戛尔眼睛上蒙着一条带子，但他相信，这条带子后面的眼睛紧盯那面高大的镜子，镜子里五颜六色的骑士搂着裸体女舞伴在扭动。

突然其中一个女人站到弗里多林身旁，悄声地说——其实没有人在大声说话，声音好像也是秘密一样——："您为什么孤零零一个人？您为什么不去跳舞？"

弗里多林看到，有两个高贵的人从另一个角落里目光犀利地在注视他；他猜到，他身边的那个女人——她长得孩子般，十分苗条——是被派到他这儿来考察他的。尽管如此他还是向她伸出了双臂把她拉到身边。这当儿有一个女人离开她的舞伴径直朝弗里多林跑来。他立刻就知道了，她是先前警告他的那个女人。她站到他跟前，好像是第一次看到他似的，她悄声地说，但是听得清楚，就是在另一个角落上的人也能听到："您终于回来了？"她欢快地笑了起来，"怎么都没用的，我认出你了。"随后转身向那孩子般的女人，"把他留给我，只两分钟。然后他就又是你的了，如果你愿意，可一直到早晨。"她轻声说着，显得很高兴，"就是他，对，是他。"那个女人感到惊奇："真的？"于是轻快地走到角落里的骑士身边。

"不要问，"留下的这个女人对弗里多林说道，"对什么都不要大惊小怪。我是在糊弄她，可我要立刻告诉你：你不可能这样待下去的。现在还不迟，赶快逃走，事不宜迟，每一秒都会出事的。要当心，不要让他们跟踪你，不要让任何人知道你是谁。要不你的平静，你的和平生活就永远成为过去了。走！"

"我能再见到你吗？"

"不可能。"

"那我不走。"

她那赤裸裸的胴体一阵颤抖，他受到了感染，他陷入了迷惘，情欲中几乎难以自持。

"大不了就是我这条命嘛，"他说，"在这个时刻你是值得我付出的。"他抓住她的双手，试图把她拉近自己。

她像是绝望地又轻声说："走！"

他笑了起来，听到自己在说话，犹如听到有人梦呓："我见到了，我身处何地。你们在此不仅仅是用你们的赤裸的身体使人们变得疯狂！你是在与我玩一场特殊的游戏，好使我变得完全疯狂。"

"太迟了，快走！"

他不听她的。"这里有没有供两个彼此中意的伴侣用的隐秘房间？这儿的人只能礼貌地吻手彼此告别？他们看起来不像是这样。"

他指着一对男女，他们按着快速的钢琴节奏在邻近一间镜光明亮的房里继续跳舞，灼热的雪白的胴体紧贴在身穿蓝红黄三色丝绸的男人身上。他觉得现在没有一个人在关注他和他身边的女人；他俩完全单独站在几乎是黑暗的大厅中间。

"别抱希望了，"她低声说，"这儿没有你梦想的那种房间。这是最后的一分钟了。快逃！"

"跟我一起逃。"

她像绝望了似的剧烈地摇头。

他又笑了起来，这笑声令他自己感到陌生。"你在骗我。难道这些男人和这些女人来这儿只是煽动起彼此的情欲，然后就不屑地加以拒绝吗？若是你愿意的话，那有谁能阻止你与我一道离开？"

她深深地叹了口气，垂下头。

"啊，我明白了，"他说，"你们规定了要惩治没有得到邀请偷偷来此的人。这没什么可怕的，可以对我施加另外一种惩罚，只是不要这样的惩罚：离开你！"

"你疯了。我不能与你一道离开这儿走掉，不可能，像与任何一个人一样都不行。谁若是想随我而去，那他的命和我的命都要玩儿完。"

弗里多林像醉酒一样，不仅不离开她，也不愿离开她那芬芳的胴体，她那红得闪光的嘴，不仅不愿离开这个空间的氛围，也不愿离开包围他的淫荡的私密。这一夜尚未出现的结果使他神魂颠倒，同时如饥似渴；他感觉到了他的存在，他的胆量，和他身上发生的变化。他用双手拉动蒙住她头的纱巾，好像要把它扯下来似的。

她抓着了他的双手。"在这一夜里，谁要是在跳舞中把我们中任何一个人的蒙面头纱撕下来的话，那就有人把他的面具从脸上扯下来，用鞭子把他抽赶出去。"

"那她呢？"

"你也许读过一篇关于一个美丽的年轻姑娘的报道……那是几

个星期前的事情,这个姑娘在她的婚礼前服毒了。"

他想起来了,还有她的名字,他说了出来。"难道就是那个出身名门,与一个意大利王子订婚的那个?"

她点了点头。

突然间一位骑士来到他们身边,他是他们中最高的一个,只有他身穿白色的服装;他礼貌地,但同时却专横地稍欠了欠身,要求与弗里多林交谈的女人跳一支舞。她稍显犹豫,可这个人抱住她,旋起舞步,加入到灯光辉煌的邻厅一双双跳舞人中间。

弗里多林孤零零一个人,这种突然的离弃使他感到有如严寒袭来。他环顾四周。在这时候没有任何人来关注他,或许在这瞬间他还有最后的机会,不受惩罚地离开这里。尽管如此,是什么驱使他着魔地待在这个他感到自己既未被人看到也不被人关注的角落里伫立不动?是耻于一种不光彩的和几乎属于可笑的撤退,是一种对奇妙的女人肉体没有得到满足的折磨人的欲望,在他四周还弥漫着女人胴体上溢出的芳香;或者是因为思考到,直到现在所发生的一切也许是对他的勇气的一种考验,是他得到一个出色女人付出的代价——他自己都不知道。但毕竟他清楚,这种紧张是无法长时间忍受的,他必须冒任何危险结束当下这种局面。为此他不管做出什么决定,都不会伤及他的生命。他也许是置身在一群蠢人中间,也许是在一群淫棍中间,但肯定不是在一群流氓和罪犯中间。他突发奇想,到他们中间去,把自己当作一个闯入者,以骑士的风度供他们处置,只有用这种方式,像是达成一种高尚的和解,来结束这一夜。这一个夜晚不会有什么意义,只不过是一群忧郁的、阴沉的、怪诞的和荒淫的冒险家玩弄的一连串荒唐的把戏,这样的人是不会有好结果的,他呼了一口气,做好了准备。

但就在这一瞬间一个黑色骑士蓦地出现在他身边,低声问道:"暗语!"由于弗里多林没有立即回答,他又问了第二次。"丹麦。"弗里多林说道。

"完全正确,我的先生,这是进入大门的暗语。如果不介意的话,那进入房子的暗语呢?"

弗里多林沉默不语。

"您不愿意告诉我们进入房子的暗语?"声调像刀子一样锋利。

弗里多林耸耸肩。另一个人走进大厅的中心,举起手,钢琴声停了下来,跳舞中止了。另外两个骑士,一个穿黄色,另一个穿红色,走了出来。"暗语,先生。"这两个人同时说道。

"我忘了暗语。"弗里多林回答,面带毫无表情的微笑,非常平静。

"这是一种不幸,"穿黄色的人说,"不管是忘记还是根本就不知道,都无所谓了。"

其他戴男性面具的人都拥了进来,两扇门关起。弗里多林穿着修士的服装孤零零地站在身着五颜六色的骑士中间。

"摘下面具!"有几个人异口同声喊了起来。弗里多林把双臂伸向前去,像是护住自己似的。他觉得,在戴着面具的人中间他是唯一不戴面具的人,这比赤裸裸站在穿衣服的人中间要坏上一千倍。他语气坚定地说:"如果你们中间某一个人因为我的出现而觉得名誉受到伤害的话,那我在此声明,以惯有的方式向他赔罪。但是我的面具,只有你们所有人都摘下来,那我的才摘下来,我的先生们。"

"这儿不是谈什么赔罪问题,"身穿红衣服的骑士说,此人直到现在才说话,"而是赎罪。"

"摘下面具!"另一个人说,声音明亮而又骄横,弗里多林觉得这是一个军官在发号施令。

"我们要当着您的面,而不是当着您的面具告诉您,您该怎么做。"

"我不会摘下来的,"弗里多林的声音更为犀利,"谁若是碰我,那他就会知道我的厉害。"

蓦地有一条胳膊向他的面部抓来,要把他的面具撕下,就在这当儿,一扇门敞开来,一个女人——弗里多林毫不费力就认出是谁了——站了出来,身着修女的服装,就是他第一眼看到的那样。在她身后,能看到明亮房间里的其他女人,她们都戴着面纱,身上一丝不挂,一声不响,羞怯地拥成一团。门立即又关上了。

"放开他,"这个修女说,"我准备为他赎罪。"

一阵短暂而又深沉的缄默,好像发生了某种怪异的事情,这时那个首先要求弗里多林说出暗语的黑色骑士转过脸来面向这个修女说道:"你知道,你会是什么结果吗?"

"我知道。"

这像是一声深深的呼吸在大厅中回荡。

"您自由了,"那个骑士对弗里多林说,"您马上离开这幢房子,您要小心,不要进一步打探秘密.这个门是不能偷偷进来的。如果您想领着某个人来追踪我们的踪迹,不管成功与否,你们都会玩儿完的。"

弗里多林一动不动。"你们要用什么方式对待这个解脱我的女人？"他问道。

没有回答。有几条胳膊指向门，表示要他立即离开。

弗里多林摇头。"我的先生们，你们要怎么处置我，那随你们的便好了，但我不能容忍要另外一个人为我担责。"

"这个女人的命运，"黑袍骑士十分温柔地说，"您没有法子去改变。如果有谁在这儿做出了许诺，那就不能撤回。"

这个女人慢腾腾地颔首加以证实。"走！"她对弗里多林说。

"不，"弗里多林提高了声音回答，"对于我来说，如果我不与你一道离开这儿，那我的生命就再没有价值可言。你来自哪儿，你是谁，这我不管。至于你们，我素昧平生的先生们，你们是否要将这场狂欢喜剧玩到底，是以一种严肃的方式收场，还是到此为止，这是你们的事。不管你们是谁，我的先生们，在任何情况下，你们除了这儿的这种角色，还有另外一种存在。但我不玩这种喜剧了，也不会在这里，如果说直到现在为止，我所做的皆是被迫而为，那我现在不这样做了。我觉得，我有自己的命运，它与这种假面舞会不再有任何瓜葛，我要向你们说出我的名字，我要摘下我的面具，我要承担所有的后果。"

"要当心！"这个修女喊了起来，"你会毁了自己，救不了我！走！"随即她转向其他人，"我在这儿，我交给你们了，一切！"

黑色的纱饰像借助一个魔法师的手一样，从她的身上飘落了下来，在亮光下她裸露出她雪白胴体站在那里，她抓住围绕在额部的纱巾，用一个奇怪的圆形动作甩掉，它落向地面，黑色的长发搭在她的双肩、胸脯和她的腰部。——弗里多林在还能够捕捉她面部的表情之前,已经被一双胳膊不容反抗地抓住,扯动,推向大门;随即他就到了前庭,在他身后大门嘭然关上。一个戴面具的仆人递给他皮大衣,帮他穿上,这座住宅的大门敞了开来。犹如被一种无形的暴力追逐一般,他快步前行,他站到马路上,灯光在他身后熄灭了,他转身回望,看见那幢住宅沉默地立在那里,窗户紧闭,没有一丝光亮透出来。他首先想到的是,这一切我要牢牢记在心里。我必须再次找到这幢房子,一切都会真相大白。

黑夜笼罩着他,在上面不远的地方,他的那辆车应该在那儿等着他,一盏路灯闪出淡淡的红光。在巷子的深处那辆灵车在向前驶行,好像应他的招呼而来。一个仆人打开了车门。

"我有我的马车。"弗里多林说,仆人摇了摇头,"若是他已经走了,那我徒步返城。"

仆人用手做了个根本不像是仆人的动作,根本不容抗拒。车夫的礼帽高高朝向夜空可笑般地矗起。风变得猛烈起来,天空中飘浮着一片紫色的云彩。根据他此前的经历他无法欺骗自己,知道只有上车别无选择。人一上车,车立即动了起来。

弗里多林决定不顾任何危险,准备去揭开这次险遇的答案。他觉得,如果他不能成功地重新找到那个无法理解的女人,那他的存在就再无任何价值可言。在那个时刻,她为了救他而不惜付出任何代价。她为一个人付出的是什么,这很容易猜想出来。但是她为他所做牺牲的理由何在?牺牲?为了他面临的,为了他不得不屈服的一切,这个女人算是一种牺牲吗?当她参加这样一个集会时——看来今天这不是第一次,因为她对里面的规矩了如指掌——那她就会受骑士中的一个或者所有人驱使,这对她已无关紧要了吗?是的,难道她与一个妓女有所不同?难道那里所有的女人都有所不同?是妓女,这毫无怀疑。即使她们除了做妓女还有第二种所谓的市民生活,那同样也是一种妓女生活。他刚才所经历的并不是全部,可能只是一个他们同他开的卑劣玩笑?一个玩笑,是为一个私下溜进来的不速之客事先就准备好,并尽可能安排周详的一个玩笑?可是他又想起这个女人,她一开始就警告过,并准备为他付出代价,她的声音,她的态度,她那未加遮掩的胴体的贵族气质,这不可能是欺骗。或者是他,弗里多林的突然出现像一个奇迹起了作用,改变了她?——他知道要是这样想是愚蠢的——在经过今夜他所遇到的一切之后,发生这样一种奇迹不是不可能的。他在想,也许在某些时间,在某些夜晚,男人们中间会出现这样一个罕有的、不可抗拒的魔法师;而在通常情况下他们对另一个性别的人不具有奇妙力量?

马车一直在爬坡上行,如果路没有走错,那早该堙入主路了。他们要对他做什么?车要把他带到哪里?或许这场滑稽戏还要继续下去?该是一种什么样的方式?也许要有一个解释?在另一个地方愉快地重逢?在一场别具一格的考验之后,接纳他进入这个秘密社团作为报酬?顺利地占有那个出色的修女?车窗都关上了,弗里多林试图朝外观望,但窗户不透亮。他要打开窗,左边的右边的都无法打开;把他和车夫隔开的那道玻璃墙同样是不透亮的,同样是紧闭的。他敲打玻璃,喊叫,疾呼,马车在继续行驶。他要打开车门,不管是左边的还是右边的,但都白费力气。他又重新喊叫起来,喊叫声淹没在车轮的辚辚声中,消逝在风的呼啸之中。马车开始颠簸起来,迅速地下坡,越来越快,弗里多林感到不安,感到恐惧，就在他准备打碎一扇密封的窗时，两扇门都同时敞了开来，马车骤然间停下。如同由机械控制一般，好像嘲弄似的随意由弗里多林选择左边的还是右边的。他跳下车，车门嘭然闭上，车夫对弗里多林丝毫不予以理会，随即驱车离去，穿过空旷的田野，没入黑夜。

　　天空阴沉，云在追逐，风在呼啸。弗里多林伫立雪中，雪的四周发出微弱的亮光。他孤零零一个人站在那里，身穿的皮大衣敞了开来，外面披着修士罩袍，头部戴顶朝圣者帽子，自己的这身打扮令他感到好笑。在不太远的地方就是宽敞的公路。一排昏暗的路灯标出了通往城市的方向。但是弗里多林抄着近路，他想尽可能快地置身人群之中。他双脚湿透，踏进一个狭窄的没有灯光的小巷，在两边高高的木篱笆之间穿行，在风暴中木篱笆在呻吟。转过一个街角，他进入一条有些宽敞的巷子。这儿稀少的小房子和空荡荡的工地相互交错在一起。一处塔楼响起了早晨三点的钟声。有一个人迎面朝弗里多林走来，他穿着短夹克，双手插在裤袋里，头攒进肩膀，帽子沉沉压在前额。弗里多林做出了迎击的准备，但出乎意料，这个流浪汉却转过身跑掉了。这意味着什么？弗里多林自忖。随后他想起来，自己这副扮相太令人害怕了，于是他从头上摘下朝圣者的帽子，扣上大衣遮住在大衣下面直垂到双膝的修士罩袍，它在风中不停地抖动。他又绕过一个拐角，进入郊区的一条主路，一个乡下人从他身旁走过，像对一个牧师一样，向他施礼。一盏路灯的亮光落在街角房屋挂的一个路牌上：里伯哈尔特斯塔尔大街。离他一小时前离开的那幢房子不太远。有那么一瞬间他想沿路返回，到那幢房子的附近察看一下究竟。可他立即放弃了这个念头，他考虑到他会遇到极大的危险，根本不会解开这个谜。一想起刚才在别墅发生的那些事，他的心中就充满了愤怒、绝望、羞耻和恐惧。这种心绪令他不可忍受，几乎为他没有受到那个他遇到的流浪汉的攻击而感到遗憾，为没有肋上被扎上一刀躺在刚走过的小巷的篱笆旁而感到遗憾。若如此的话，那在这个荒唐之夜里的愚蠢而又没有结局的冒险终归保留有某种意义。他准备回家，可他觉得这太可笑了。但他什么也没有失去，明天也是一天嘛。他发誓，在他没有重新找到那个娇媚的女人之前——她那炫目的赤裸裸胴体一直令他着迷——他是不会安静下来的。他现在才想起了阿尔伯丁娜，可居然好像他也必须去征服她似的，在他同今晚遇到的那些人，同那个裸体女人，同彼莱特，同玛丽亚娜，同狭窄小巷里的小妓女一道欺骗她之前，好像她能够，她可以不必更早就成为他的妻子似的。难道他不该设法去与那个向他挑衅的傲慢大学生决斗？用战刀，最好是用手枪。别人的命和他自己的命对他都无关紧要？难道人们总是仅为了义务和牺牲的勇气而去冒险？从不是出于情绪，出于激情，或者简单说，为了自己而去与命运进行较量？

他又想到了，他可能已患绝症，身上显出苗头。一个死于白喉的孩子不是冲着他的脸咳嗽过？若是因此染病死去，那这太荒唐可笑了。或者他已经病了，他没发烧吧？在这一时刻他不是躺在家里的床上吧？他相信他所经历的这一切，那除了是神志不清还能是什么？

弗里多林把眼睛睁得尽可能大大的，摸了摸额头和双颊，测了测自己的脉搏。没有过速。一切正常。他完全清醒。

他在公路上继续向城市走去。在他后面有几辆去市集的马车，咕隆作响从他身边驶过，他不时遇到衣着简陋的人，对他们而言，白天才刚刚开始。在一家咖啡馆的窗户后面，有一个肥胖的人，靠在一张桌子上，桌子上有一盏煤气灯在闪烁不定，他脖子上围着一条围巾，双手撑着脑袋，他睡着了。房间还一片昏暗，个别窗户已经透亮。弗里多林相信，他感受到了人们在慢慢苏醒，他好像看到了他们在床上伸伸懒腰，准备面对他们可怜艰苦的一天。可也有一个人出现在他的面前，但并不可怜，也不忧郁。心脏的一种少有的跳动使他变得高兴起来，意识到再过几个小时他就会穿上白色的亚麻布罩衫在病床之间巡视。在最近的一个街角有一辆单驾马车，车夫在驾驶座上睡着了。弗里多林把他唤醒，告诉他地址，随即进入车内。

5

他踏上通向他的住房的楼梯，已是早晨四点了。他首先要到他的接待室，去把面具和服装小心地锁在一个柜子里。为了避免把阿尔伯丁娜吵醒，在他进入卧室之前，他就脱下鞋和衣服。他小心翼翼地打开床头柜上的台灯。阿尔伯丁娜安详地躺在床上，脖子枕在胳膊上，嘴半开，一团痛苦的阴影围在她的四周；这是一张弗里多林不熟悉的脸。他俯下身来望着她的前额，像是被触动似的，它立即皱了起来，表情扭曲，显得怪极。突然间，她还一直在梦中，尖厉地笑了起来，弗里多林为之悚然。他不由自主地喊起她的名字。她又笑了起来，像是在做出回答，用一种全然陌生的、几乎怪异的方式。弗里多林又一次大声喊她。她睁开了双眸，慢慢地、费力地，瞪大眼睛朝他呆呆地望去，好像她不认识他一样。

"阿尔伯丁娜！"他第三次叫她。她仿佛现在才回过神来。眼中露出一种抗拒、惧怕，甚至是恐怖的表情。她抬起了手臂，恍惚地，绝望地，她的嘴还一直张开着。

"你怎么了？"弗里多林屏住呼吸问道。因为她还一直恐怖地呆望，他像似安慰地补充了一句："是我，阿尔伯丁娜。"她深深地呼出了一口气，勉强地笑了笑，手臂落回到被上。像是从遥远的地方，她问道："已经是早晨了？"

"宫廷参议员已经死了。当我到了时，他已经死了，我当然不能立刻就走把亲属单独留下。"

她点了点头，但好像她根本就没有听，或根本就没有听懂，呆呆地望着他，透过他的全身直进入虚无。他觉得，在这同一瞬间他的脑际闪现出一个突如其来未加思索的念头：她一定知道了，他今夜都经历了什么。他俯身下去，吻了下她的额头，她轻微一颤。

"你怎么了？"他又问道。

她只是缓缓地摇摇头。他抚摩她的头发。"阿尔伯丁娜，你怎么了？"

"我做了个梦。"她说，声调陌生。

"你梦见什么了？"他温和地问道。

"啊，太多了。我无法记起来。"

"也许还能记起。"

"太乱七八糟了——我累了。你也累了吧？"

"一点都不累，阿尔伯丁娜，我几乎不想睡了。你知道的，每当我这么晚回来时都是这样，最好我是立即坐到我的写字台前，恰恰是在这么早的时刻。"

他打断了自己："你不想把你的梦讲给我听吗？"他笑得有点儿勉强。

她回答说："你该躺下来休息一会儿。"

他迟疑了片刻，随之按照她的愿望躺在她的身边，但是避免触动她。一把剑隔开了我们，他在想，回忆起同样情况下一次半开玩笑的场景，类似的机会是因他而起的。两个人都沉默不语，躺在那里睁着眼睛，彼此都感到，靠得很近，隔得很远。片刻之后他用胳膊支起脑袋，长时间观察她，好像能看得更多，远不只是她脸部的轮廓。

"讲讲你的梦吧！"突然他又说了一次，好像她在等着他提出这个要求。她把一只手递给他，他握住了，习惯性地，漫不经心地而不是温柔地，他玩弄她纤细的手指。她开始说了：

"你还记得沃尔特湖畔那座小别墅里的房间吗？就是我与父母亲在我们订婚的那个夏天住过的？"

他点头。

"梦就这样开始了，我进入了这个房间，我不知道从哪里来，像一个演员登上舞台。我只知道，我的父母正去旅行，把我一个人留在这里。我感到奇怪，因为明天就是我们的婚礼。但是新娘的礼服还没有到。或者是我弄错了？我打开衣柜去看，没有结婚礼服，挂在上面的是另外一些服装和戏装，歌剧用的，华丽，东方色彩。

难道我要穿上这类衣服参加婚礼？我在想。可突然间衣柜又关上了或者说是不见了，我不知怎么回事。房间非常明亮，但外面，窗户前面是漆黑的夜……突然间你站在我的面前，是大型帆桨战舰上的奴隶划船把你送来的，我看到他们同样消失在黑暗之中。你的衣着非常华丽，是用黄金和丝绸制成的，腰的一侧挂着一把匕首，匕首上有银制的悬饰物。你把我抱出窗外。我现在打扮得富丽堂皇，像一位公主。我们俩站在旷野上，夜色朦胧，昏影，微光，灰色云雾弥漫直没我们的双膝。这是一个倍感亲切的地方：在那边，我们前面是一片山峦，我看到一座座的别墅，它们立在那里，像是由积木搭成。但我们两个，你和我，我们在飘，不，我们是在飞，穿过雾霭，我在思忖：这么说，这是我们的蜜月之旅。但不久我们不再飞了，我们走向一条林间小路，它一直通到伊丽莎白高地，可骤然间我们站在山的高处，三面被树林环绕，后面是峭壁巉崖，直切入高空。我们上空繁星点点，湛蓝如洗，浩瀚无际。这样的景色在现实中根本就不存在，这是我们洞房的天花板。你搂着我，非常亲昵。"

"希望你也这样爱我。"弗里多林面带一丝隐而不露的恶意微笑。

"我相信，更加爱你，"阿尔伯丁娜认真地回答，"但是，我该怎样向你解释，尽管搂抱得极为深情，可我们的温柔却非常的伤感，犹如预感到一种命定的痛苦。突然清晨就来临了，草地鲜亮，绚丽多彩，森林四周环绕一团晨露，阳光在崖壁上跳动。我们两人又重新回到世界，置身人群之中，现在是至关紧要的关头。发生的事情有些可怕。我们的衣服消失了。一种难以言喻的恐怖攫住我，一种灼人的羞耻直捣内心的毁灭感，同时对你极为愤恨，仿佛这不幸完全是你的过错。所有这一切：恐怖、羞耻、愤恨是那样强烈，我清醒时感受到的都无法与之相提并论。但是你意识到了你的过错，你赤身裸体冲下山去找我们的衣服。当你消失不见时，我感到一阵轻松。你既不使我同情，也不令我担心，我只是为我只身独处感到快乐，我在草地上愉快地跑来跑去，我唱歌：这是一支舞蹈的旋律，是我们在化装舞会听到的那首。我的声音美极了，我希望下面城里听得到。我看不见这座城市，但我知道它在我下面很深的地方，四周各有一面高墙围起；这是一座完全神奇的城市，我无法用言语去描绘它。既不是东方的也不完全是古老德意志的，可一会儿是那个样式，一会儿又是另一个样式的，不管怎样是一座早就并也永远陆沉的城市。突然间我躺在草地上，在阳光的照耀下，伸张开四肢，这比我在现实中要美得多了。就在我躺在草地的期间，一位年轻的先生从森林中走了出来，身穿一套鲜亮的、时尚的服装，他看起来，我现在知道了，他看起来像那个我昨天给你讲过的丹麦人。他走自己的路，经过我时非常有礼貌地向我打招呼，但他并没有继续注视我，径直向崖壁走去，并进行观察，好像他在考虑如何去征服它。但这时我也看到了你，你在陆沉的城市从一家商店跑到另一家商店，时而在林荫甬道上，时而穿过一个土耳其式的市集，你买了你能为我找到的最漂亮的东西：衣服、内衣、鞋、饰物。你把这些物品装进一个小型的黄皮手提袋里，居然都装得进去。始终有一群人在追逐你，我看不到他们，我只是听到他们发出郁闷而咄咄逼人的乱嚷乱叫声。这时另一个人出现了，就是那个此前停在崖壁前的丹麦人。他又从森林那儿直冲向我走来，我知道，在这期间他环游了整个世界。他看起来和此前不一样了，但确实是同一个人。他又像前一次那样停步在崖壁前，随后又从森林中走出来，消失不见了，又从森林走出来；这样重复了两次或三次或上百次。他总是同一个人，又总是另一个人，终于他停在了我的面前，审视地观察我，每当他经过我时，都向我打招呼，我诱惑地笑了起来，在我的一生中我从没有这样笑过。他朝我伸开了双臂，我想逃跑，可我做不到，他躺在草地上，与我一起。"

她沉默。弗里多林的咽喉发干，在昏暗的房间里他在注视，阿尔伯丁娜怎样把脸埋在双手之间，像藏起来似的。

"一个奇怪的梦，"他说，"它完了吗？"因为她摇头表示没有，于是他说："那继续讲下去。"

她又开始讲了："太不容易了，很难用言语把这种事情表达出来。是这样，我觉得，我经历了无数的白昼和黑夜，既没有时间，也没有空间，不再是我待在的那片森林和崖石所环绕的林中空地，那是一片广袤无垠、繁花似锦的平原，它向四面八方延伸，直消失在地平线上。我也长时间——奇怪的是这么长时间——不再与这样一个男人单独在草地上。但是否除了我还有三个或十个或成百上千对情侣在这儿，是否我看到了他们，是否我属于那一个或另一个，我无法说出来。但是如先前那种恐怖和羞耻的情感远远超出在清醒时所能想象的一样，在我们有意识的存在中肯定是没有的，它就是解放、自由、快乐，我在梦中才感受到。可这同时我知道你的一切，瞬间都没有中断。是的，我看到你，我看到你被抓住了，是被士兵，我相信，也有教会的人士在里面；有一个魁梧的男人捉住了你的双手，我知道，你就要被绞死。可我对此毫不惊恐，疏远冷漠。他们把你带入一个庭院，某种城堡式的庭院。你双手被绑赤身裸体站在那儿。尽管我身在另一个地方，我看到了你，你也看到了我，也看到搂我在怀的那个男人。所有其他的情侣，都一丝不挂，犹如一片源源不绝的潮水，泛起泡沫，把我围困在其中，我和那个搂抱我的男人就是这片潮水波浪上的一个浪花。你站在庭院里时，在一扇高大的拱形窗户旁，在两张红色的窗帷中间出现了一个年轻的女人，她头戴王冠，身披紫袍，是这个国家的女公爵。她在用严厉的询问目光俯视你。你孤零零站在那里，其他人，很多很多，都站在旁边，后靠城墙。我听到一阵阴森可怕的嘀咕声和叽叽喳喳声。这时女公爵弯下身来，伏在窗台上。一片寂静，女公爵给了你一个手势，像是命令你上去，到她那儿。我知道，她决定要赦免你。但是你没有注意她的目光，或者说你不愿意看到她的目光。但蓦然间，尽管你双手被绑，虽赤身裸体还是披一件黑色的罩袍，你站在她的面前，不是在后宫里，而是在空中，有如飘浮起来一样。她手拿一张羊皮纸，这是你的判决书，上面也写有你的罪行和判你死罪的缘由。她问你——我虽然听不见，但我知道她问什么——你是否愿意成为她的情人，在这种情况下可赦免你的死罪。你否定地摇摇头。我不感到奇怪，因为这太正常了，不可能不是如此，你必定为我甘冒任何危险，永远对我忠贞不渝。女公爵耸耸双肩，向空中摆手示意。于是你突然就到了一间地下室，皮鞭猛烈抽打你，可我看不到那些朝你挥鞭的人。你身上鲜血迸流犹如小溪，我看到血在流淌。我意识到我的残忍，因为我对它们并不感到有什么奇怪之处。现在女公爵朝你走去，她的头发松开来，披在她一丝不挂的胴体四周，双手捧着王冠走到你跟前——我知道了，她是丹麦海滨上的那个姑娘,你曾在早晨看到她赤身裸体站在一间浴场小屋的露台上。她没说一句话,但是她的到来,她的沉默都是在问,你是否愿意成为她的丈夫,成为这个国家的大公爵。你又一次拒绝了,她突然消失不见。但是我立刻就看到,有人在为你竖立起一个十字架;不是在宫堡的庭院,不,是在繁花似锦一望无垠的草地,那儿有无数的情侣,我就在他们中间,倚在一个情人的怀中。我看到你孤单一个人穿过古老的街巷,没任何人在看管你,可我知道,你已无路可走,逃跑绝无可能。现在你走上一条林中小径,我紧张地等待你,但没有丝毫怜悯之情。一些布条遮住了你的身体,上面不再沾满鲜血。你走向高处,越来越高,小径变得宽阔起来。森林向两边退让,你站在草地的边缘,远不可及。你面带微笑,用眼睛向我打招呼,表示你已经满足了我的愿望,给我带来了我所需要的一切:衣服、鞋子和装饰品。但是我觉得你的表情过分愚蠢和可笑,这诱使我对你大加嘲弄,冲着你的脸大声笑了起来,恰恰是因为你出于对我的忠诚而拒绝了一个女公爵向你伸出的手,为此忍受酷刑,爬上此地,面对一种恐怖的死亡。我迎着你跑去,你也加快了脚步。我开始飘了起来,你也在空中飘了起来;可是突然间我们相继消失不见,我知道:我们在飘浮中彼此错过。我希望就在他们把你钉在十字架的当儿,你至少能听到我的笑声。我大声笑起来,尽可能笑得刺耳,笑得尖厉。弗里多林,这就是我醒来时的笑声。"

她沉默,一动不动。他也没有动,没说一句话。在这一瞬间任何的一句话,任何一个动作都显得乏味、欺骗和怯懦。她在她的讲述中说得越过分,那他觉得自己此前所经历的就显得越是可笑和微不足道。他发誓要把自己的经历进行到底,然后纤悉无遗地讲给她听，对这个女人进行报复，她在她的梦里暴露出她的不忠、残忍和背叛，他在此刻深信他对她的恨远超出此前他对她的爱。

现在他注意到了，他还一直用双手握住她的手指，不管他对这个女人心怀怎样的仇恨，他对这纤细的、冰冷的、非常熟悉的手指还是感觉到一种没有改变的、只是变得痛苦的温柔。他不由自主，甚至违反他的意愿，在他把这只熟稔的手松开之前，用自己的嘴唇轻柔地吻了吻它。

阿尔伯丁娜还一直没有睁开她的双眼，弗里多林相信她看到了，她的嘴，她的前额，她的整个面庞都带有幸福的、澄明的和纯洁无瑕的表情在微笑。他感到有一种他自己都无法理解的冲动，想俯下身来在阿尔伯丁娜的苍白前额上印下一个吻。但是他克制住了自己，他意识到在经过此前几个小时发生的事情，他过于疲惫不堪，这疲惫太可以理解了，它在夫妻卧室的虚伪的气氛里披上了渴求温情的伪装。

像正常一样，当下他面临的就是在随后的时刻做出怎样的决定，当务之急就是至少要有一会儿遁入睡眠和遗忘。在他母亲去世的那个夜里，他也是睡觉了，睡得深沉而且无梦，他应当在今夜也是如此？他在阿尔伯丁娜身边躺了下去，她已经沉入梦乡。他又闪过这样的念头，一把宝剑横在他们之间，他们像不共戴天的死敌并卧一起。但只是说说而已。

6

早晨七点时,女仆的轻轻敲门声唤醒了他。他用迅急的目光扫了阿尔伯丁娜一眼。这种敲门声,有时,但并不总是唤醒她。今天她睡得很沉,一动不动。弗里多林很快打点完毕。在离家之前,他要看看他的小女儿。她安详地睡在她的白色床上,双手孩子气地攥成小拳头。他吻了吻她的前额,又吻了吻她的小脚尖,随后进入卧室,阿尔伯丁娜还像此前睡得那样安详,一动不动。他走开了。在他黑色的医用手提包里他带上修士罩袍和朝圣者帽子。他仔细地安排了他的日程,甚至有一些刻板。首先是去看望附近的一个身患重病的年轻律师,弗里多林给他做了一次详细的检查,他觉得病情有些好转,对此感到满意,面带喜悦的表情,开了一副旧药方,按照通常的习惯进行了叮嘱。随后他立刻就前去那家咖啡馆,纳赫梯戛尔昨天夜里就是在它的地下室里弹奏钢琴的。咖啡馆还没有开门,可女收银员知道,纳赫梯戛尔住在莱奥波德大街的一家小旅馆里。半个小时之后弗里多林就到了那里。这是一家寒酸的客店,在过道里就闻到了床的霉味和劣质油脂和菊苣咖啡[1]溢出的气息。一个长相丑陋的看门人眼眶通红,目光狡黠。因为经常准备警察的询问,他十分乐意回答弗里多林的问话。纳赫梯戛尔先生在今晨五点被两个人带走了,他们戴着高高缠起的围巾,遮住了脸,也许他们有意让人认不出来。在纳赫梯戛尔回到他的房间时,

---

[1] 菊苣,一种植物,廉价的咖啡代用品。

这两个人为他结了最近四周的房钱。当他半个小时后还没有下来时,其中一位先生亲自上楼把纳赫梯戛尔接了下来,随后三人前往北火车站。纳赫梯戛尔的表情显得极为激动。是啊——他们为什么不把整个真相告诉给一个如此令人信赖可亲的先生——他试图把一封信塞给门房,可两位先生立即阻止了他;并继续解释说,凡是给纳赫梯戛尔先生的信件,都会有一个法定的人来取。弗里多林感到庆幸,他在踏入旅店时手上提着他的医用手提包,这样他们就不会把他当作这家旅馆的一个房客,而是看作一个来公干的人。看来从纳赫梯戛尔那儿是一无所得。这些人真的是十分谨慎,理由十分充分。

现在他前往面具租借商店。吉比舍先生亲自开门。"我交还我租借的服装,"弗里多林说,"希望把费用还清。"吉比舍先生说出一笔不算高的费用,收了钱,在一本大的账本上记了一笔。可他看到弗里多林不想离开的表情,感到有些惊奇地从办公桌旁朝他望去。

弗里多林用一个预审法官的语气说道:"此外我来这里要与您谈您的女儿的事情。"

吉比舍先生的鼻翼翕张,不知是不悦,嘲笑还是恼怒。

"先生,您这是什么意思?"他用一种游移不定的语气问。

"您昨天注意到了,"弗里多林说,他把张开的一只手的手指,撑在办公桌上,"您的女儿精神上不是很正常。我们看见她在那种场合的作为,就证明这种猜测大体是对的。我偶然成为那些奇怪场景的参与者,或至少成为一个旁观者,那我建议您,吉比舍先生,去求助一位医生。"

吉比舍玩弄手上的一支长得出奇的笔杆，转来转去，用一种放肆的目光在衡量弗里多林。

"医生先生是不是好心地亲自来治疗？"

弗里多林声音尖锐有些嘶哑地回答说："我请您不要顺口乱说我没有说过的话。"

在这一瞬间一扇通向内室的门开了，一个年轻人走了出来，他身着一件敞开来的大衣，内着礼服。弗里多林立刻就认出来，他就是夜里看到的两个菲默法官中的一个，绝不可能是别人。毫无疑问，他是从姑娘房中出来的。当他看到弗里多林时，显得尴尬，但立刻就镇静下来，飞快地用手向吉比舍打了个招呼，随后用放在办公桌上的火柴点起一支香烟，离开了这座房子。

"啊，是这样。"弗里多林的嘴角轻蔑地抽动了一下，舌头上有一种辛辣味道。

"先生，您什么意思？"吉比舍无所谓地问了一句。

"这么说您是放弃了，吉比舍先生？"他把目光从大厅扫向那个菲默法官刚才走出来的房门，"您放弃去通知警察了？"

"医生先生，我们已经用另一种方式达成了和解。"吉比舍冷静地回答，他立起身来，像是表明见面已经结束。弗里多林转身离去，吉比舍殷勤地把门打开，毫无表情地说道："如果医生先生再有什么需要的话……不仅仅是一套修士服装吧。"

弗里多林关上了身后的大门。这件事办完了，他在想，心怀一种恼怒的情绪，连他自己都觉得过分。他疾步下楼，不紧不慢地前往诊所，首先是给家里打电话，询问是否有一个病人被送到家里，是否有邮件，此外还有什么消息。女仆刚回答完，阿尔伯丁娜本人就到电话机旁，问候弗里多林，并重复了女仆已经回答过的事情。随后她毫无拘束地告诉弗里多林，她刚起床，正要与孩子一道吃早点。"替我吻她，"他说，"祝你们好胃口。"

他觉得她的声调惬意，正因为如此他迅速地挂断了电话。他本来还要问，阿尔伯丁娜今天上午要做什么，可这与他何关呢？在他的灵魂深处，他已经与她一刀两断了，尽管表面上生活在继续。金发护士帮他脱下外衣，递给他白色的医生罩衫，同时她对他露出了一丝微笑，她一向对任何人都是这样微笑的，不管人们对她在意与否。

一两分钟之后他到候诊大厅。主治医生留言，他因为一项会诊不得不突然出远门，助手们可在他不在的情况下去巡视病人。弗里多林对此感到高兴，一些大学生跟随他去逐床进行检查，开处方，与助理医生和女护士交谈。当然有一些新情况发生。锁匠学徒卡尔·吕德尔夜里死去，下午四点半进行解剖。女病室腾出了床位，但又被占用了。十七号女病人得送去手术室，这期间也谈及了一些人事问题。明天眼科的新的任命就会决定下来；徐格曼，马堡的教授，四年前还只是斯泰尔瓦格的第二助理，现在他最有希望。弗里多林暗想，这可是飞黄腾达啊。我从来就没有在考虑范围之内，因为我没有授过课，太迟了。究竟是为什么？看来还是必须进行科研工作或者更严肃地重新着手开始某些新的项目。个人的实践总还是有足够时间的。

他请富克斯塔勒博士先生去主持巡诊，他承认他宁愿待在这里，不想去卡里岑堡，可他必须得去。不仅仅是负有义务，去对事情查一个究竟，他今天还有一些其他事要办。于是他决定无论如何也要富克斯塔勒医生负责晚间巡视。那个在最后一张病床上的患疑似急性感冒的年轻姑娘朝他微笑。最近一次在检查时，就是这个姑娘把她的双乳那么亲昵地紧紧压住他的面颊。弗里多林不悦地回敬了她的目光，随即皱着额头走开。都是一类货，他酸楚地自忖，阿尔伯丁娜和她们一样，而且是最最坏的一个。我要与她一刀两断，不会再好起来的。

在楼上他与一个外科同事还交谈一两句。那个今天夜里转过来的女人情况如何？就他看来，没有动一次手术的必要，他们会把组织学检查的结果送他过目吗？

"当然啰，同事。"

在街角他登上一辆马车。他掏他的记事簿查看一下，在马车夫面前的一种可笑的扮相，好像他现在才做出决定似的。"到奥塔克林，"他说，"卡里岑堡对面的那条街。我会告诉你该停在哪儿。"

在车上突然一种痛苦和渴求的激动又一次袭来，几乎是一种负罪感，他在最近几个小时没再去想救他的那个美丽女人。他能否成功地找到那幢房子？这应当不怎么特别困难。只是问题在于：然后？去警察局举报？可这恰恰会给这个也许已经为他牺牲或者准备为他做出牺牲的女人带来可怕的后果。或者他该去求助于一个私人侦探？可他觉得这太无趣，也太不值得了。但不这样那他该怎么办呢？他既没有时间，大概也没有这方面的才能，必要的调查是需要一种本事的。一个秘密的团体？不管怎么说，是秘密的。但他们彼此之间是认识的吗？是些贵族，也许是些宫廷人士？他想起那些大公爵们，这些人倒是会干出这类勾当的。那些女人呢？做出牺牲？

是找来的货色。但是，那个为他做出牺牲的女人呢？做出牺牲？为什么他总是想象，她真的是一个牺牲品！是一场滑稽戏。他本应当高兴从中轻易地脱身出来。是的，他保持了尊严。那些骑士们大概是看出来了，我可不是一个初出道儿的雏儿。她无论怎么说也看出来了，比起那些大公爵们或不论是什么人，她大概觉得他更可爱。

到了里伯哈尔特斯达尔的终点，从这儿起车明显地开始爬坡了。他下了车，为安全起见他立即把马车打发走。天空湛蓝，白云朵朵，太阳闪耀，春日温煦。他回头望去，看不到任何可疑之处。没有车辆，没有行人，他开始缓步上行。他感到大衣变得沉重起来，他脱了下来，搭在肩膀上。他走到向右楦入侧路的地方，那幢神秘的住宅就在这条路上。他不会走错这条路，下行，但坡度不是那么大，不像夜里车行此地时他想象的那样。一条安静的巷子，在门前的一个花园里长有玫瑰，都用干草仔细地包扎了起来。在后面的庭院里有一辆童车，一个身穿蓝色毛衣的孩子骑在车上冲来冲去。从看门人的窗户望去，一个女人在朝他微笑。随之看到一块荒废的空地，后面是一个用篱笆围起来的花园，接之是一个小型的别墅，然后就是一片草地，呐，毫不怀疑了——这就是他要寻找的那幢房屋。它看起来并不高大，也不壮观，只是一座两层楼的别墅，简朴的帝国风格，显然不久前才修葺过。绿色的百叶窗全部垂下来，没有迹象表明别墅里有人居住。弗里多林四下望去，巷子里阒无人迹。他继续下行，远处看到两个男孩，胳膊下夹着书本。他站在庭院的大门前面。怎么办？"就这么简单地回去？"这样显得他太可笑了。他试图找到电门铃，若是有人给他开门，他该说什么呢？呐，很简单，这座漂亮的别墅夏天是否出租？可这时门已经径自打开,一个年迈的仆人身穿简单的晨服走了出来,他慢慢沿着小径直走到庭院的大门。他手上拿着一封信,一声不响地把它从两扇栅栏门之间递给心里一直打鼓的弗里多林。

"给我的?"他结结巴巴地问。仆人点头,随即转身走掉,他身后的门关上了。这是什么意思,弗里多林在自问。是她写的?也许她就是这幢房子的主人?他疾步又上行回到大路上,现在他才注意到,在信封上用垂直的高雅的字体写有他的名字。他从信封的一角拆开,展开一张信纸,念道:"放弃您这些无意义的调查,这段话可视为对您的第二次警告。我们为您的厉害着想,希望您不要继续下去。"他让信纸飘落地下。

从任何一个角度来看,这个通知令他感到失望;但不论怎样,这个通知与他设想的不一致,不是用愚蠢的方式,而是一个完全异样的通知。至少语气上明显克制,一点都不尖锐。这封信表明,寄这个通知的人并不感到安全无虞。

第二次警告?怎么回事?是啊,夜里是对他的第一次。但为什么是第二次呢?不是最后一次?他们要再次考验他的勇气?他要通过一次考验?他们从哪儿知道他的名字?呐,这没有什么可奇怪的,看样子是他们逼迫纳赫梯戛尔出卖他。他对自己的疏忽不由自主地笑了起来,在他皮大衣内衬上就缝有他的签名和他的确切地址。

与此前相比,他没有取得什么进展——这封信使他安下心来——他不知道怎么说才能说清楚,这是为什么。特别是他确切地知道了,那个他为其命运而担心的女人还活着,问题只是他要找到她,如果谨慎机智,那就会成功的。他感到有些疲惫,但他的情绪平和下来，一种少有的解脱感，但同时觉得是一种欺骗性的。他回到家中，阿尔伯丁娜和孩子已经吃过中饭。在他独自用餐时，她仍然作陪。她坐在他的对面，就是这个女人夜里平静地让人把他钉死在十字架上。现在她的目光如天使般温柔，家庭主妇和母亲般的表情。他自己都感到奇怪，对她没有丝毫的仇恨。饭菜可口，他有些激动，心情极佳，按照他的习惯，兴高采烈地谈起每天业务上的琐事，特别是医院的人事安排，这类事情通常他都要详详细细地向阿尔伯丁娜通报。他讲到对徐格曼的任命已经定了下来，谈到自己的打算，准备再加把力气重新拾起科研工作。阿尔伯丁娜熟悉这种情绪，知道它不会长时间继续下去的。她的莞尔一笑暴露出了她的怀疑。弗里多林越说越激动，阿尔伯丁娜用温柔的手抚摩他的头发，使他平静下来。他稍许一怔，随即转向孩子，这样就使他的额头离开令他感到痛苦的抚摩。他把孩子抱到怀里，放到膝盖上摇晃。这时女仆通报，有几个病人正在等候。弗里多林像得到解放似的放下孩子，立起身来，附带提到，阿尔伯丁娜和孩子在阳光充沛的下午时分要去散步，随即他走进他的诊室。

在随后的两个小时里，他看了六个老病号和两个新病人。他为每一个病人看病都十分敬业，检查，写病历，开方。他在度过这两个几乎是无眠的夜晚之后，感到他居然仍然如此神奇的精力旺盛，生机勃勃，这令他高兴。

诊治完病人之后，按通常习惯，他又一次去妻子和孩子处转转，他不无满意地看到阿尔伯丁娜的母亲来访，看到小女儿在同女仆说法语。刚走上楼梯他又意识到，他存在的所有秩序，所有平衡，所有安全感都只不过是虚幻和谎言而已。

尽管已经推掉了下午的巡诊，他还是不由自主地来到诊所。出现了他计划中与科研工作密切相关的两个病例，像往常一样，他专注地工作了一段时间，随后他还去内城进行了一次病人家访。当他站在施拉依弗格尔巷那幢老屋子前时，已是晚上七点了。他朝玛丽亚娜的窗户望去，她的形象出现在眼前——这期间它已变得十分苍白——又变得比其他所有人更栩栩如生。呐，在这儿他不能错过。毋须花费多大力气他就在这儿开始，进行复仇。这儿对他没有任何困难，没有任何危险。对未婚夫的背叛，这会令其他人惊讶，可对他却几乎是一种诱惑。是的，背叛、欺骗、谎言，那场滑稽戏的表演，在这儿和在那儿，发生在玛丽亚娜面前，在阿尔伯丁娜面前，在这个善良的吕丁格博士面前，在整个世界面前；过着一种双重生活，是一个有才能的、可信赖的、有着美好未来的医生，一个忠实的丈夫和一个孩子的父亲，同时是一个下流胚，一个诱奸者，一个玩世不恭的人，他随心所欲，玩弄人，玩弄男人，玩弄女人——在这个时刻他觉得，这令他感到有些开心。最最开心的是，当阿尔伯丁娜自以为安全地身处一种完全平静的婚姻和家庭生活中时，他稍后就要面带冷酷的微笑向她承认他全部的罪行，以此报复她在梦中给他带来的痛苦和耻辱。

在过道上他迎面遇到吕丁格博士，他朝博士友好地伸过手去。

"玛丽亚娜小姐情况如何？"弗里多林问道，"她平静了些吧？"

吕丁格博士耸了耸肩。"她早就对父亲的死有了准备，医生先生。只是今天中午在运走尸体时——"

"啊，已经运走了？"

吕丁格博士颔首。"明天下午三点举行葬礼……"

弗里多林目视前方。"这很好——亲属们还与玛丽亚娜在一起？"

"不在了，"吕丁格博士回答说，"她现在独自一人。医生先生，您要是去见她，她肯定会高兴的。明天我母亲带她去米德林，我母亲和我。"看到弗里多林客气的询问目光，"我的双亲在那里有一处住房。再见，医生先生。我还有一些琐事。在这种情况下不得不办！当我回来，我希望能再次见到您，医生先生。"

弗里多林犹豫了片刻，随后他缓步登上楼梯。他按动门铃，玛丽亚娜亲自给他开门。她身穿黑色服装，颈上戴了一条此前他从未看见过的黑玉项链，她的脸上泛出微红。

"您让我等得太久了。"她面带轻柔的微笑说。

"请您原谅，玛丽亚娜小姐，我今天实在是太忙了。"

他跟着她穿过停放尸体的房间——里面的床空荡荡的——进入邻室，昨天他就在这个房间里，在那幅身穿白色军装的军官肖像画下面为宫廷参议员写了一份死亡证明书。写字台上还亮着一盏小灯，房间一片微光。玛丽亚娜指着一个皮沙发请他就坐，她本人在写字台旁坐在他对面。

"我刚才在过道上遇到了吕丁格博士。这么说您明天要到乡间去？"

玛丽亚娜望着他，好像她对他语气冷漠的问话感到惊讶似的。他用几乎是生硬的声调继续说下去："我觉得这非常明智。"这时她垂下双肩，他毫无表情地解释说，新鲜的空气和新的环境会对她大为有益。

她坐在那里纹丝不动,泪水顺着两颊流了下来。他目睹此景毫无怜悯之情,甚至感到不耐烦。她或许在随后一刻又要折倒在他的脚下,又一次重复她昨天的表白,一想到此,他心中充满了恐惧。因为她沉默不语,于是他猛然站了起来。"我感到抱歉,玛丽亚娜小姐——"他看了看钟点。

"您最好在乡下待上几天,"他开始强迫自己,"我希望,您到时给我个消息……吕丁格博士已经告诉我,婚礼不久就要举行。请允许今天就向您表示我的祝贺。"

她一动不动,好像她根本就不知道他的祝贺,他的告辞似的。他朝她伸出手来,可她并没有回应。他用一种几乎责备的语气说道:"好了,我真希望您能告知我有关您的消息。再见,玛丽亚娜小姐。"她像僵化似的坐在那里。他走了出来,在门前停有一秒钟的时间。好像在给她一次最后把他唤回的机会,她已经转过头去。门在他身后关上了。在外面的人行道上他感到有点后悔。有那么一瞬间他想返回,但他觉得那太可笑了。

但现在怎么办?回家?不管到什么地方!今天再没有什么可做的了。那明天呢?做什么?怎么做?他觉得自己愚蠢,无助,一切都从他手中溜走了。一切都变得虚幻,甚至是他的家,他的妻子,他的孩子,他的职业,他自己本身。心怀这样一些起伏不定的思绪,他机械地在傍晚的马路上踽踽而行。

议会大楼上响起了七点半的钟声。不管是几点钟,这已经无所谓了;他面前的时间完全是多余。没有人,也没有物与他相关。他对自己感到一种微弱的同情。这并不是像打定主意一样,他脑海里飞快地闪出一个念头:到某一个火车站,乘车出游,随便到哪儿都行,离开那些认识他的人,随便到远方某个他陌生的地方。以一个另外的人,一个新人的身份重新出现,开始一种新的生活。他想起他从病理学文献中知道的一些奇怪的病例,即所说的双重生活:一个人突然间从正常的环境中消逝不见,无影无踪,在几个月或几年之后又重新出现了,他自己记不起来,这段时间他在何处;可是后来有一个人认出了他,此人曾在很远的地方与他见过面;但这个返回家乡的人对此却一无所知。这类事情当然稀有,但毕竟出现过。某些人可能经历过,只是情况或轻或重罢了。比如说,一个人从梦中醒来,当然,他会记得起来……但肯定也有一些梦,他会忘得干干净净,留下的只是某种谜一般的情绪,一种充满神秘的茫然。或者稍后,很久之后才会记起来,并且根本就不知道,他是真的经历了什么或者只是梦见而已。只是——只是——?

他还是那样踽踽而行,可不由自主地朝着回家的方向。他到了那条昏暗的、声名相当狼藉的巷子附近,在不到二十四小时之前,他就是在这条巷子里跟随一个歧途上的少女进入她简陋的房间。歧途?偏偏是她?恰恰是这条巷子声名狼藉?人们怎么能一再地因流言的传播而惯性地去称呼去谴责街道、命运和人呢。难道昨天夜晚在他经历的那些稀奇古怪事件中所接触到的人当中,这个年轻的姑娘不是最妩媚的,甚至是最纯洁的吗?每当他想起她,他就感到一丝激动。他现在也想起来昨天下定的决心。他迅速做出决定,在就近的一家商店买了一些各式各样的食品;当他提着小包沿着临街房墙前行时,他内心感到快乐,他知道他是在做一件至少是理智的,甚至可以说是值得称赞的事。尽管他把衣领高高竖起,当他进入走廊时,在登上几级楼梯时,突然听到尖厉刺耳的门铃声。他从一个长相不佳的女人那里知道了，米琪小姐不在家，他呼出了一口气。在这个女人要为米琪接下食品包之前，又有另一个更年轻还算漂亮的姑娘身披一件浴衣来到前厅，她问："这位先生找谁？找米琪小姐？她不会很快回家的。"

那个年纪大的女人做出让她别说话的手势。但弗里多林迫切希望证实他的揣测，于是径直地问道："她在医院里，不是真的吧？"

"呐，先生都已经知道了。但是我身体健康，感谢上帝。"她愉快地叫了起来，半张开嘴唇，走上前来，紧靠近弗里多林，并放肆地把她丰腴的身体后仰，使浴衣敞了开来。弗里多林表示拒绝，他说："我只是路过此地，给米琪带点东西。"他突然变得像一个中学生。他换新的语调，冷静地问道："她在哪一家诊所？"

年轻的女人说出了一个教授的名字，几年前弗里多林曾在这位教授的诊所里做过助理医师。随后她好心地补充说："您把小包给我吧，我明天带给她。您放心好了，我不会偷吃的。我会向她转告您对她的问候，告诉她，您对她是真情实意的。"

但说话的同时她更靠近他，朝他微笑。可当他轻轻地后退时，她立即放弃了，安慰他说："在六周内，最迟八周，大夫说，她就能回到家里。"

弗里多林走出房门，来到大街上，他感到喉咙哽咽。但他知道，这不意味着是怎样的激动，只是他的神经功能的一种缓慢性的丧失。他有意地加快自己的脚步，兴奋起来，可这与他的心绪并不合拍。刚才的经历是他注定失败的最后一次迹象了，为什么？他躲过了一次这么大的危险，这也可能意味着是一个好的征兆。恰恰就是因为去躲避危险？他面临的还有各式各样其他事情。他根本不想放弃对昨天夜里那个奇怪女人的调查，现在时间不多了。此外必须仔细考虑，用什么方法继续这次调查，是啊，要是有人能给他出个主意就好了！但是他不愿意让任何一个人知道他昨天夜里的奇遇。这些年来除了他的妻子，他没有任何人可信赖，可在这件事上他几乎不可能与她商讨，在这件事情上不能，其他事情上也不能。她夜里不就是让人把他钉在十字架上了吗？

现在他知道了，为什么他的脚步不是把他带回家中，而是不由自主地带到一个相反的方向，越走越远。他现在不想，也不能面对阿尔伯丁娜。现在最最理智的是在外面某个地方去吃晚餐，然后回到诊所去看他的那两份病历——绝不回家——"回家！"在他能确定阿尔伯丁娜睡觉之后。

他进入一家咖啡馆，在国会大厦附近的一家高雅安静的咖啡馆，他给家打了个电话，不要等他回家吃晚饭了。随之迅速地挂上电话，免得阿尔伯丁娜走到电话机旁再说点什么，然后他在靠近窗户的一张桌子坐下，顺手拉上窗帘。在远处的一个角落里坐着一位先生，穿深色的外套，此外在衣着上没有什么显眼之处。弗里多林记起来了，今天他在某个地方看到过这个人的相貌。这当然可能是一种偶然。他拿起一份晚报，如他昨天夜里在另一家咖啡馆里一样翻阅，上面登有政治事件、剧院、艺术、文学方面的消息，登有各式各样或大或小的意外事件。在美国某座城里——他从来没有听说过它的名字——一座剧院被烧毁。烟道清扫工彼得·康拉德从窗户里跳了出来。弗里多林觉得奇怪，烟道清扫工有时也会自杀，他身不由己地自问，这个人事前是否好好洗过，或者就这样黑乎乎地跳进虚无之中。在内城的一家上等饭店里今晨一个女人服毒,是一位贵妇,男爵夫人D.,几天前下榻此地。一位出奇漂亮的女士……弗里多林立刻为之一惊,心中充满不祥的预感。这位女士早晨四点时在两位先生陪同下回到家里。他俩在门口与她告别。四点钟。恰恰是他回到家里的时刻。中午时她失去意识,随后,在床上发现她时,已呈现出严重中毒迹象……一个非常漂亮的年轻女士……现在,有好些这样非常漂亮的年轻女士……没有理由认为,男爵夫人D.,或许是一位以男爵D.的名义住进饭店的女人,就是与他想象的女人是同一个人。然而,他的内心在剧烈跳动,报纸在他手上抖动。在城市一家高级饭店……在哪一家?为什么这么神秘?这样谨慎?

他放下报纸,看到在远处角落那位先生同一时间用一份报纸,那是一份大型的画刊,像一个屏幕似的遮住了脸。弗里多林立即又把报纸拿到手里,他在这一刻知道了男爵夫人D.除了是那个夜里的女人,不可能是其他人……在城市一家高级饭店……这样的饭店并不多——对一位男爵夫人而言……不管发生什么,必须抓住这条线索。他喊来侍者结账,走人。走到门口时他回头又一次朝那可疑的先生望去,但对方却奇怪地消失不见了。

严重中毒……但是她活着……在人们发现她时她还活着。归根结底,没有理由认为她没有被人施救。不管怎样,她是活着或者已死,他会找到她的。他会看到她——不管是活还是死。他会见到她;在地球上没有障碍阻止他去见这个女人,她是因为他,是的,她是为他而死。他对她的死负有责任——是他一个人的责任——如果是她的话。对,就是她。凌晨四点回家,两位先生伴随!或者稍后把纳赫梯戛尔带到火车站的也是这两个人！这两位先生是撇不清关系的。

他站在国会大厦空旷的广场上，环望四周。行人寥寥无几，他们中间没有从咖啡馆出来的那两个可疑的人。他们害怕了，他是一个强者。弗里多林继续奔跑，他坐上了一辆车，先到布里斯托饭店，询问门房，好像他授权或受委托，来问男爵夫人D.即那位今天早晨服毒的女人，是否在这家饭店住过。门房并没有显得怎样惊讶，他也许把弗里多林看作警察局的人，或是一个公务人员，于是客气地对这个事件做了回答，称这件可悲的事不是发生在这里，而是在卡尔大公爵饭店……

弗里多林立即前往这家饭店，并在那里得到消息，发现男爵夫人D.服毒后立刻被送到公立医院。弗里多林问及是怎样发现这起自杀事件的。这位夫人凌晨四点回到住房，而中午十二点才发现出事，理由何在？现在全明白了：两位先生（又是那两位先生！）上午十一点时来问过她。因为夫人对一再响起的电话没有回应，于是女仆敲门。又是没有什么响动声，房门是由里面锁的，除了破门而入，别无他法。人们发现男爵夫人昏迷地躺在床上，立刻通知急救组织和警察局。

"那两位先生呢？"弗里多林严厉地问道，自己像是一个秘密警察。

是啊，当然要想到他们了，可这期间他们已消失得无影无踪。此外，这事与男爵夫人杜宾斯基毫无关系，这个女人只是登记时用的是杜宾斯基夫人的名义。她是第一次住这家饭店，根本就没有这个姓氏，更不必说在贵族家庭中了。

弗里多林在思考这些信息，这时饭店经理来到他的跟前，面带一种不悦的好奇表情开始观察他，于是他非常迅速地离开，重新登上马车前往医院。几分钟后，他在接待室不仅获悉这个所谓的杜宾斯基男爵夫人被送到第二内科诊所，而且也得知，尽管在救治上做了所有努力，她还是没有恢复意识，在下午五时死去。

　　弗里多林深深呼了口气，他相信，这是一种如释重负的沉重的叹息。那位接待他的职员面带少许的诧异望着他。弗里多林迅即又镇静下来，客气地告辞，几分钟后他就到了外面。医院花园里几乎空无一人。在相邻的一条林荫路上，正好有一位身穿蓝白相间罩衫、头戴一顶白帽的护士在路灯下行走。"死了。"弗里多林自言自语。如果是她呢？如果不是她呢？如果她还活着的话，我怎么能找到她呢？

　　在这个时刻，无名者的尸体存放在何处，他很容易得到答案。因为她是几个小时前才死的，不管怎样，那尸体是在陈尸间里，离这只有几百步远。对于他这个医生来说，在这么晚的时候进去，当然没有什么困难。可是，他去那儿要做什么？他只熟悉她的胴体，他从没有看过她的脸，仅是在那天夜里他离开舞厅，或者准确地说，他被赶出那间大厅时，对她的面庞有一丝模糊的印象。他对这种局面根本就没有考虑，从他读到那份报纸直到现在为止的整个时间里，就把连面孔都没看过的这位自杀的女人，想象成阿尔伯丁娜本人。他觉得他的妻子作为他寻找的女人不断地在他眼前浮动，意识到这点，他悚然而惊。他再次问自己，他究竟要在太平间里做什么？是啊，他希望再次找到活着的她，今天、明天——无论多少年，在什么时候，什么地方和不管在什么环境——对她的步态，她的举止，特别是她的声音，他确信，能绝对无误地认出来。但是他只能再次看到她的身体，一个女尸的身体和一张脸，这张脸上除了一双眼睛什么也认不出来——眼睛，已经翻白。对，他熟悉这双眼睛，还有头发，在他被赶出大厅的最后一瞬，她的头发突然松散开来，遮住了她赤裸的胴体。为了确切知道，是她或不是她，这难道不够吗？

他穿过一些著名的庭院前往病理解剖研究所，步调缓慢而又迟疑。他发现大门没有关闭，这就不用按动门铃了。他踏上石板路，穿过灯光微弱的走廊。弗里多林立即被一种由各式各样化学物品散发出的、他熟悉且感到相当亲切的味道所包围，整个大楼都被这种气息所笼罩。他敲响组织学室的门，他猜想里面大概有一位助理在工作。随着一声有点粗暴的"进来"，弗里多林进入一个灯光明亮的高大空间。几乎正如弗里多林所期待的，正在工作的是他的老同事，研究所助理阿德勒博士，他把眼睛从显微镜上移开，从椅子上立起身来。

"噢，亲爱的同事，"阿德勒博士向他致意，依然还有些不大情愿，但同时感到惊讶，"在这个不寻常的时刻，是什么风把你吹来了？"

"请原谅我的打扰，"弗里多林说，"你恰好正在工作。"

"当然了。"阿德勒尖厉地回答，用他在大学时代所惯用的语气。随后轻松地补充说："在这个神圣的大厅里午夜时分除了工作还能做什么？你对我的打扰当然不是微不足道的了。我有什么，我有什么可为你效劳的？"

因为弗里多林没有立刻回答，他又说道："你们今天给我们送来的埃狄躺在那边，还完全没有动过。明早八时三十分进行解剖。"

看到弗里多林做了个否定的动作："是这样——胸膜肿瘤！组织学上的检查确认是肉瘤。你们无须对此有任何怀疑。"

弗里多林又摇摇头。"与任何工作上的事无关。"

"呐，这更好，"阿德勒说，"我早就认为，你一定心有愧疚才夜深人静时来此地。"

"心有愧疚或者至少是心有不安，不如说兼而有之。"弗里多林回答。

"啊哈！"

"直说吧！"他有意用一种冷漠和干巴巴的声调，"我想知道一个女人的消息，她今天傍晚因吗啡中毒死在第二诊所，现在可能存放在下面，是某一位男爵夫人杜宾斯基。"他说得快了起来，"我猜想，这位所谓男爵夫人杜宾斯基是我几年前曾一面相识的女人。我对我的猜想是否正确很感兴趣。"

"Suicidium？"阿德勒问。

弗里多林颔首。"对，自杀。"他把这个拉丁文词译过来，他希望借此再次说明是一件个人的事情，与工作无关。

阿德勒伸出的食指幽默地指着弗里多林。"是对阁下的不幸之恋？"

弗里多林有些气恼地加以否认。"这位杜宾斯基男爵夫人的自杀与我本人毫无关系。"

"请原谅，我不想冒犯。我们能立刻检证。就我所知，今天，晚上没有来自法医方面的要求。但不管怎样——"

司法方面的尸检，弗里多林的脑海为之一震。这可能还是一起案件。谁知道，她的自杀是出于一种自愿呢？他又想起那两位先生，他们一得知她自杀的消息就突然从饭店消失不见。这个事件很可能发展成为一级的刑事案件。是否他弗里多林不会被传去作证？是啊，他是真的有义务自愿去参加庭审？

他跟随阿德勒博士向走廊对面的一扇半敞开的门走去。空旷高大的空间亮着一盏双臂的煤气灯，火苗下旋，光线微弱。有十二个或十四个停放尸体的平台，大多都空着。几个尸体赤裸地停放在那里，其余的上面都盖上了亚麻布。弗里多林立即朝向靠门的第一张平台走去，他谨慎地揭掉遮住死者头上的那块亚麻布。突然间阿德勒博士的手电筒射出一束刺眼的光线。弗里多林看到的是一个男人的脸，面呈黄色，长有灰白胡子。他立即又用亚麻布盖上。在随后的一张平台上是一具消瘦的年轻人裸体。从另一张平台走过来的阿德勒博士说："是一个六十岁和七十岁之间的女人，也可能不是。"

弗里多林像突然被扯过去似的，他走向大厅的尾端，那儿的一个女人的身体朝他闪出苍白的亮光。她的头部垂向一侧，一缕长长的深色头发几乎直垂到地板。弗里多林不由自主地伸手把头部摆正，可又感到一丝畏惧，其实这对一个医生说来不应当是陌生的，他又犹豫起来。阿德勒博士走到跟前，他俯视后说："其他都不是了——这么说是她了？"他用手电照着女人的头部，弗里多林克制自己的畏惧，用双手把它抬高稍许。一张苍白的脸，眼睑半开半闭，它在凝视着他。下额松弛地下垂，薄薄的上嘴唇张了起来，能看到蓝色的牙肉和一排洁白的牙齿。这张面孔是否曾经，是否昨天或许还是秀丽的——弗里多林几乎不愿想下去——现在已经完全成了一张虚无的空空的脸，一张死亡的脸。一张十八岁少女的面孔与一个三十八岁女人的根本没有什么两样。

"是她吧？"阿德勒博士问道。

弗里多林身不由己地更低地俯下身来，仿佛他犀利的目光能从僵死的面孔中找出一个答案似的。可他同时知道，即使真的就是她的脸，就是她的，昨天还十分火热直视他的眼睛的那双眼睛，他不想知道，终归说来，他根本就不能，也不要知道。他轻轻地把头部重新放到平台上，随着手电筒光束，用目光扫向死者的全身。这就是她的胴体？就是她那婀娜多姿、丰腴娇媚，昨天还那样渴求折磨的胴体？他看到蜡黄多褶的脖颈，他看到两个娇小然而有些松弛的少女乳房，双乳之间，胸骨在苍白的皮肤下面清晰可见，景象惨然，看来已经开始腐烂了。他看到暗褐色下半身的曲线，他看到秀美的大腿从一片昏暗的、变得神秘和毫无意义的阴影中毫不在意地摊开，他看到膝盖骨稍许外弯，看到小腿骨清晰的轮廓，修长的双足和上面向内弯的脚趾。这一切依次又迅急地陷入黑暗之中，因为手电筒的光束非常快速地扫过，最终它轻轻颤动地停在那张苍白的脸上。弗里多林不由自主地，就像受一股看不见的力量的逼迫和引导，他用双手去抚摸这个女人的前额，她的双颊，她的双肩，她的双臂，随后他用他的手指绕起死者的手指，犹如玩一种爱的游戏。她的手指僵硬，但他觉得，它们试图在活动，想抓住他的手指。是啊，他觉得，在半睁半闭的眼皮下面有一种来自远处的、没有颜色的目光在寻找他的目光，像受魔力的扯动，他俯下身去。

陡然间他听到身后一声低语："你究竟怎么啦？"

弗里多林猛然惊醒。他松开死者的手指，挽住她细长的手腕，细心地放平，用有些死板的方式把冰冷的胳膊摊放在身体两侧。他觉得，好像现在，正是在这一瞬间，这个女人才死去似的。随后他转过身来，向门口走去。穿过明亮的走廊，回到他们早些时候离开的工作室。阿德勒博士默默地跟在他的身后，锁上他们身后的房门。

弗里多林走到洗手盆前。"请原谅。"他说，仔细地用来苏水和肥皂洗净他的双手。这期间阿德勒博士像是要重新拾起被中断了的工作。他重新校正灯光设备，调整显微镜的旋钮。当弗里多林向他走去告别时，阿德勒博士已完全沉浸在工作之中了。

"你要看一看标本吗？"阿德勒问道。

"为什么？"弗里多林心不在焉地发问。

"呐，为了使你的心情平静下来。"阿德勒博士回答。好像他确实认为弗里多林的来访只是为了医学科研。

"你认为这样做对吗？"在弗里多林看显微镜时，他问道，"这是一种相当新颖的染色方法。"

弗里多林点头，眼睛并没有离开显微镜。"这太理想了，"他说道，"可以说，是一幅精美的彩色图片。"

他问及有关这项新技术的一些细节。

阿德勒博士给他做了满意的解释，弗里多林表示，可以预见这项新的技术对他今后要进行的一项工作会大有帮助。他希望他可以明天或者后天能再次前来，以便得到进一步的启发。

"愿意随时效劳。"阿德勒博士说，他陪同弗里多林穿过发出回声的石板路，朝着这期间已上锁的大门走去，他用自己的钥匙把门打开。

"你还要留下来？"弗里多林问道。

"当然啦,"阿德勒博士回答说,"从午夜到清晨是最好的工作时间了。至少是不会受到干扰,这完全是可以肯定的。"

"是啊。"弗里多林说,面带一丝浅浅的也像是负疚的微笑。

阿德勒博士安慰地把手搭在弗里多林的胳膊上,心存几分忐忑不安,问道:"那么——是她吗?"

弗里多林迟疑片刻,随后默不作声,点了点头,他几乎不清楚,这个肯定有可能意味着是一种错误。躺在停尸间的女人是不是他在二十四小时之前,在纳赫梯戛尔钢琴弹奏的粗野琴声中搂在怀里的那个赤裸裸的女人,或者这个死去的女人是另外一个女人,一个他不认识,一个他完全陌生的,一个此前他从没有见过的女人。他知道:即使他寻找的、他欲求的、他也许有那么一个小时爱上的女人还活着,仍旧继续生活下去,那她与那个躺在他身后拱形大厅中,在跳动的煤气灯光下的女人,一团团黑影中的一团,昏暗,荒唐,没有任何神秘感,与她没有什么不同。对他而言,不可能是其他,只能是注定不可逆转的腐烂,是前夜那具苍白的死尸。

7

穿越漆黑空无一人的巷子,弗里多林疾步奔回家里,几分钟之后,就像二十四小时之前一样,他在诊室里脱掉衣服,蹑手蹑脚进入卧室。

他听到阿尔伯丁娜有规律的平静的呼吸，看到她躺在柔软的枕头上的头部的轮廓，一种不期而至的柔情，安全感涌上心头。他准备很快，也许就在明天把昨夜的故事都讲给她听，可他所经历的一切仿佛是一个梦。然后，当她感到和认识到，他的危险是一通胡言乱语时，他就要她承认，这一切都是真实的。真实？他在自己问自己，就在这一瞬间，他发现紧贴阿尔伯丁娜脸部，她的枕头上放有个黑乎乎的东西，现出一个人脸的轮廓。他的心脏瞬时静止不动了，随之刹那间他知道了那是什么物件，他朝枕头上抓去，把一个面具拿在手中：这是他在上一个夜晚戴过的面具，今天清晨他在整理皮包时，不留神将它滑了出来，被女仆或阿尔伯丁娜发现了。他也毫不怀疑，阿尔伯丁娜发现这个面具会心存疑惑胡思乱想，甚至更坏，认为木已成舟。可这是她用来使他明了此事的方式，她想出把黑乎乎的面具摆放在枕上的主意，好像她以此表明，她丈夫的脸已变得谜一般地无法猜透。这种戏谑的，几乎是傲慢的方式好像同时表达出一种温和的警告和谅解的意愿，并使弗里多林感到大有希望。她可能想起了她自己的梦，就算他的事已经发生，那她也乐于把这一切看得无足轻重。弗里多林突然间感到精疲力竭，面具从他手上滑落在地，他自己都没有料到就抽泣起来，声音那么大，显得那么痛苦，他瘫倒在床边，脸埋进枕头里低声痛哭起来。

几秒钟之后他感到有一只轻柔的手抚摩他的头发。他抬起头，从他心灵深处迸出："我要把一切告诉你。"

起初她举起双手，温和地表示拒绝。他抓住它，握在他的手里，疑惑而又恳求地望着她，她朝他点点头，他开始讲了起来。

当弗里多林讲完时，已是黎明时分，晨光熹微，窗帘泛白。阿尔伯丁娜一次也没有用好奇或焦急的问题打断他。他感觉到他不会也不能对她有任何隐瞒。她安详地躺在那儿，双臂枕在颈下。当弗里多林早已讲完时，她依然沉默良久。他躺在她身边，终于他俯身用明亮的大眼睛——现在好像清晨也从这双眸子里升起——凝视她纹丝不动的面庞，沮丧而同时充满希望地问道："阿尔伯丁娜，我们该怎么办？"

她莞尔一笑，稍许迟疑之后回答说："应该感谢命运，我相信，我们已从所有的冒险中解脱出来，从真实中的和从梦境中的。"

"你真的完全肯定吗？"他问。

"比我预想的还要肯定，一夜的真实，一个人全部生活的真实从来就不意味着这同时也是他内心深处的真实。"

"可那是梦，"他轻轻地叹息，"完全是一场梦。"

她用双手捧起他的头部，深情地把它搂在她的怀里。"我们都已经醒了，"她说，"长时间的。"

永久，他要补充说，可在他说出这个词之前，她就用一个手指放在他的嘴唇上，像是自言自语，细声地说："永远不要对未来做出承诺。"

两人沉默地躺在一起，贴得很近，两人也都假寐稍许，无梦。直到像每个早晨七点钟一样，女仆敲响了房门，街道上传来了惯常的嘈杂声和邻近孩子们爽朗的笑声，从窗帘缝中射进来一缕欢快的阳光。新的一天开始了。

古斯特少尉

　　这还要继续多久呢？我必须看看表……在一个如此庄重的音乐会上这样做看来是不合适的。但是有谁能看见呢？如果有一个人看见的话，那他一定像我一样，对演出心不在焉，无须对此感到难堪……十点刚过一刻？……我觉得在音乐会已经坐了三个小时了。我真的不习惯……演的都是些什么呢？我得看看节目单……对，是的：清唱剧？我原来认为是弥撒曲呢。可这样的节目只能在教堂里演出。教堂也允许人们在任何时候都可以离开的。若是我坐在一个角落的座位上就好了！那么就得忍耐，忍耐！清唱剧也要结束了！唱得很好，只是我的情绪不佳。可我的情绪从何而来？当我想到，我来此是为了散心……我若把剧票送给伯内狄克就好了，他对这种演出是感兴趣的；他自己会拉小提琴呢。但这样做会伤害科帕茨基的。这个人很可爱，至少是善良和蔼。一个好小伙子，这个科帕茨基！他是我唯一一个可以信任的人……他的妹妹就在上面合唱队中间唱歌。至少有上百个年轻的女人，都穿黑色的衣服；我怎么能从中间找到她？因为她参加合唱，他才有剧票，这个科帕茨基……为什么他自己没有来？——她们唱得还真好。非常庄严——真的！好哇！好哇！……是啊，我们一齐鼓掌。我身旁的那个人鼓起掌来像发疯似的。他真的有那么喜欢？——那边包厢里的姑娘长得非常可爱。她是在看我还是在看那边长着金黄色络腮胡子的先生？……

啊，一个独唱！她是谁？女高音沃尔克小姐，女低音密恰莱克小姐……这大概是女低音……我已长时间没有到过歌剧院了。在歌剧院里我一直感到惬意，即使节目是乏味的。后天我又能到歌剧院看《茶花女》了。是啊，后天我也许会成了一具死尸！啊，无聊，这我自己都不相信！您等等吧，大夫先生，您这样的判断是不准的！我把您的鼻子尖拧下来……

我若是能看清楚包厢中的那个姑娘就好了！我想借一下我身旁那位先生的观剧镜，可若是打搅了他的注意力的话，那他会把我吃掉的……科帕茨基的妹妹站在哪个方位？我只看过她两次或者三次而已，最后一次是在军官赌场里……这所有一百个女人，是不是都端庄正派？噢，是啊！……"在歌唱协会的协助下！"——歌唱协会……真滑稽！我总是想到类似像维也纳歌舞演员身上发生的事情，这就是说，我已经知道了，这是两码事！……美好的回忆！那时是在"绿门"歌舞厅……她叫什么来着？随后她从贝尔格莱德给我寄来一张明信片……那是一个美好的地方！……科帕茨基倒好，他现在早就坐在酒馆里，抽着他的弗吉尼亚香烟！……

那儿的那个家伙为什么老是盯着我？我觉得他好像注意到我感到无聊，根本不是在听……我想劝他，少用这样一副放肆的面孔对着我，否则演出后我要在前厅让他知道知道我的厉害！——这种眼光不看了！……他们所有人都对我的目光这么害怕呢……"你有一双我们所看到最最漂亮的眼睛！"不久前斯台菲这样说过……噢，斯台菲，斯台菲，斯台菲！——让我坐在这儿，一连几个小时地自己抱怨自己，这完全是斯台菲的过错。——斯台菲老是拒绝，这真让我受不了！若不这样今天晚上该是多么美好呵。我真想看看斯台菲写给我的短信，这信就在我口袋里。可我若是从皮夹里掏出来的话，那我身旁的那个家伙会把我吃掉的！——我知道信里写的是什么……她不能来，因为她得同"他"在一起吃晚饭……八天前她与他一道在园艺建筑协会，而我与科帕茨基面对面坐着，这太滑稽可笑了；她老是用眼睛向我递出示意约会的眼色。他竟然什么都没有看到——不可置信！他一定是一个犹太人！当然，是在一家银行了，留着黑色的小胡子……他应该也是后备役少尉！呐，他可不应当到我们团里进行武器训练！真的，他们还一再地把那么多犹太人提为军官——我对反犹太主义可是嗤之以鼻！前不久在协会里，一位博士与一伙曼海姆人发生了纠纷……那伙曼海姆人应当也算是犹太人，当然是改宗的了……但是人们根本就没有发现这点——特别是那个女人……金发，身体像画一样漂亮……从哪一方面说都是十分有趣的。出色的饭菜，精致的香烟……呐，是啊，谁为此付钱？……

好极了，好极了！现在终于很快就要结束了？——是的，现在那边的所有听众都站了起来……看起来好极了——庄严雄伟！也有管风琴？我非常喜欢管风琴……这使我感到满意——很美！真的，应当更经常听音乐会……这真是奇妙极了，我要告诉科帕茨基……今天我能在咖啡馆遇到他吗？——啊，我根本没有兴趣到咖啡馆去。昨天我可够倒霉的了！我一连输了一百六十个古尔盾……太蠢了！谁把它都赢去了？是巴莱尔特，就是他，可是他并不缺钱……是巴莱尔特的过错，我才不得不来听这场乏味的音乐会……呐，是啊，否则我今天就又能去赌了，或许能赢回来的。但这也很好啊，我对自己许下诺言，一个月不再碰牌了……如果妈妈接到我的信的话,那她一定又要生气了!——啊,她应该到叔叔那儿去,他的钱可多得像垃圾;一二百古尔盾对他算不了什么。若是我能使他给我一笔定期的资助就好了……但不成,每一个铜板都得另外乞求才行。又是老一套:去年的收成不好!……是不是今年夏天我该再次去叔叔那里待上两个星期?那个地方无聊得要死……若是我……她叫什么来着?……奇怪,我记不住名字!……啊,对了:她叫埃特尔卡!……她一句德语都不懂,但这也并不是必要的……根本用不着讲话!……是啊,十四个白天呼吸乡间空气,十四个夜里与埃特尔卡或另外别的人在一起,这确实是一件美事……可是我也得在爸爸和妈妈那儿待上八天……今年圣诞节时她看起来情形不好……呐,现在她的病好了吧。设身处地,我该为妈妈高兴,爸爸已经退休了。——克拉拉还会找到一个丈夫的……叔叔能给些补助……二十八岁,还不算太大……斯台菲肯定年纪不小了……但奇怪的是,女人能较长时间地保持青春。人们想想新近出演《不拘小节的夫人》的玛莱蒂——她肯定都三十七岁了,可看起来……呐,我不会说不的!——遗憾的是她没有问起过我……太热了!还没有结束?我非常喜欢新鲜空气啊!我要散一会儿步,穿越环形大道……今天要早些上床,明天下午就会生气勃勃!奇怪,我怎么没有想到这点,这对我来说反正一样!可第一次我确实是有些激动。这可不是我害怕;但前一个夜里我确实是神经兮兮的了……当然,毕桑茨上尉是一个严厉的对手。——可我却什么事都没有发生!……都有一年半时间了,那个大夫肯定不会把我怎么样!尽管,恰恰是这些没受过训练的剑客有时是最最危险的。多森茨基对我讲过,一个手上头一次拿起战刀的家伙差一点刺中他了。当然啦——他那时候不是真的那么能干……最重要的是：保持冷静。永远不要大发雷霆怒火冲天，确是一种狂妄啊——简直不可置信！若是他此前没有喝过香槟酒的话，他肯定不敢这样做……这样一种狂妄！他肯定是一个社会主义者！今天所有的社会主义者可都是法律的破坏者！这一群人……他们最想把整个军队废除掉，可若是中国人打了过来，谁会来帮助他们，他们想不到这点。一群白痴！——得有时惩治他们才行。我是完全正确的。我很高兴我在斥责之后从没有放过他。每当想到这件事，我就变得狂暴起来！但我采取的态度棒极了。上校也说，这是绝对正确的。这件事对我完全有利。我认识某些人，他们就让这些家伙溜之大吉了。缪勒肯定是一个，他就是又摆出听之任之或者类似的态度。每一个采取放任态度的人都是丢脸的……"少尉先生！"……他说出"少尉先生"时的那个样子简直是不知羞耻！……"你毕竟得向我承认"……我们是怎么扯到这件事上了？我怎么会跟这个社会主义者搭上话了呢？这是怎么开始的呢……我觉得，那个我把她带到冷餐柜的黑色女人也在场……随后是那个画狩猎画的年轻人……他叫什么来着？……老天啊，整个事情的过错就在于他！他说起了军队演习。随后这个大夫才走了过来并说了些我不中听的话，说起了战争的把戏或者类似的事情——但我插不上嘴……是的，随后说起了军官学校……是的，是这样的……我讲起了一次爱国主义的节庆……随后这个大夫说：——他不是立刻插嘴，但他却是接着节庆这个话题——"少尉先生，您会向我承认，并不是您的所有伙伴都加入了军队，全都是为了保卫祖国！"竟这样狂妄！这样一个人竟敢当着一个军官的面说这种话！我能记起来我是怎么回答他的呢？……啊，有一些人掺和了进来，可他们根本不懂是怎么回事……对，是这样的……有一个在场的人，他要打个圆场，当和事佬，这是一个上了年纪鼻塞伤风的先生……但我太气愤了！大夫说话时的那种口气，好像就是直接针对我的。他还说了，他们把我从中学里赶了出来……因此我才被塞进军官学校里……那些人对我们的人一点都不懂，他们太蠢了……我记起来我第一次穿上军装的情形，不是每个人都有过这样的经历……去年军事演习时——若是突然发生大事情的话，我定会有所表现的……米洛维奇告诉过我，他同样做好了这样的准备。随后呢，皇帝陛下乘马巡视了前线，上校讲了话——若是有谁心不急剧地跳动起来的话，那他一定是一个道地的无赖……这时来了个书呆子，他除了整天埋头读书什么事都不做，他竟然胆敢发表一通放肆的言论！——啊，你等着好了，我亲爱的……直到你毫无战斗能力为止……对，你应该毫无战斗力……

怎么啦？现在就快要结束了吧？……"你们，他的天使，在赞美主"……——对了，这是结尾时的合唱……美极了，这没什么可说的。美极了！——现在我完全忘了包厢中先前开始向我送媚眼的那个姑娘。她现在在哪？……已经走掉了……那儿的那个也显得非常可爱……太蠢了，我没带来个观剧镜来！布伦塔勒真聪明，他总是把他的观剧镜放在咖啡馆的收款台那儿，那儿是不会出事的……但愿我前面的那个矮小的女人能转过头来，哪怕只有一次也好！她一直安静地坐在那里。她旁边的肯定是她的妈妈。——我是不是该严肃地考虑结婚的事了？维利不比我大，他却已经跳进去了。家里总是有一个可爱的女人，这是件好事嘛……斯台菲恰恰今晚没有时间，太蠢了！至少若是我知道她在什么地方的话，那我就想与她面对面坐在一起。如果那个人随后而来，看到我搂着她的脖子，这该是一件趣事……如果我这么想的话，那弗利斯就得付出他与温特尔费尔德的关系的代价！这个女人从头到尾都在欺骗他。这件事还会以一个可怕的结局结束的……好啊，好啊！啊，结束了！……能站起来，能动弹了，这好极了……呐，也许吧！那个家伙还要多久才能把他的观剧镜放到套子里？

"请原谅，请原谅，不能让我出去吗？"

这么拥挤！最好是让那些人出去……一个时髦的女人……戴的钻石都是真的？……这个女人很可爱……她是在怎样看我呢！……噢，是啊，我的小姐，我已经看到了！……噢，她的鼻子！……犹太女人……又来了一个女人……这真够奇妙的了，一半都是犹太人……一次也不能安静地来享受一场清唱剧……这样，现在终于轮到我们了……我后面那个白痴为什么老是挤我？我得让他改掉这个毛病……啊，是一位上了年纪的先生！……那儿向我打招呼的是谁？……我很荣幸，我很荣幸！我不知道那是谁……最简单的是我立刻去拉依丁格饭馆那里吃宵夜去……或者我该去园艺建筑协会俱乐部去？可能斯台菲也会在那里吧？她为什么不写个纸条告诉我，她与他到什么地方去了？连她自己也不知道。真够可怕的了，竟是这样地依附于人……可怜的女人！——好了，现在下楼了……到出口了……噢，她可真像画的一样漂亮！就一个人？她在朝我微笑。我跟在她后面，这可是个好主意！……现在下楼了……噢，一位九十五团的少校……他非常可亲地答谢了我的示意……我毕竟不是来到这儿的唯一军官……那个可爱的姑娘到哪儿了？现在还要去存衣间……那个小妞儿可别把我丢下……他来了！竟是一个可怜的花花公子!她让一位先生接走了,现在她还向我投来微笑!——这毕竟没有什么意义……上帝啊,存衣间竟这样拥挤!……我们最好是再等一小会儿……就这样好了!是不是那个蠢家伙想取走我的东西?……

"您,二百二十四号!它挂在那儿!呐,您没有眼睛?它挂在那儿!呐,谢谢啦!……请吧!"……那胖家伙把存衣间都挡死了……"请让一步!"……

"忍耐一下,忍耐一下!"

这个家伙说什么?

"稍微忍耐一下!"

我得回答他……"您让出个地方!"

"呐,不会耽误您的!"

他说什么?他是在对我说话?这太过分了!我可不能听之任之!"安静!"

"您什么意思?"

啊,竟是这种语气?岂有此理!

"您不要挤了!"

"您,闭上您的嘴!"我真不该这样说,我太粗暴了……呐,现在出事了!

"您说什么?"

现在他转过头来……我认识他呀!——真见鬼了,这是那个面包师,他总是到咖啡馆去……他在这儿做什么?肯定是他的一个女儿或者什么人在歌唱学校……啊,这是怎么回事?啊,他在做什么?我觉得……是啊,我的天啊,他用手按住了我的刀柄……啊,这个家伙疯了?……"您,先生……"

"您,少尉先生,您现在闭上嘴吧。"

他说什么?上帝保佑,没有其他人听见吧?没有人,他说的很轻……是啊,他为什么不抽出我的战刀?……上帝啊……啊……啊,这可是粗暴无理……我要把他的手从刀柄上拿开……可现在别弄出丑闻,来得及……那位少校在我的后面吗?……没有人看到他在握住我的刀柄吧?他是在朝我说话!他在说什么呢?

"少尉先生,如果您闹出哪怕是一点点动静的话,我就把战刀从刀鞘中抽出来,折成两段,把它寄给您的军队指挥官,您懂我说的吗,您这蠢小子?"

他说了什么?我仿佛是在做梦!他真的是朝我说话?我要回答他点什么……但这个家伙倒是一本正经——他真的在抽出战刀。上帝啊……他真的这样做了!……我感觉到他在抽了。他说了什么?……上帝保佑,可快要出丑闻——他一直还在讲些什么呀?

"但是我不想毁掉您的前程……好了,老实点!……就这样,您别害怕,没有人相信我们俩发生了口角,现在我对您非常友好了!……少尉先生,我很荣幸,我十分高兴……我很荣幸。"

上帝啊,我是在做梦吗?……他真的是这样说了?……他哪儿去了……他走了……我必须抽出战刀,把他劈成两半——上帝保佑,没有人听到吧?……没有,他说得很轻,是对着耳朵说的……我为什么不赶上去,用战刀把他劈开?……不行,这不成,这真的不成……我真该当时这样做……我为什么当时不立即就这样做?……我无法这样做……他没有放开刀柄,他的力气比我大十倍……如果当时我再说一句话,那他真的会把我的战刀掰成两截……我应当高兴，他没有大声说话！若是有一个人听到的话，我就得sfante pede[1]自杀……也许这只是一个梦……为什么站在柱子旁的那位先生那么仔细看我？……他听到了什么吧？……我要问问他……问他？……我简直发疯了！……我看起来是副什么模样？……有人注意到我什么啦？……我一定面色苍白……那只狗在哪儿？……我得杀死他！——他走了……剧场都空了……我的大衣在哪儿？……我已经穿在身上了……我什么都没有注意到……是谁帮我穿上去的？……啊，是那个人……我得给他点小费……就这样！……但这究竟是怎么回事？这件事真的发生了？真的有一个人对我说过这样的话？真的有一个人对我说了"蠢小子"？我没有立刻把他劈成两半？……但我无法这样做……他有一个拳头像铁一样……我站在那儿一动不动，像被钉住了似的……不对，我一定是失去了理智，否则我会用另一只手……但他会把我的战刀抽出来，掰成两半，那就完了，什么都完了！然后他走掉了，太晚了……我无法从后面赶上把战刀捅到他的身体里去。

怎么，我已经走到大街上了？我是怎么出来的？……天这么凉……啊，起风了，好风呀……站在那儿的是谁？为什么他们都望着我？终归他们是听到了什么……不对，不可能有人听到了什么……我知道，我当时立即就朝四周望了望嘛！没有一个人关注过我，没有一个人听到了什么……即使没有人听到过，但他是说了，他确实是说了。我站在那儿一动不动，听之任之，就好像有人把我的脑袋打蒙了似的！……但我什么话都不能说，什么事都不能做，

---

[1] 拉丁语，立即，立刻。

我唯一能做的一件事就是不声不响, 缄口不语! ……这太可怕了, 这无法忍受。不管在哪儿碰见他, 我一定要杀死他! ……一个人对我说了这样的话, 这样一个家伙对我说了这样的话, 一条狗! 他认识我……上帝啊, 他认识我, 他知道我是谁! ……他会对每一个人讲, 他对我说的什么话……不, 不, 他不会这样做, 要不他不会说得那么轻……他也只是要让我一个人听见! ……但是谁会向我保证, 他的确不会讲这件事, 今天或者明天, 他的妻子, 他的女儿, 他在咖啡馆的熟人……上帝啊, 明天我又会在咖啡馆见到他了! 明天当我到咖啡馆时, 他会像往常一样又坐在那里, 与施莱辛格先生和卖假花的商人玩他的纸牌……不, 不, 这不行, 这真的不行……当我见到他时, 我就杀了他……不, 我不可能这样……我当时立刻这样做就好了, 当时立刻! ……只要在当时这样做就好了! 我会到上校那里, 向他报告发生的事情……对, 到上校那里……上校一向是十分和善的——我会对他说: 上校大人, 我卑恭地报告, 他按住了我的刀柄, 他不让它抽出来了, 这完全就像我没有武器一样……上校会说什么? ——他会说什么呢? 只有一句话: 用谩骂和羞辱予以回答——就这样回答! ……那边的是些志愿兵? ……真作呕, 在夜里他们看起来像军官……他们在致意! 若是他们知道了呢——若是他们知道了呢! ……这是霍赫拉依特纳尔咖啡馆……现在肯定只有几个伙伴在里面……或许也有我认识的一两个人……如果我想把这件事讲给我第一个遇见的人的话, 但得说是发生在另一个人身上, 这样如何? ……我简直神经错乱了……我这是在什么地方转悠? 我在大街上做什么? ——是啊, 可我要到哪儿去呀? 我不是要去拉依丁格尔咖啡馆吗? 哈哈, 我坐在人们中间……我相信，一定有人注意我……是啊，但一定会出点事的……会出什么事呢？什么事也不会出，什么事也不会出——没有一个人听到过嘛……没有一个人知道这件事……此时没有一个人知道……如果我现在到他的家里去，要他发誓，他没有跟任何一个人讲过，这怎么样？……啊，最好是把一颗子弹射进他的脑袋，这比什么都好！……这是最聪明不过的了！……最聪明不过的了？最聪明不过的了？——没有什么可选择……没有其他的选择……如果我去问上校，或者去问科帕茨基——或者布拉尼——或者弗利德迈耶……每个人都会说：你没有其他的选择！……若是我与科帕茨基谈会怎么样呢？……对，这是最最明智不过的了……因为明天……是啊，当然了——因为明天……四点钟在骑马训练场……我明天四点钟进行决斗……我从来不能这样，我缺乏决斗的力量……废话！废话！没有人知道的，没有人知道的！……许多人忙忙碌碌，各有各的烦恼，像我一样……人们不是讲了许多关于代克纳尔与雷德洛夫决斗的事……荣誉委员会做出决定，决斗可以进行……可荣誉委员会会对我的事做出什么样的决定呢？蠢小子……蠢小子……可我站在那儿动也没动！上帝啊，不管有没有人知道，反正都是一样！……我知道了，这是主要的！我觉得，我现在变成另一个人，与一个小时之前不同——我知道，我缺乏进行决斗的力量，因此我必须自杀……我在生活中再也没有片刻的安静了……我总是害怕有人会知道这件事，会有那么一天，有一个人会当着我的面说那天晚上发生的事情！……在一个小时之前我是一个多么幸福的人……科帕茨基为什么一定要把戏票给我——斯台菲为什么一定要拒绝我，什么人呐！……真是命该如此……下午时一切还都那么美好，而现在我成个倒霉的人，必须自杀……我跑什么呀？我没什么可跑的嘛……响了几下？……一、二、三、四、五、六、七、八、九、十、十一，十一点了……我应当去吃宵夜了！终归我必须找个地方去呀……我得去个没有人认识我的饭馆——无论怎样，人得吃饭呀，即使他吃完后立即自杀的话，那也应当这样呀……哈哈，死可是小孩子的把戏……最近谁说过这样的话来着？管它谁说的，反正一样……

  我想知道，谁受的伤害最大？……是妈妈或者是斯台菲……是斯台菲……上帝啊，是斯台菲……她不可以让人看出来，否则"他"就跟她分手了……可怜的女人！——在团队里——没有一个人知道我为什么这样做……他们会绞尽脑汁去猜想……古特斯尔为什么会自寻短见？——没有一个人会料到，我会自杀，因为一个卑贱的面包师，这样一个下流的家伙，他只是凑巧有一双强大的拳头罢了……太愚蠢了！太愚蠢了！——因此像我这样一个男子汉，一个如此年轻英俊的人竟……是啊，事后所有的人肯定会说：他不应该这样做，为了这样一件蠢事，这太遗憾了！……但是如果我现在去问什么人的话，那每一个人都会给我同样的回答……就是我自己本人，如果我问我自己……这真是活见鬼了……我们在文明面前是毫无反抗能力的……人们都认为，我们是优秀的人，因为我们有一把战刀……如果有一个人使用了武器的话于是就指责我们，好像我们天生是杀人犯似的……在报纸上也会登载："一个年轻军官自杀"……他们一直是怎么写的？……"动机不明"……哈哈！……"在他的棺材旁进行悼念"……——但是这是真的……我总是觉得，我好像在给自己讲一个故事似的……但这是真的……我必须自杀，我没有其他的出路——我不能任凭这样的事情发生：明天早上科帕茨基和布拉尼把我的委托退回并告诉我，他们不能当我的决斗证人！……如果我死乞白赖的话，那我就成了一个无赖……像我这样一个人，他们动也不动，听任别人说他是一个蠢小子……明天所有人都会知道了……我自己在胡思乱想，认为这样的人不会对人讲这件事，这简直蠢极了……他会到处去说的……他的妻子现在就已经知道了……明天整个咖啡馆都会知道……侍者会知道……施莱辛格先生会知道……女收银员会知道……甚至他决定明天不说，那后天他就会说……如果他今晚中风的话，那我会知道的，我会知道的……如果我这样咒骂他的话，那我就不配做一个身穿军装、腰挎战刀的人了！……我必须这样做，结束了吧！——以后会怎么样？——明天下午大夫会用战刀把我杀死……就发生过一次这样的事情……鲍吾尔，一个可怜的家伙，他得了脑膜炎，三天就死了……布伦尼德施从马上摔了下来，脖子折断了……最后也完了：没有什么不同——对我也是如此，对我也是如此！——有一些人，他们倒满不在乎……上帝啊，这都是些什么样的人！……林埃侬麦尔，他与一个熏肉店主的老婆通奸被抓住了，当场挨了一记耳光，他辞去了军职，到某个地方的乡间去了，并结了婚……居然会有女人肯与这样一个男人结婚！——上帝做证，如果他再次回到维也纳时，我决不会与他分手……就这样了，你听到了吗，古斯特：结束，结束，与生活告别吧！就这么决定了！……现在我知道，这件事太简单了……是啊，我真的非常平静……再说我一向知道，每当事到临头时，我会平静的，非常平静……但事情会到了这个地步，却是我没有想到的……我不得不自杀，是因为这样一件……也许我真的没有听懂他……他说的完全是另外的意思……由于歌声和闷热我完全晕头晕脑了……不是真的，哈哈，不是真的！我还能听到呢……它一直还在我的耳朵里回响……我的手指头感觉到，我如何要把他的手从我的战刀刀柄上推开……他是一个强壮有力的人，一个雅根道尔夫[1]……可我也不是个懦夫呀……弗朗茨斯基是团里唯一一个比我强壮的人。

阿斯佩恩桥……我还要跑多远？——如果我这样跑下去，那午夜就到卡格朗了……哈哈！上帝，去年十一月我们开拔到那里时，我们是多么快乐呀。还有两个小时，维也纳……当我们到达那儿时，我都累死了……我睡了整整一个下午，像个木桩，晚上我们去了罗纳歇尔咖啡馆……有科帕茨基、拉丁泽尔，还有谁与我们一起去了？——对了，还有那个志愿服役的，他在行军路上给我们讲了些犹太人的趣闻逸事……那些服役一年的人，有时都是些完全可爱的小伙子……但是他们全都只想成为后补军官——这算怎么回事呀？我们必须成年累月地受磨难，而一个家伙服役一年就有了和我们一样的军衔……这是一种不公正呀！——可这一切与我有什么相干？——我干吗要去关心这些事呢？——后勤部门的一个小兵现在都比我有用得多……我就要不在这个世界上了……我已经完了……失去了荣誉，就失去了一切！……除了给我的手枪装上颗子弹，我没有别的事情可做……古斯特，古斯特，我觉得你还一直不相信这件事，那就只消去想想就行了……没有别的办法……即使你绞尽脑汁，也没有别的办法！——现在重要的只有在最后的时刻保持体

---

[1] 雅根道尔夫：当时奥地利一个著名的摔跤运动员。

面,做一个男子汉,做一个军官,这样上校就会说:他是一个勇敢的家伙,我们会忠诚地怀念他!……有多少人会参加一个少尉的葬礼?……我真的想知道……哈哈!如果整个营,或者整个兵营都出动了,他们鸣枪二十发,可我永远不会被惊醒过来了!——去年夏天有一次我与冯·恩格尔先生坐在咖啡馆前面,那是在一次军队越野赛马之后……可笑,这个人从那以后我就再也没见到过他了……他为什么把左眼包扎了起来?我一直想问他这件事,但这不大得体……走过来两个炮兵……他们肯定在想,我在追一个女人……此外她一定是看透了我……噢,可怕呀!……我只是想知道,这样一个女人如何赚钱生活……我倒更想……饥不择食,将就些好了……在普柴米斯尔——事后我就感到可怕,我下定决心,永远不再碰女人……这是在加利西亚的一段可憎的时光……可幸运极了,我们来到了维也纳。鲍克尼还一直在桑姆波,还得在那儿待上十年,直到须眉变白,老态龙钟,也比……也比什么?也比什么?是啊,这是怎么啦?——难道我疯了,总是忘了这件事……是啊,上帝做证,我总是忘了这件事……一个在一两个小时里就要饮弹自尽的人,却总在想那些与他毫不相干的事情,这算什么呀?上帝做证,我恰恰像似一个陶醉的人!哈哈!一种美好的陶醉!一种谋杀的陶醉!一种自杀的陶醉!哈哈!我在开心取乐,这很好嘛!是啊——我的情绪好极了——我的天性如此……真的,如果我把这件事讲给一个人听的话,那他一定不会相信——我觉得,如果我随身带着那个东西的话……那我现在就会扣动扳机——一秒钟一切就会结束了……并不是每一个人都能做得这样好的——另外一些人会几个月地折磨自己……我可怜的表妹整整躺了两年,一动也不动,痛不欲生——这样一种苦难！……如果人们能自己了结自己不是更好吗？只要注意，对准目标，不要发生纰漏，像去年那个见习军校的见习生那样……这个可怜的家伙，没有死，但却变成了瞎子……他后来怎么样？他现在在什么地方？——这样跑来跑去，太可怕了，那个家伙呢——他不能四下乱跑，他得让人领着……这么年轻的一个人今天还不到二十岁……他射他的情人倒是很准，她立刻就死了……不可置信，人为什么要射杀自己！这仅仅是因为忌妒吗？……我对我的生命不是这样理解……斯台菲现在舒舒服服地待在园艺协会俱乐部；随后她与"他"一道回家……这与我毫无关系，毫无关系！她家里布置得漂漂亮亮……小小的浴室里有一盏红灯——近来她都是穿绿色睡衣——也看不到斯台菲了……我再也不登上古斯豪斯大街那座漂亮宽大的楼梯了……斯台菲会继续寻欢作乐，好像什么事都没发生过一样……她绝不会向某个人讲，她亲爱的古斯特自杀而死……但有人会哭泣的——啊，对，有人会哭泣的……有许多人会哭泣的……上帝啊，特别是妈妈！——不，不，我不应当去想这些。——啊，不，绝不应当去想这些……不应当想到家里，懂吗？——不应当有这种乱七八糟的思想……现在我都到了普拉特公园，这儿不错……在午夜时分……早晨时我也没有想到我今天夜里会到普拉特来……那儿的那个警卫人员会怎样想？……呐，只要继续走下去就是了……这太美了……夜宵算什么，咖啡馆也算不了什么；空气是舒适的，这么安静……非常安静……尽管稍顷我就会安静了，彻底的安静，就像所希望的那样。哈哈！——但我现在喘不过气来了……我糊里糊涂地净是跑了……慢点，慢点，古斯特，耽误不了什么的，你再没有什么事可做了——什么事都没有了，绝对再没有什么事了！——我甚至觉得，我冷得发抖？——这一定是激动的缘故……我又什么都没有吃……这儿有一种特殊的味道？……不可能有什么花在开吧？……今天是什么日子？——四月四日……当然，最近一些天下了许多场雨……但树还几乎完全是光秃秃的……天黑了，嘘！还真有点害怕……在我的一生里，我这还是第一次感到害怕，当我是一个小孩时，那时在树林里……但我当时根本就不小了？……十四还是十五……到现在过去多少年了？……九年……当然啰……十八岁时我就成了见习军官，二十岁就是少尉了……明年我就会成为……明年我会成为什么呢？明年？这是什么意思呢？什么叫明年？什么叫下一个星期？什么叫后天？……怎么啦？牙在咯咯发抖？噢！——那就让它发点抖吧……少尉先生，您现在是独自一人，不必在任何人面前装腔作势了……天太冷了，天太冷了……

  我要坐到凳子上……哈！——我走了多远了？——这么黑！在我身后的一定是第二家咖啡馆[1]……上一个夏天我也曾经来过，我们的乐队在这儿开过音乐会……我与科帕茨基和吕特纳尔——还有一两个都在场……——可我累了……不，我累了，就像进行了一次十个小时的行军似的……是啊，就像这一样，我困了。——哈！一个无家可归的少尉……对，我真的该回家了……我在家干什么呢？可我在普拉特公园干什么呢？——啊，我最想的是我不必起来——我睡觉，永远不再醒过来……对，这会很舒服的！——不，这不会使您感到舒服的，少尉先生……但怎么自杀，什么时候自

---

  [1] 在普拉特公园里当时共有三家咖啡馆。

杀？——现在我可以好好考虑一下整个事情了……是呀，必须全盘考虑吧……可考虑什么？……——不，空气是清新的……人们应当经常在夜里来普拉特公园才是……是啊，我从前就应当想到，现在与普拉特公园说再见了，与这儿的空气和散步说再见了……是啊，那还有什么呢？——啊，把帽子摘下来，我觉得它压迫我的脑子……我根本没办法好好进行思考……啊……就这样！……现在头脑清楚了，古斯特……可以最后用用它了！那么说明天一早就结束了……明天早晨七点……七点是一个美好的时刻。哈哈！这么说来，当军校开始上课时，八点钟，一切就成为过去了……但科帕茨基无法上课，因为他会过于震惊……但也许他还什么都不知道……人们什么都听不到的……他们也是在下午才找到马克斯·里佩的，他是在早晨自杀的，没有一个人听到这件事……但科帕茨基上课还是不上课与我有什么相干？……哈！……那就在七点钟！……对……呐，还有什么呢？……没有什么其他可考虑的了。我在房间里自杀，然后就一切完结！星期一是尸体……我认识一个大夫，他会乐于进行尸检的……因为一方自杀，决斗无法进行……他们会在曼海姆夫妇那里说什么呢？——呐，他们是无所谓的……但他的妻子，那个可爱的金发女人……她会有所表示的……噢，是啊，我觉得，我在她那儿还有过机会的……是啊，她与斯台菲不一样，这个人呐……但我应当勤快些才是……这就是说：要献殷勤，送花，说话得体……不可以说：明天下午到军营来找我！……是的，这样一个规规矩矩的女人，那是不一样的……在普柴米斯尔我们上尉的妻子，她肯定不是一个规矩的女人……我可以发誓：李比茨基、维尔姆台克，还有那个邋遢的见习军官也都与她有一腿……但曼海姆夫人……她不一样，这需要善于交际，这需要变成另一个人……这还需要举止文雅……这需要自重……但这类人永远是……我那么年轻时就开始了……我还是个孩子，那时在格拉茨我在父母家里度过第一个假期……莉德尔也在……她是一个波希米亚人，比我的年纪大一倍……我在早晨才回到家里……父亲用怎样的眼色看我……克拉拉……我在克拉拉面前最感到害羞了……她那时已经订婚……为什么就没有结果呢？我对此根本就不怎么关心……可怜的哈瑟尔，他从来就运气不佳……现在她又失去了唯一的哥哥……是啊，克拉拉再也见不到我了……完了！妹妹，新年时你陪我去火车站，你想不到你再也不会见到我吧？……还有妈妈……上帝啊，妈妈……不，我不可以这样想……如果我这样想的话，我就会干下一桩卑劣的事……啊……如果我首先还想回家一趟……告诉他们，这是我的一天假期……在我死之前，再一次看看爸爸、妈妈、克拉拉……对，乘七点头一趟的火车去格拉茨，一点钟我就到了那里……你好，妈妈……你好，克拉拉！呐，你们都好吧？……不，这是一次惊喜！……但他们会发现什么的……如果没有人有什么异样就好了……克拉拉……克拉拉肯定……克拉拉是一个聪明绝顶的女孩……她最近写给我的信多么可亲呢，我还一直没有给她复信呢——她一直给我出一些好的主意……这样一个灵魂纯洁的姑娘……如果我留在家里的话，是不是一切都全然不同了呢？我若是学过经济的话，那我就会到叔叔那里去……当我还是一个孩子时，他们就希望我这样……那现在我就结婚了，一个可爱、善良的姑娘……也许会是安娜吧，她非常喜欢我……现在我还能想起来，我最后一次在家时，尽管她有了丈夫和两个孩子……我发现她是用怎样的眼光看我……她还一直叫我"古斯特",像从前一样……若是她知道了我落得这样一个下场的话,那她一定会四肢发抖的……但她的丈夫会说:这我早就料到了——这样一个无赖!……所有人都会认为,这是我负债的缘故……可这根本不是真的,该还的我都还了……只有最后一笔一百六十古尔盾……呐,它们明天就……是啊,这我还得想办法,还巴勒特这一百六十古尔盾……在我自杀之前,我得立下字据……这太可怕了,这太可怕了!……我真想离开这里……到美国去,那儿没有人认识我……在美国没有人知道今天晚上在这儿发生的事情……没有人关心这件事……最近在报纸上登载了关于龙格伯爵的事情,他因为一件肮脏的勾当而不得不出走,现在他在那儿经营一家旅馆,对整个事情不加理睬……在一两年之内他肯定会返回来的……当然不是到庄园去……我若是活下来的话,那这对妈妈、爸爸和克拉拉是最好不过的了……其他人与我有什么相干?有谁会对我好心相待呢?……除了科帕茨基再没有别人……可恰恰这个科帕茨基,今天偏偏把这张戏票给了我,而这张戏票是罪魁祸首……没有戏票我不会去听音乐会,这事就不会发生……发生了什么事?……从事发到现在好像过去了一百年似的,可还不到两个小时啊……在两个小时之前一个人说我是个"蠢小子",要掰断我的军刀……上帝啊,在午夜时分我要喊叫起来!为什么发生这一切?难道我不能在存衣间再等长一点时间直到没有人吗?我为什么朝他说:"闭上您的嘴!"我怎么一张嘴就说出这句话来?我向来是一个彬彬有礼的人……当然啦,我过去有过神经质的时候……一切都凑到一起了……赌博时倒霉,斯台菲拒绝……明天下午决斗……最近一段时间睡眠很少……军营中的劳累……人们无法坚持下去呀！……对了，或迟或早，我会病倒的……我一定得申请一个假期……现在已经没有必要了……现在我有一个长假了……连津贴都不要了……哈哈！……

我还要在这儿坐多久呢？午夜一定过去了……我不是早些时候听到过钟声吗？……这是什么……来了一辆车？在这个时候？胶轮马车……我能够想到……他们倒是像我一样蛮悠闲的……或许里面是巴勒特和贝尔塔……为什么恰恰是巴勒特呢？……冲过来吧！……在普莱米斯尔皇帝陛下乘这样一辆漂亮的马车……他总是乘这样的车进城驶向玫瑰山的……皇帝陛下非常平易近人……一个真正的伙伴，对所有的人都十分亲切……那确是一个美好的时代……尽管……环境是令人沮丧的，夏天备受酷暑折磨……一个下午一下子有三个人中暑……我的队列里科波拉尔也中暑了，他是一个很能适应环境的人……下午我们都赤裸裸地躺在床上……有一次维斯纳尔突然来到我的身旁；我恰巧是在做梦，站了起来，抽出放在我身边的战刀……我的模样一定很特别……维斯纳尔笑得半死——他现在已经是骑术教员了……——遗憾的是我没有去当骑兵……但是年龄不行——这是一种太昂贵的消遣了——现在反正都一样了……为什么呢？……对了，我已经知道了：我必须死，因此反正都是一样了——我必须死……那么，怎样呢？——你看，古斯特，你特地来到了普拉特公园，时值午夜，这儿没有一个人来妨碍你……现在你可以安心地来考虑这一切了……这事与去美国完全风马牛不相及，辞军职，你太蠢了，想不出其他办法……当你一百岁了，你都会想到，一个人要掰断你的军刀，骂你是一个蠢小子，你站在那儿动也没动，没做出任何反应……不，没有什么可考虑的……发生的也已发生了……这与妈妈与克拉拉都没有关系……她们会忘掉这件事的……人们会忘记一切的……

妈妈的兄弟死去的时候,妈妈是怎样悲哀呀……可在四个星期之后她就几乎不再去想这件事了……她前去基地……先是每周一次,然后是每月一次,而现在只是在忌日时才去……明天是我的忌日——四月五日……他们会不会把我移葬到格拉茨?……可这与我有什么相关……让其他人为此去绞尽脑汁吧……那么,什么是与我有关的呢?……对了,欠巴勒特的一百六十古尔盾……这就是唯一的……其他我就不需要去关心了……写信?有什么用?写给谁?……诀别?……对,去见魔鬼了,当人们自杀而死的话,那这不就够清楚的了!……那其他人就会看出来,这就是在诀别……如果人们知道,我对整个事情无所谓的话,那他们根本就不会为我感到惋惜……就不会对我表示同情……我这一生都得到了什么?我真想能参加一场战争——可我真想长时间地等待下去……其余的一切我都见识过了……不管她叫斯台菲还是叫库尼希尔德,都是一样……最美妙的轻歌剧我也看过了……《罗恩格林》我看了十二次……今天晚上甚至听了一部清唱剧……一个面包师骂我是一个蠢小子……上帝,这已经足够了!……我从来就不好奇……好了,我们回家,慢点走,要特别地慢……我根本就不着急……在普拉特公园再休息一两分钟,坐在一个凳子上……无处栖身……我再不躺在床上了……我有充分的时间睡个够。啊,空气!……它将离我而去……

怎么啦?嘿,约翰,您给我拿一杯清水来……什么?……什么地方……是吗,我在做梦?……我的额头……噢,见鬼了……

我睁不开眼睛了！……我是穿着衣服的呀！……我坐在什么地方？……上天啊，我是睡着了呀！我怎么能睡着了呢？再见了……我睡了多久了？……得看看表……我什么都看不见？……我的火柴在哪？……哪，划一支？……三点了……我该在四点进行决斗——不，不决斗……我该自己射杀自己！——与决斗根本没有关系了；我必须自杀，因为一个面包师叫我蠢小子……是啊，这事真的发生了吗？——我脑子里怎么这么奇怪……就像我的脖子夹在老虎钳上——我根本不能动弹，右腿麻木了！……变得轻松了些……空气……完全与那时的清晨一样，像在站岗和在森林中露营一样……醒来是另一种样子……面临的是另一天……我觉得，我还不完全相信……这儿是大街，灰蒙蒙的，空荡荡的……我现在肯定是普拉特公园里唯一的一个人……四点钟了，过去我来过这里一次，与保辛格一道……我们是骑马来的……我骑的是米洛维奇上尉的马，保辛格骑自己的那匹劣马……那是在五月，在去年……那时百花盛开……一切碧绿。现在还光秃秃的……但春天很快就来了，一两天内就来了——铃兰、紫罗兰……遗憾的是我再也见不到了……每一个瘪三都能看到，可我必须得去死！这真是一种悲哀！另外那些会坐在葡萄园里享用晚餐，好像什么事都没有发生似的……就像我们大家都在葡萄园里用餐似的，那是在他们把里帕伊抬出去的当天晚上……里帕伊是那样的可亲，他们喜欢他远胜于我，在团里……当我完蛋了时，为什么他们不坐到葡萄园里呢？……天暖和起来了……天暖和得多……一股芳香……一定是开花了……斯台菲会不会给我带来鲜花？……可她根本就不会想到的！她正巧要摆脱掉我呢……是啊，若阿德尔她还在就好了……不，阿德尔！我觉得两年我就不再想到她了……在我一生里我从没有看到过一个女人哭得这么厉害……这是我经历过的最最美妙的事情……她是那么朴实，那么安分——她喜欢过我，这我可以发誓……与斯台菲完全不一样……我只是想知道，我为什么放弃了她……一头蠢驴！我变得太乏味了，是啊，每天晚上与同一个姑娘外出……这就成了我全部生活……随之我害怕起来，怕永远摆脱不掉……这样一个死乞白赖的女人……呐，古斯特，你还想等待下去——可她是唯一一个喜欢过你的姑娘……她现在做什么呢？呐，她会做什么呢？……现在的她一定有另外一个男人了……当然啰，与斯台菲在一起惬意得多了——即使只是偶尔得到这样的机会，另一个就特别地生气，我则感到开心……是啊，人们不能要求她到墓地上去……若不是迫不得已的话，那有谁会去呀！——或许科帕茨基会去，这就是全部！……可悲呀，再没有什么人了……这完全是废话！爸爸、妈妈和克拉拉会去的……是啊，我是儿子，是哥哥……但在我们之间还有其他什么吗？他们喜欢我呀……但他们知道我什么呢？——我服役，我玩牌，我和其他人到处游荡……可除此之外呢？——有时我对自己都感到害怕，我没有给他们写过信……呐，我觉得，我对我自己也都不知道……啊，什么，你现在竟干这些事情，古斯特？你就差开始号啕大哭了……呸，活见鬼了！走路要规规整整……就这样！不管是去幽会或者去站岗或者去进行战斗……谁这样说过？……啊，对了，是雷德勒少校，在公共餐厅，像在谈到温莱德时所说的那样，这个温莱德在他的第一次决斗之前，脸色变得那么苍白……都呕吐起来……对：不管是去幽会还是去死，举止和表情都让人看出来是一个真正的军官！……好啦，古斯特……这是雷德勒少校说过的呀！哈哈！……

越来越亮了……都可以看书看报了……什么人在拉汽笛？……啊，那边是火车北站……泰格特霍夫[1]纪念碑……它还从没有看起来是这么高大呢……那边停了一些车辆……但大街上除了清扫工什么都没有……最后的一些清扫工人……哈！每当我想到这事时，我便总是不得不笑起来……我根本不懂……是不是所有人都这样，如果他们清清楚楚知道的话？火车北站大钟指向三点半……现在剩下的问题就是，我是按照车站时间七点还是按照维也纳时间七点自杀呢？……七点……是啊，为什么偏偏是在七点呢？……好像不能在其他时间似的……我饿了——真的，我饿了……没有什么奇怪的……从什么时候起我就没吃过东西了？……从……从昨天晚上六点在咖啡馆……对！那时科帕茨基把戏票给了我……一杯牛奶咖啡和两只新月形小面包……若是面包师知道了的话，那他会说什么呢？……这条该骂的恶狗！……啊，他会知道为什么……他会顿时领悟，会马上想到，军官意味着什么！……这样一个家伙在大庭广众之下遭到殴打，他可以不计后果，而我们这样一个人，在私下里受到辱骂，那就成了一个死人……如果这样一个家伙起码要想打架的话——不，他会非常小心的，因为他不敢冒这样的风险……这个家伙继续心平气和，而我呢……却得一命呜呼！……是他杀害了我……对，古斯特，你发现了吧？……是他，是他杀害了我！不能就这样让他滑了过去！不能，不能，不能！我要给科帕茨基写一封

---

[1] 威廉·泰格特霍夫（1827—1871）：奥地利海军上将，1864年和1866年先后战胜丹麦和意大利舰队。

信，把整个事情都写在上面……或者更好些：我写给上校，我给团部写一份报告……就像一份述职报告一样……对，你等着吧，你认为这样的事能保住秘密吗？……你错了……写下来的就会成为永恒的记忆，然后我就要看看，你是否还敢进入咖啡馆——哈哈！……

"这我就要看看，这话太好了！……我还真有些想看看，只是遗憾的不可能了——完了！……"

现在约翰进入我的房间，现在他发现少尉先生没有在家睡觉……呐，他什么都会想到，但少尉先生是在普拉特公园过夜，这是他想不到的……啊，是四十四团队的！他们正向射击场进发……我们就让他们过去好了……就这样，我们也要到那儿去的……——上面有一扇窗户敞开着……可爱的人儿，如果我走到窗户那儿，我想我至少要围上一条围巾……上个星期天是最后一次……恰恰斯台菲是最后的一个女人，这是我做梦都没有想到的……啊，上帝，这是唯一的真正的快乐……呐，是啊，上校大人将在两个小时之内威严地策马而来……先生们都神采奕奕——好啊，好啊，向右看！——如果你们知道，我是怎样地鄙视你们，那才好呢！……啊，这不坏：卡策尔……他什么时候调到四十四团队了？……你好，你好！——他为什么做个鬼脸？……他为什么指了指他的脑袋？……我亲爱的，我对你的额头很少感兴趣……啊，是这样！不，我亲爱的，你错了：我是在普拉特公园过夜的……你会在今天晚报上读到的……"不可能！"他会说，"我今天早上，在我们前往射击场时我还在普特拉遇见过他！"——谁会接管我的那个班？……他们是不是会把它交给瓦尔特勒？——呐，那就会有好戏看了，一个没有胆识的家伙，他最想做的是一个鞋匠……怎么，太阳都升起来了？……今天会是一个好天气，一个真正的春日……这真是见鬼了！……出租马车车夫早上八点钟才会出现呢，而我……呐，这是怎么回事？嘿，或许这是——在最后关头不能因为一个出租马车车夫就失去镇静……这是怎么回事？我的心一下跳了起来？……可不要因为这件事……不，噢，不……这是因为我长时间没有吃过东西了。可是，古斯特，你对自己可要坦诚啊——你害怕了……害怕，因为你还没有尝试过……但是这帮助不了你什么，害怕是帮助不了什么人的，每个人都得有这样的体验，或迟或早，而你就走在前头了……你从来不是多么重要的人物，那你至少要体面地走好最后一段路，我向你要求的就是这一点！……好了，现在只是考虑……但考虑什么？……我总是要自己考虑些什么……其实很简单：……它就放在床头柜的抽屉里，也上膛了，只要一扣扳机就行……这可不是什么费劲的事情！

她已经上班了……可怜的姑娘们！阿黛尔也在一家店铺里工作……我在晚上接过她一两次……如果她们在一家店铺里工作，那她们就不会变成那样一类的人……若是斯台菲只属于我一个人时，那我就让她成为一个模特儿或者类似的人……她怎么会知道呢？……从报纸上！……我没有看到她写信，她一定生气的……我觉得，我一定是神志恍惚了……可她生不生气与我有什么相干……这整个事情持续了多长时间？……从一月份开始？……啊，不对，一定是在圣诞节发生的……我从格拉茨给她带来了糖果，新年时她给我寄来了一封信……对，那些信我放在家里了……都不在这儿，我该把它们烧掉？……哼，那封法尔斯泰因纳的信，若是人们找到它，那这家伙一定会惹来麻烦的……这要我担什么心！……呐，这费不了多大力气,可是我没法找到这封信……最好的办法是把所有的信都烧掉……谁需要它们?纯粹一堆废纸。……我把我的那几本书留给布拉尼……《穿越黑夜和冰雪》……遗憾,我从没有把它读完……在最近这段时间我很少读书……管风琴……啊,从教堂传来的……早晨弥撒……我已经长时间没有做了……最后的一次是在费伯尔,我们班被派往那里……但没有什么用处——我去注意我的那些士兵,看他们是否虔诚,举止是否规矩……我想进教堂……毕竟是有些名堂的……呐,今天在圣餐之后我就会清清楚楚地知道了……啊,"圣餐之后",这话说得太好了!……那么,怎么办,我该进去?……我相信,妈妈如果知道了,这对她会是一种安慰!……克拉拉不大关心这种事……呐,我们就进去……这不会有什么害处!

管风琴……歌唱……哼!……怎么回事?……我完全晕了……噢,上帝,噢,上帝,噢,上帝!我想找一个事先能与之讲话的人!……就这样……去忏悔去!当我最后说:我很荣幸,高贵的神父,现在我要去自杀!那他一定目瞪口呆……我最喜欢躺在石板地上并大哭大叫……啊,不,我不可以这样做!但哭有时候是件好事……我们先坐一会儿……但不能睡过去,像在普拉特公园里那样!……信仰一种宗教的人都是很好相处的……如果老是这样继续下去,那我自己的最后结局就令人作呕了,我会耻辱地自杀而死!……有个老女人在那儿……她还在祈祷什么呀?……或许这是个好主意:您,您也为我祈祷祈祷吧……我还没有正经地学过该怎么祈祷呢……哈哈!我觉得死亡把人变得愚蠢了!——站起来!这个旋律使我想起了什么?……神圣的天堂!——昨天晚上!离开,离开！这我根本没法忍受！……嘘！别弄出声来，别把军刀拖到地上——不要打搅人们祷告——这下好了！——在露天里好多了……灯光……啊，它越来越近了——它若是过去就好了！——我会马上就行动——在普拉特公园……不该不带手枪出来……若是我昨天晚上带一支就好了……上帝啊！……我要去咖啡馆去用早餐……我饿了……从前我总是感到奇怪，那些被判决的人在早上还喝咖啡，还抽烟……该死，我根本就没抽过烟！根本没有兴趣抽烟！——这太滑稽了，我倒是有兴趣去咖啡馆……对了，已经开门营业了，现在我们的人没有一个在那里……如果有的话，那这顶多是镇静从容的一种表示。"六点钟他还在咖啡馆早餐，七点钟他就自杀了"……——我又变得十分平静了……脚步特别稳重……而最最得意的是没有人强迫我——若是我愿意的话，那我还一直能把这些乱七八糟的念头抛到脑后……美国……什么是"乱七八糟的念头"？什么是一个"乱七八糟的念头"？我觉得我中暑了！……噢，也许因此我才变得这样镇静，因为我一直还在胡思乱想，我不必这样？……我必须这样！我必须这样！不，我愿意这样！——古斯特，难道你就不能想象出，你脱掉军装一走了之是什么样的情形？那条该诅咒的狗会捧腹大笑——科帕茨基再也不会与你握手……我觉得我羞愧得满脸通红——门卫向我敬礼……我得答礼……"你好！"……现在我连"你好"都说了出来！……一个可怜的家伙总是对此感到高兴的……呐，没有一个人对我有什么不满——除了值勤我总是心情舒畅……我们在演习时，我给连队的军官送上英国香烟……有一次我听到我身后的一个人在持枪时说了句"该死的苦差事"，我没有给他打小报告……我只是对他说："您要注意，这话会让人听到的……那你就倒霉了！"……布格霍夫宫……谁今天警卫？——波斯尼亚人——他们的样子不错——上校不久前说过：一八七八年[1]我们在那儿时，没有一个人相信，他们会有一天这样报复 我们！……上帝，当时我要是有这种经历该多好啊……他们都从凳子上立起身来……敬礼，敬礼！这是令人感到讨厌的，我们的人不会这样做的……若是在光荣的战场上，为了祖国，那这样做倒是件更美好的事，就这样了！……是不是会有一个人能承担起这件事？……我应该把它留给科帕茨基或者维麦塔尔来做，由他代替我来揍这个家伙……啊，不能让他这样轻易地溜走！——啊，什么！事后来找补，难道就不是一样了吗？当然我再也不会知道了……树木在发芽……在人民公园我曾经有一次与一个姑娘搭话——她穿一身红色的衣服——她住在斯特罗茨希胡同——后来罗赫利茨把她弄到手了……我觉得，他还一直与她在一起，但他再不提起这件事了——或许是因为他感到羞愧……现在斯台菲还在睡觉……每当她醒觉时，她看起来就格外可爱……好像她是个孩子，都不能数到五似的！——呐，女人睡觉时，看起来都是这样的！——我还是应当给她写几个字……为什么不呢？一个此前写过信的人，他该这样做的——我也应当给克拉拉写封信，让她来安慰爸爸和妈妈——我就这样写！——也给科帕茨基写……我觉得，如果向一两个朋友说永别了，这会更容易些……给团部的报告——为巴勒特准备的一百六十个古尔盾……还有好多事要做……呐，没有一个要我在七

---

[1] 1878年爆发奥匈帝国与土耳其的战争，当时归属土耳其的波斯尼亚被奥匈帝国占领，1908正式并入奥匈帝国。

点钟自杀……从八点起我还有足够的时间去死呢！……死，对……这就是说……我什么也不能做了……

环行大街……现在很快就到我的咖啡馆了……我甚至觉得，我对早餐很感兴趣……这简直不可信。是啊，在早餐后给自己点上一支香烟，然后我回家，写信……对，首先是给团部写报告；然后给克拉拉写信——然后给科帕茨基……然后是给斯台菲……我该给轻佻的女人写些什么呢……"我亲爱的孩子，你大概想不到"——啊，什么呀，废话！——"我亲爱的孩子，我十分感谢你"——"我亲爱的孩子，在我离开人世间之前，我不想错过"……呐，写信从来不是我的强项……"我亲爱的孩子，这是你的古斯特向你做最后一次的告别"……她定会睁大眼睛！我没有爱上你，这是一种幸运……当我喜欢上一个女人并且得……那一定是可悲的……呐，古斯特，振作起来：事情也够可悲的了……在斯台菲之后还会有另一些女人来到他身边，到最后也会有一个值得敬重的女人——出身名门家庭并富有的少女……这该是件多美的事呀——我必须给克拉拉写得详细些，告诉她我没有别的选择……"你必须原谅我，亲爱的妹妹，我也请你安慰双亲。我知道，我给你们带来了一些忧愁，增加了不少痛苦；但相信我，我一直爱着你们大家，我希望你会幸福，我亲爱的克拉拉，不要完全忘记你不幸的哥哥"……啊，我最好什么也别写给她！……不，我要哭了……一想到这儿，我的眼睛就要流出泪水……顶多我给科帕茨基写封信……一种同伴式的诀别，他应该会把事情告诉其他人……——已经六点了？……啊，不，五点半——五点三刻——这真是一个可爱的脸蛋！……长着一双黑眼睛的小弗拉茨，我经常在弗洛里阿尼胡同遇见她！——她会说什么呢？——她根本不知道我是谁——她只会感到奇怪，她怎么再也见不到我了……前天我就下了决心，下一次我要跟她搭话。她很会卖弄风情……她是那么年轻——归终说来她不是一个单纯的女人！……说得对，古斯特！凡是你今天能办到的，那就不要推到明天！……那儿的那个人肯定也是一夜未睡。——哈哈！现在事情变得严重了，古斯特，是啊！……呐，若是说这还不算是种恐惧的话，那就根本没有什么是恐惧的了——总地说来，我必须告诉自己，我得勇敢……啊，还要到哪儿？这儿已经是我的咖啡馆了……他还要清扫……呐，我就进去吧……

那张桌子就在后面，他们总是在那儿玩塔洛克[1]……奇怪的是我根本就无法想象，那个总是坐在后面靠墙的家伙竟与骂我的是同一个人……还没有人来这里……那个侍者在哪？……嘿！他从厨房出来了……他很快就套上了侍者衣服……这真的就没有必要！……啊哈，这对我……他今天还得侍候其他的人呢！——

"很荣幸，少尉先生！"

"早安。"

"少尉先生，今天这么早就来了？"

"啊，不谈这个——我没有很多时间，我就穿着大衣坐在这儿了。"

"您有什么吩咐，少尉先生？"

"带奶皮的牛奶咖啡。"

"马上送到，少尉先生！"

---

[1] 塔洛克：一种三人玩的纸牌。

啊，那儿有些报纸……已经有今天的报纸？……是否登有什么消息？……什么？……我觉得我应当看看，是否登有我自杀的消息！哈哈！……我为什么还一直站在这儿？……我们坐到窗户那儿去……他已经给我端来了牛奶咖啡……就这样，我把窗帷拉上，若是有人朝里看，那够讨厌的了……尽管还没有人路过这里……啊，咖啡的味道好极了——这可不是凭空瞎想，这是早餐呀！……我成了一个另样的人……非常愚蠢的是我没有用过夜宵……那个家伙怎么又站在那儿了？……啊，他给我拿来了小面包……

"少尉先生听到了吗？"

"听到什么？"上帝啊，难道他已经知道了什么？……但，废话，这是不可能的！

"哈伯斯瓦尔纳先生……"

什么？面包师叫这个名字……他现在要说什么？……难道他来过这里？难道他昨天在这儿讲了这件事？……为什么他不讲下去？……可他开始讲了……

"今天夜里十二点中风了。"

"什么？"……我不能这么喊叫……不，我什么都不能让人看出来……也许我是做梦吧……我必须再次问问他……"谁中风了？"……棒极了，棒极了！——无这句话说得毫无恶意！

"面包师，少尉先生！……少尉先生一定认识他……呐，是个胖子，他每天下午都坐在军官先生旁边玩塔洛克……与施莱辛格先生和假花商店的瓦斯纳先生面对面！"

我完全清醒了——一切准确无误——可我还是不能完全相信——我必须再问一次……但要完全是善意的……

"他中风了？怎么会呢？您怎么知道的呢？"

"少尉先生，有谁能比我们更早知道呢，少尉先生现在吃的小面包就是哈伯斯瓦尔纳先生那里的。那个早晨四点给我们送面包的小伙计向我们讲的。"

上帝啊，我不可以得意忘形……我想喊叫……我想大笑……我想吻一下鲁道夫……可我必须再问问！……中风了，但这并不是说是死了……我必须问，他是不是死了……但要平静地去问，因为这个面包师与我有关系呀……我必须在问侍者的时候装着看报……

"他死了？"

"呐，当然，少尉先生，他当场就死了。"

噢，妙极了，妙极了！……一切都结束了，因为我进了教堂……"他晚上到剧院去了；在上楼梯时他摔倒在地——管家听到了响声……呐，随后他们把他抬进房间，当大夫来了时，他已经死了多时。"

"这太惨了。他还正值壮年……"我这话现在说得好极了——没有一人能注意到我有什么异样……我真的要克制住自己，不要喊叫出来，不要蹦高……

"是啊，少尉先生，非常悲惨。他是一个十分可亲的先生，二十年了，他是我们这里的常客——是我们老板的一个好朋友。他的可怜的妻子……"

我相信，在我的一生中我从来没有这样快乐过……他死了——他死了！没有人知道了，什么事都没有发生！——这简直是撞上大运了，我竟进了咖啡馆……否则我可就自杀了，枉送了一条性命——这就像命运的一种安排……鲁道夫在哪儿？——啊，他去同那个烧炉火的伙计说话……这么说,他死了——他死了——我还是不能相信!最好是我亲自到那儿去看一看——终归说来,他是因为气愤,是因克制怒火而中风的……啊,为什么?这对我反正一样!主要的是:他死了,我可以活下去了,一切又都属于我的了!……真可笑,我怎么老是一个劲地揉碎面包呢,这可是哈伯斯瓦尔纳先生烤制的呀!非常合我的胃口,哈伯斯瓦尔纳先生!妙极了!好呀,我现在还想抽一支烟……

"鲁道夫!您,鲁道夫!您,您让那个烧炉火的伙计给我安静些!"

"好的,少尉先生!"

"特拉布科牌的香烟"……我太快乐了,太快乐了!……我然后做什么呢?……一定得做点什么,否则我也要因为高兴而中风的!……在一刻钟之内我就回到兵营,让约翰用冷水擦擦身……七点半是荷枪训练,九点半是操练。我要给斯台菲写信,她今天晚上必须得腾出时间,下午四点……呐,等着吧,我亲爱的!等着吧,我亲爱的,我现在的情绪好极了……我要把你弄得服服帖帖的!

埃尔瑟小姐

"你真的不再玩了吗？埃尔瑟？"——"不了，保尔，我不能再玩了。Adieu[1]，亲爱的夫人。"——"啊，埃尔瑟，您就叫我茜希夫人，或者最好简单叫茜希好了。"——"再见，茜希夫人。"——"可您为什么现在就走，埃尔瑟？离吃饭还有整整两个小时呢。"——"您和保尔玩单打好了，茜希夫人，我今天真的没有什么兴致了。"——"让她走吧，亲爱的夫人，她今天心绪不佳。埃尔瑟，你都挂在脸上了，我是说心绪不佳。——红色套头衫更好一些。"——"保尔，但愿你在蓝色的那儿能找到心绪更佳一些的。Adieu。"

这样分手太好了。但愿他俩不要认为我在忌妒他们。茜希·莫尔和表哥保尔，他俩之间一定有些什么关系，我可以打赌。世上没有什么比这更令我无所谓的了。——现在我再次回过身去向他们挥手。挥手和微笑。现在我看起来高兴了吧？——啊，上帝，他俩又玩起来了。我玩得本来就比茜希·莫尔要好，保尔也不是玩得怎么了不起，可是他看起来蛮漂亮——大翻领和坏孩子似的脸。要是再少一些忸怩作态就好了。埃玛姨妈，你没有什么可害怕的……

---

[1] 法语：再见。

这是一个多么美好的傍晚！今天的天气本是该到罗赛塔茅屋那儿去旅行的。西蒙纳崖那么挺拔地直耸向天空！——早晨五点钟就该上路。一开头我当然会像通常那样，觉得不愉快，但是这会消失的啊。——再没有比在黎明中漫游更惬意的了。——那个独眼的美国人在罗赛塔看起来像个拳击手。他的眼睛也许就是在拳击时被人打出来的。我倒是十分愿意到美国去结婚，可不是和一个美国人。或者我同一个美国人结婚，可我们得在欧洲生活，在里维拉[1]有一幢别墅，大理石台阶直伸入海里，我一丝不挂地躺在大理石上。——我们在梅东住过，到现在有多久了？七年或者八年。我十三岁或者十四岁。是啊，那个时候我们的家境还很好呢。——推迟这次远游，真是毫无道理。否则，无论怎么说我们现在也回来了。——四点钟，我去打网球的时候，妈妈电报告知的那封信还没有到。谁知道现在是不是到了。我本来还能再打一局的。——为什么这两个年轻人向我打招呼？我根本不认识他们。他们是昨天住进饭店的，吃饭时坐在左边窗户那儿，过去那儿是几个荷兰人坐的。我这样想不友好吧？或者是太傲慢了？我根本不是这样的。在看完《科里奥兰纳斯》回家的路上，弗莱德是怎么说的来着？心情愉快，不，是说快乐自信。您是快乐自信，不是刚愎自用，埃尔瑟。——一个多美的词儿。他总是能找到美的词儿。——我为什么走这么慢？说到底是我害怕妈妈的信？当然啦，信里不会有什么愉快的事。快信！也许我又得返回去。噢，痛苦啊。这是什么样的生活——虽说有丝制的套头衫和丝袜子。三双！穷亲戚，得到有钱的

---

　　[1] 里维拉：法国南部滨海区，疗养胜地。

姨妈的邀请。她现在一定后悔了。尊敬的姨妈,我该给你写信说我在梦中没有想到保尔?啊,我什么人也不想。我现在没有爱上什么人,不爱任何人。我过去也没有爱过。就是阿尔伯特我也没有爱过,尽管有八天的时间我以为自己爱上他了。我相信,我不能爱上什么人。这确实是奇怪的,我肯定是充满了欲念。但我也是快乐自信的,心绪不佳,上帝保佑。也许十三岁那年我是唯一的一次爱上了人。爱上了万戴克或者爱上了修道院院长德·格里欧,也爱上了雷纳尔德。我十六岁的时候,是在威尔特湖。——不,这不算什么。我为什么去想这些,我又不是去写回忆录,也从不像贝尔塔那样去写日记。弗莱德是引起了我的好感,仅此而已。若是他再漂亮一些,也许会的。我真是一个装腔作势的人。爸爸是这样说我的,并嘲笑我。啊,亲爱的爸爸,你太让我操心了。他是不是欺骗过妈妈一次?肯定欺骗过,经常欺骗,妈妈太傻了。她对我一无所知,对别人也是这样。弗莱德呢?——也就是知道一点——多美的傍晚。饭店看起来富丽堂皇,让人感觉到那些喧闹的人都无忧无虑,心满意足。以我为例吧。哈哈!太遗憾了。我要是生来就过一种无忧无虑的生活就好了。那就会这样美好。太遗憾了。——西蒙纳崖披上一层红色的光辉。保尔会说,阿尔卑斯在燃烧。早就没有阿尔卑斯的燃烧。笑起来就美了。啊,为什么一定要返回城里!

"晚安,埃尔瑟小姐。"——"您好,亲爱的夫人。"——"打网球了?"——她看出来了,可为什么她还要问?"是的,亲爱的夫人。我们几乎玩了三个小时。亲爱的夫人,还要去散步?"——"是的,我习惯傍晚散散步。在罗尔大道,在草地中间散步真美,白天散步太阳太厉害了。"——"是啊,这儿的草地真的好极了。在月光里从我的窗户看特别美。"

"晚安，埃尔瑟小姐。"——"您好，亲爱的夫人。"——"晚安，冯·道斯戴先生。"——"打网球了，埃尔瑟小姐？"——"您的眼光多么锐利啊，冯·道斯戴先生。"——"您不要取笑，埃尔瑟。"——他为什么不说"埃尔瑟小姐"了呢？——"若是拿着网球拍看上去能如此娇美，那某种程度上人们也可以把它当作装饰品戴上了。"——这蠢驴，我根本不去回答他。"我们玩了整个下午。遗憾的是只有三个人。保尔、莫尔夫人和我。"——"我以前是一个非常喜欢打网球的人。"——"现在不再喜欢了？"——"现在我年纪太大了。"——"怎么说太大呢，在玛里恩利斯特，有一个六十五岁的瑞典人，他每天晚上从六点一直打到八点。一年以前他甚至还参加了一次比赛呢。"——"喏，上帝保佑，我现在还不到六十五岁，但遗憾的是我不是一个瑞典人。"——为什么说遗憾呢？也许他认为这样说是俏皮。最好我客气地笑笑，然后走开。"您好，亲爱的夫人。再见，道斯戴先生。"他把腰弯得这么低，眼睛睁得这么大。牛眼睛。我提起那个六十五岁的瑞典人，这难道伤害了他？没有什么了不起的。魏纳沃夫人一定是个不幸的女人，肯定快五十岁了，那对泪囊——像是经常哭似的。啊，这么苍老，太可怕了。道斯戴先生照顾着她。他走在她旁边。他留着灰白的尖胡子，可看起来还一直很帅。但是他不讨人喜欢，装腔作势。您的这身上穿好服装有什么用，冯·道斯戴先生？道斯戴！您过去肯定叫别的名字。——茜希的小女儿和她的保姆来了。——"您好，弗莉茨。Bonsoir, Mademoiselle.Vous allez bien？"[1]——"Merci，Mademoiselle.Et vous？"[2]——"弗莉茨，你这是怎么了，拿一根登山杖。难道你要登上西蒙纳崖？"——"不是，还不许我上那么高。"——"明年你就可以了。弗莉茨。Abientot，Mademoiselle。"[3]——"Bonsoir，Mademoiselle。"[4]

一表人才。她为什么是一个保姆？而且还是在茜希家。命真不好啊。上帝，我将来也会变得这样。不，无论如何我得好些。好些？——多美的夜晚。空气像香槟酒，昨天瓦尔德伯格大夫这样说。前天也有一个人说过。——为什么这么好的天气人们都坐在大厅里？不可理解。或者是每个人都在等一封快信？门房已经看见我了，若是有我的一封快信的话，那他会立刻就给我送来的。那么说是没有啦，感谢上帝。在晚饭之前我还可以躺一会儿。为什么茜希说晚饭这个词用dinner[5]？愚蠢的装腔作势。茜希和保尔，这两个人太般配了。——啊，信若是到了就好了。反正在晚饭时会到的。若是它不到的话，那我这一夜不会安生的。可是昨天夜里我睡得太糟了。当然啦，这些天来都是这样，就是因此腿才抽筋。今天是九月三日，那么说也许要在九月六日到了。今天我要服安眠药。哦，我不会养成习惯的。不，亲爱的弗莱德，你不必操心。我脑子里总是由于你才想到它的。——人总得什么都试试——就是大麻也

---

[1] 法语：您好，小姐。
[2] 法语：谢谢，小姐，您呢？
[3] 法语：一会儿见，小姐。
[4] 法语：您好，小姐。
[5] 英语：晚餐。

要尝尝。我想，海军中士布兰德尔是从中国把大麻带回来的。大麻是喝还是抽？这东西据说是会使人产生美妙的幻觉。布兰德尔曾邀请过我同他去喝大麻，或者是去抽。这是一个不要脸的家伙，但是长得很漂亮。

"小姐，您的一封信。"——门房！那么说真有信了！我非常从容地转过身去。也可能是卡洛琳来的信，或者是贝尔塔或者是弗莱德或者是杰克逊小姐来的信？"谢谢。"真的是妈妈来的信，快信。他为什么不立刻就说是一封快信？"哦，一封快信！"我回房间再拆开它，安安静静地读。——侯爵夫人。她在暮色朦胧中显得多么年轻。肯定有四十五岁了，我四十五岁时会在什么地方呢？也许早就死了，但愿如此。她朝我微笑，像通常一样地可亲。让她从身边走过去，稍微点点头——不要以为一个侯爵夫人朝我微笑，我就会把这看成是一种了不起的光荣。——"Buona sera."[1]她向我说Buona sera。现在我至少总得躬身答礼了。是不是躬得太低了？她年纪比我大很多。她的举止是多么优雅。她离婚了吗？我的举止也是很美的。但是——我是知道的。是啊，这就是不同之处。——一个意大利人可能对我是危险的。可惜，那个长有罗马人脑袋的黑人又走开了。他看起来像一个滑头，保尔这样说。啊，上帝，我对这个滑头没什么厌恶感，正相反。——到了。七十七号，这是一个幸运的数字。漂亮的房间，松木家具。那儿是我的处女之床。——阿尔卑斯真的是在燃烧，可我不能向保尔承认。保尔是个怕羞的人，一个医生，还是一个妇科医生！也许正是因为这样。前天在森

---

[1] 意大利语：晚安。

林里，我们已走得很远了，他本来是可以胆子大些的，但这样也许对他没什么好处。还没有人对我放肆过呢。顶多说是三年前在威尔特湖浴场里的那次大胆吗？不，他不规矩。但是多好啊。伯尔维德的阿波罗。我当时真的不完全明白是怎么回事。哎，是啊，我才十六岁。我那美丽的草地！我那！——若是能把它带回到维也纳就好了。轻柔的薄雾。秋天？是啊，九月三日，在高山地带。

喏，埃尔瑟小姐，难道您没有下定决心读这封信吗？它一定是与爸爸没有关系的。难道不可能与我的哥哥有关？也许他与他的一个情人订婚了？与一个合唱队的歌女还是与一个手套铺里的姑娘。啊，不，他在这种事情上是有主见的。再说我对他的事知道得根本不多。我十六岁他二十一岁的时候，我们有一段时间相处得很好。他向我谈了许多关于一个名叫绿蒂的姑娘的事，随后他突然就不再谈起了。这个绿蒂一定伤害了他。从那以后他就再也不跟我谈什么了。——哎，信打开了，我根本没有注意到就把它打开了。我坐在窗沿上，读信。注意，我可别摔下去。从圣玛力诺我们得知，在那儿的弗拉塔查饭店发生了一桩可悲的不幸事故。埃尔瑟小姐，一个十九岁的漂亮姑娘，著名律师之女……当然会说是，我由于不幸的爱情而轻生，或者说我因为怀有身孕。不幸的爱情，啊，不。

"我亲爱的孩子……"——我得先看看结尾。——"再说一遍，不要生我们的气，我亲爱的好孩子，千万……"上帝啊，他们并没有自寻短见呀！如果真这样的话，那卢狄会发一个电报来的。——"我亲爱的孩子，我打搅了你美好的假期，你该相信我，我是多么痛苦……"仿佛我总是在度假似的，遗憾的是并非如此。"……给你带来了这样一个令人不愉快的消息。"——妈妈的文风真是可怕。——"但经过深思熟虑,我的确舍此无他。简短地说吧,爸爸的事情变得危急了。我不知道怎么办,也无法可想。"——干吗说这话?——"事关一笔相当可笑的款项:三万古尔盾……"——可笑?——"必须在三日之内筹措到,否则一切都完了。"——上帝啊,这是什么意思?——"你想想看,我亲爱的孩子,霍宁男爵……"——是那个检察官?——"今天清晨召你爸爸前去。你是知道的,男爵是何等敬重爸爸,甚至可以说是热爱的。在一年半之前,那时,也是事临紧急关头,他亲自与主要债权人磋商,在最后的瞬间把事情安排妥当。可这次,如果钱不能筹到,那一切就无法可想了。我们不仅完全破产,而且这是前所未有的一件丑闻。你想想看,一个律师,一个著名的律师,他——不,我根本无法写下去。我一直在与眼泪做斗争。你是知道的,孩子,你是聪明的,我们过去,上帝啊,也有几次陷入类似的境地,家族总是予以救助。最近一次是一笔十二万古尔盾,但是那时他必须签署一份保证书,他不能再去求助亲属,特别是伯恩哈特叔叔。"——喏,继续下去,继续下去,要写到哪儿呢?要我做些什么呢?——"还能想到的唯一的一个人是维克多叔叔,可不巧的是他正在北岬或苏格兰旅行……"——是啊,他倒好,这个令人作呕的家伙。"……根本无法联系上,至少在眼下。至于向同事们,特别是S博士,他曾多次帮助过爸爸……"——我们怎么到了这种地步。——"……自从他再婚之后,也已是不再可能的了。"——那么,你们究竟,究竟是要我做什么呢?——"收到了你的来信,我亲爱的孩子,你在信中提到一些人,其中有道斯戴,他也住在弗拉塔查,这简直像命运在朝我们示意。你是知道的,早年他经常到我们家来。"——嗯,太经常了。——"近两三年他很少露面,这纯粹是偶然,应当与他有相当密切的联系。在我们中间,没有什么避讳的。"——为什么是"在我们中间"?——"在首都俱乐部爸爸每个星期四还一直同他玩惠斯特牌,去年冬天在一个控告艺术古玩商的案件中,爸爸为他挽救了一笔可观的金钱。再说,你为什么不该知道,他过去曾救助过爸爸。"——难道我这样想过吗?——"当时是一笔区区小数:八千古尔盾——但总的来说:三万古尔盾对道斯戴也是小事一桩。因此我在想,你是否看在我们的面上去同道斯戴谈谈。"——什么?——"他对你一直怀有特殊好感。"——我从来没有注意到。他曾抚摩过我的面颊,那时我十二岁或是十三岁:是个大姑娘了。——"好在爸爸从那次八千古尔盾之后再没有向他求助过。他不会拒绝这次帮忙的。最近他把一幅鲁本斯[1]的画卖到美国,仅从这上面就赚了八万古尔盾。当然你不必提及这件事。"——妈妈,难道你认为我是一个笨鹅?——"但其他事情你完全可以和他坦率地交谈,就是霍宁男爵召见爸爸的事,倘若有机会,你也可以谈。有了三万古尔盾就能防止最坏的局面,不仅是在眼下,而且,上帝保佑,是永远。"——妈妈,你真的相信吗?——"因为埃尔伯斯哈依默的诉讼案正在顺利地进行,爸爸肯定会得到十万古尔盾,当然他在这个阶段是不能向埃尔伯斯哈依默提出什么要求的。孩子,我请你同道斯戴谈谈。我向你保证,不会有什么问题的。爸爸本想简单地给他打个电报,我们经过再三的考虑,孩子,如果你能同他亲自面谈,那事情就会变得

---

[1] 鲁本斯(1577—1640):佛兰德斯画家。

全然不同。这笔钱必须在五日十二点汇到。费博士……"——费博士是谁？啊，是费阿拉。——"……是不讲情面的。当然这其中也有私人的好恶成分在内。但不幸的是此事涉及被监护人的财产……"——我的上帝！爸爸，你都干了些什么呀？——"对此人们是无能为力的。如果费阿拉在五日中午十二时收不到这笔钱的话，那就要发出逮捕令，拖到这个时间是霍宁男爵唯一能办到的。这就是说，道斯戴必须把这笔钱通过银行电汇给费博士，那时我们便得救了。否则，会发生什么事，那只有上帝知道了。我亲爱的孩子，相信我，你不会失去任何体面的。爸爸起初考虑过了，他甚至在两个不同方面做过努力，却失望而返。"——爸爸居然会感到失望？——"也许从来不是金钱的缘故，而是因为人们待他太下流了。其中一个曾是爸爸最好的朋友。你可以想到我指的是谁。"——我根本什么都不想。爸爸有过那么多的要好朋友，可实际上一个也没有。也许指的是瓦伦斯多夫？——"爸爸是一点钟回家的，现在是清晨四点。他现在终于睡着了，上帝保佑！"——若是他一睡不醒的话，那对他也许是最好的了。——"我一大清早亲自到邮局发这封信。快信，这样你在三日上午就可能收到。"——妈妈怎么会这样想？她在这一类事情上向来是一无所知的。——"你马上同道斯戴谈，我恳求你了，立刻电告结果。你千万不要让埃玛姨妈看出什么来，在这种情况下不能去求助自己的亲姐妹，这已经够可悲的了，求助她不如去求助一块石头。我亲爱的孩子，在你年纪轻轻的岁月，我就不得不把你扯进这类事情里，我感到非常抱歉，但相信我，爸爸本人对此是没有多少过错的。"——那又是谁的过错呢，妈妈？——"让我们祈求上帝，埃尔伯斯哈依默诉讼案在任何一种意义上为我们的生活开辟了一个新的阶段。我们必定能度过这一两个星期。若是因为这三万古尔盾而发生不幸的话,那不就成了一种真正的嘲弄?"——她真的不认为,爸爸这个人……但就算这样的话,换一种样子还能更坏吗?——"我的孩子,我就此搁笔了,我希望,无论如何……"——无论如何?——"……你能在圣玛力诺度完假日,至少逗留到八日或九日。向姨妈问好,对她要好一些。再说一遍,不要生我们的气,我亲爱的好孩子,千万……"——是啊,我已经知道了。

这么说,我要向道斯戴先生去借钱了……简直是发疯。妈妈这是怎么想的?为什么爸爸不直接乘火车到这儿来?——这难道不是跟快信一样快吗?也许是他们看到他在火车站会怀疑他要逃跑……可怕,可怕!就是有了三万古尔盾我们也不会得救的。总是这一类的事情!七年了!不——还要长些。有谁在我脸上看得出来呢?没有人从我脸上看得出来,就是在爸爸脸上也看不出来。可是所有人都知道,不可理解的是我们还一直维持到现在。人们对什么都习以为常了!我们生活得还蛮不错。妈妈真是一个艺术家。去年新年举行了十四人的宴会——无法理解。但是为了我买两双舞会用的手套,竟大闹了一场。卢狄需要三百古尔盾,这几乎使妈妈哭了起来,可爸爸倒一直兴致勃勃。一直是?不,不是这样。那次看歌剧《费加罗》时,他的目光——突然完全发呆了——我惊慌起来,他变得像一个陌生人。可随后我们在大饭店用餐,他又完全像以前一样兴致勃勃起来。

我手里拿着这封信,这封信简直是胡闹。我要去同道斯戴谈?那我会羞死的——羞,我害羞?为什么?这并不是我的过错。——

若是我同埃玛姨妈谈呢？胡闹。她看来根本就没有这么多钱。姨父是个吝啬鬼。上帝。为什么我没有钱？为什么我还什么也赚不到？为什么我什么都不会？哦，我学过点什么！谁敢说我什么都不会呢？我会弹钢琴，我能说法语、英语，也会说一些意大利语，听过艺术史课。——哈哈！就算我学得更精通，那对我又有什么用呢？我绝对积蓄不了三万古尔盾。

阿尔卑斯的燃烧已经熄灭了，傍晚不再是那么美好了，周围的一切都是可悲的。不，不是周围的一切，但生活是可悲的。我安静地坐在窗台上。爸爸该被关起来。不，决不，永远不，不能这样。我要救他。是的，爸爸，我会救你的。事情很简单，一两句漫不经心的话，这就是我要做的，"快乐自信"——哈哈，我去同道斯戴先生打交道，仿佛他借给我们钱对他是一种荣誉似的。这确也是一种荣誉。——冯·道斯戴先生，也许您有时间和我谈谈？我刚从妈妈那里收到一封信，她眼下正处于窘境之中——也许该说是爸爸。——当然了，小姐，非常高兴效劳。究竟是多少呢？——若是他对我不怀好意呢？还有，他会怎样看我。不，道斯戴先生，我不相信您的文雅，不相信您的单片眼镜，不相信您的高贵。您能买卖古画像买卖破烂衣服一样。——埃尔瑟！埃尔瑟，你想到哪里去了。——哦，我可以这样去想。没有人能从我脸上看得出来。我甚至是金发，带点红的金发，卢狄看起来像一个贵族，妈妈看起来也是一样，至少在言谈上。爸爸却完全不是这样，再说他们也该看到。我决不否认，卢狄也不会。恰恰相反，若是爸爸被关了起来，卢狄会怎样呢？他会自杀？胡思乱想！开枪和犯罪，根本就没有这类事情，只是报纸上才有。

空气像香槟酒一样。再过一个小时就要吃晚饭了，dinner。我不喜欢茜希，她根本就不关心她的女儿。我穿什么样的衣服？蓝色的还是黑色的？也许今天穿黑的更好些。太露了吧？在法国小说里叫作Toilette de circonstance[1]。若是我同道斯戴谈话，反正得穿得诱人。在晚饭之后，装作无所谓的样子。他的眼睛会盯住我的袒露之处。讨厌的家伙，我恨他，我恨所有的人。为什么偏偏是道斯戴？难道在这个世界上就真的只有这个道斯戴才有三万古尔盾？若是我同保尔谈呢？若是他同姨妈说，他输了钱，那她肯定会给他弄到钱的。

　　天就要黑了。夜，坟墓之夜。我最好是死掉。——这样根本不是真的。若是我现在就下楼去，在晚饭前和道斯戴谈呢？啊，这多么可怕！——保尔，若是你能给我弄到三万古尔盾，那你想从我这里要什么我都给你。这又是一本小说里的故事，高贵的女儿为了所爱的父亲而出卖自己，最终皆大欢喜。见鬼！不，保尔，你就是有三万古尔盾也不能从我这里得到什么，没有人能够。但是一百万呢？——一座宫殿呢？一串珍珠项链呢？若是我结过婚了，那我也许要价便宜一些。事情真的就那么糟？芳妮到最后也是出卖了自己，她跟我说过，她在她丈夫面前害怕。喏，爸爸，若是我今天晚上拍卖自己，你看怎样？为的是把你从监狱里救出来。耸人听闻吧！我发烧了，肯定是发烧了。要不是我不舒服了？不，我是发烧了。也许是空气的缘故。像香槟酒。——若是弗莱德在这儿，他能给我出主意吗？我不需要任何主意，也根本没有什么主意好出。我

---

　　[1]　法语：袒胸露背的服装。

要去同来自埃培里斯的道斯戴谈，去向他借钱，我，一个快乐自信的人，一个贵族，一个女侯爵，一个女乞丐，一个赌徒的女儿。我怎么落到这步田地？我怎么落到这步田地？没有一个女人爬山能像我这样，没有一个女人有像我这样的胆量——Sportinggirl[1]，在英国我早该出人头地或者成个女伯爵了。

　　衣服都挂在柜子里！妈妈，那件绿罗登绒衣服付过钱了吗？我想只是付了定金。我穿那件黑的。昨天朝我瞪大了眼睛的就是那位戴着一副金丝夹鼻眼镜的面色苍白的矮小绅士。我固然不漂亮，但是动人。我真应该去做演员。贝尔塔有三个情人，没有一个认为她有什么不好……在杜塞尔多夫的那个是经理。在汉堡她同一个结了婚的男人在一起，住在阿特兰大饭店，开了一套有浴室的房间。我甚至相信她为此感到骄傲呢。他们所有的人都是愚蠢的。我会有一百个情人，一千个，为什么不呢？领口还不够低；若是我结婚了，可以再低一些。——很好，冯·道斯戴先生，我见到了您，我刚刚从维也纳收到一封信……这封信我无论怎样是要带在身上的。我该摇铃叫侍女吗？不，我自己来穿戴好了。穿这套黑色衣服不需要别人。我若是有钱的话，那我旅行时是不会不带女仆的。

　　我得点上灯。天变得凉起来了，关上窗，要把窗帘拉上吗？——多此一举。在那边山上不会有人带望远镜的。遗憾。——偏赶上收到一封信，冯·道斯戴先生。——也许在晚饭后谈好一些，那时气氛比较轻松，就是道斯戴先生也是一样——事先我先喝上一杯酒。但若是事情在晚饭前谈妥的话，那晚饭就会更合我

---

[1] 英语：运动员型的少女，也有妓女的意思。

胃口。Pudding a la merveille, fromage et fruits divers.[1]若是冯·道斯戴先生说不行呢？——或者他动手动脚呢？啊，不，还没有人敢跟我动手动脚过。这是说，只有那个海军少尉布兰德尔，但那没有什么恶意。——我又瘦了一些，我更苗条了。——黄昏从外面盯着我，它像一个幽灵死盯着我，像成百个幽灵，幽灵们从我的草地上升起来。维也纳离这有多远？我离开那里有多久了？我在那儿多么寂寞！我没有女友，也没有男友。他们大家都在哪儿？我会同谁结婚？谁会和一个赌徒的女儿结婚？——我刚收到一封信，冯·道斯戴先生。——根本不成问题，埃尔瑟小姐，昨天我刚卖掉了一幅伦勃朗的画，您不要害羞，埃尔瑟小姐。现在他从他的支票簿上撕下一张，用他的包金的自来水笔签上他的名字，明天一早我带着这张支票回维也纳。不管怎样，没有支票我也回去，我不会再待在这儿了。我不能够，也不可以。我在这儿生活得像一个高贵的年轻夫人，可爸爸一只脚踏在坟墓里——不，是踏在监狱里。除了这双丝袜还只剩一双了，正好是膝盖下有一条小裂缝，不会有人看见。不会有人？谁知道呢。可不能马虎大意，埃尔瑟。——贝尔塔可是一个滑头，难道克里斯蒂涅就好一点吗？她的未来丈夫为自己感到庆幸。妈妈肯定一向是一个忠实的妻子，我不会忠实的。我快乐自信，但我不会忠实。滑头们对我都是危险的。侯爵夫人肯定有一个滑头做她的情夫。若是弗莱德真的了解我的话，那他对我的尊敬便化为乌有了。——小姐，您有多方面的才能，能成为一个钢琴家、一个会计、一个演员，您有许多机会，但是您的生活一向过于

---

[1] 法语：布丁好极了，奶酪加水果的。

优越了，过于优越了。哈哈，弗莱德对我的评价过高了，我根本就没有什么才能。——谁知道？我也能像贝尔塔那样，但是我缺少力量。出身上流人家的年轻女人。哈哈，上流人家。父亲盗用了保证金。你为什么对我来这一手，爸爸？这对你有什么好处！把钱全都输光了！值得吗？这三万古尔盾也不会有什么帮助的。也许一个季度之内还行。到最后他还是控制不住自己的。过一年半事情又会到这种地步的，又是来了救助。但这种救助总有一天会没有的——那我们会怎么样呢？卢狄会前往鹿特丹，去范德胡斯特银行。可是我呢？跟有钱人结婚。哦，若是我愿意的话，那会的！我今天真的漂亮极了。这一定会引起轰动的。我这么漂亮为了谁？若是弗莱德在这儿的话，那我会更快乐吗？啊，弗莱德我根本就看不上眼。他不是一个滑头！可若是他有钱的话，那我就挑选他。随后会来一个滑头——于是不幸就会结束了。——您愿意成为一个滑头，冯·道斯戴先生？——从老远的地方看，您也像个滑头，像一位色迷迷的子爵，像唐璜——戴着您的愚蠢样子的单片眼镜，穿着您那身法兰绒服装。但是您还远够不上是一个滑头。——我穿戴完了吗？能去吃晚餐了吗？——若是我遇不到道斯戴先生，那这一个钟点我可以做什么呢？若是他同那个不幸的魏纳沃夫人去散步呢？啊，她根本不是不幸的，她不需要三万古尔盾。那么我就到大厅去，堂而皇之地坐在靠背椅上，看画报上的新闻和La Vie Parisienne[1]，把一条腿搭在另一条腿上，这样膝盖下面的那条裂缝人们就看不见了。也许正巧来了一位百万富翁。——披它还是什么也不披。——我披这件

---

[1] 《巴黎生活》：是一份画报。

白色披肩，配我正好。我随便地把它披在我那漂亮的双肩上。我这漂亮的肩膀是为谁准备的？我能使一个男人非常幸福呢，若是有个中意的男人在这儿就好了。可是我不要有孩子，我不是做母亲的料，玛丽·魏尔是做母亲的料，妈妈是做母亲的料，伊琳娜姑妈是做母亲的料。我有一个高贵的前额和一副标致的体型。——埃尔瑟小姐，若是允许的话，我真想给您画像。——好啊，您想的倒不错。他的名字我记不起来了。他肯定不叫提香[1]，这样说是一种无礼。——我刚收到一封信，冯·道斯戴先生。——脖颈上要扑上香粉，手帕上要滴上一滴香水，把衣柜关上，把窗户重新打开，啊，多美啊！真想哭。我发神经病了。啊，在这种情况下可不应该发神经病。装维洛那[2]的小盒放在衬衣旁边，我也需要新的衬衣，买新衬衣，这又要成为一桩大事哩。啊，上帝呀。

阴森森的、矗立的西蒙纳像是要朝我倒下来似的！天上还没有星星，空气像香槟酒。草原的芬芳！我要到乡下生活，我同一个地主结婚，我不要生孩子。弗罗利普博士也许是唯一会使我感到幸福的人。那连续的两个晚上是多美，第一个晚上是在酒吧里，第二个晚上是在艺术家舞台上。为什么他突然就不见了呢？——至少是为了我吧？也许是因为爸爸？可能。在我下楼置身在这群无赖中间之前，我想向空中致意。可这是向谁致意呢？我是孤身一人。我是如此可怕的孤身一人，没有人能想象。向你致意，我亲爱的。是谁？向你致意，我的未婚夫！是谁？向你致意，我的朋友！是谁？——

---

[1] 提香（1490—1576）：意大利文艺复兴时期的著名画家。

[2] 维洛那：一种镇静剂，安眠药。

是弗莱德？——可是没有任何迹象。好了，让窗户就这样开着。天气凉也没关系。把灯关掉。好了。——对，那封信。不管怎样我得把它带在身边。床头柜上的那本书，今天夜里还要读《我们的心》，绝对要读，不管发生什么。晚安，镜中娇美的小姐，愿我给您留下好的印象，再见……

我为什么把门关上？这儿可没什么好偷的。茜希是不是夜里不关门？或者当他来敲门时她才把门打开？真的是这样吗？当然啦。然后他俩一起躺在床上，令人恶心。我是不会与我的丈夫和我那成千个情人同一个卧室的。——楼梯上空无一人！在这个时候总是这样。我的脚步在响，我现在在这儿已经三个星期了。我是在八月十二日从格蒙顿动身的。格蒙顿单调乏味。爸爸是从哪儿弄的钱把我和妈妈打发到乡下来？卢狄甚至做了四周的旅行，上帝才知道钱是从哪儿弄到的。在这段时间他就写了一封信，连第二封都没有。我不明白我们的境况是怎么回事，妈妈再也没有首饰了。为什么弗莱德只在格蒙顿待了两天？肯定他也有了一个情人！可我想象不出。我根本什么也想象不出。有八天了，他没有给我写信。他信写得很美。——坐在那小桌旁边的是谁？不，不是道斯戴。上帝保佑。现在在晚饭前同他谈点什么是不可能的。——为什么门房那么奇怪地看着我？难道他也读了妈妈的来信？我觉得我是发疯了。下次我一定得再给他一笔小费。——那个金发女人也是穿戴好来吃晚饭。怎么可以长得这么胖呢！——我得到饭店外边走走，或者到音乐室去？那儿不是有人在弹琴吗？一首贝多芬的奏鸣曲！怎么能在这儿弹贝多芬的奏鸣曲！我荒废了我的钢琴。在维也纳我还要按时练习，得开始一个新的生活，我们大家都必须这样，再不能这样继续下去了。我得跟爸爸严肃地谈一谈——只要有这样的机会。会有的,会有的。我为什么还没有这样做过?在我们家里,一切都毁在嘻嘻哈哈上,谁也没有这份开玩笑的心情。每个人都害怕别人,每个人都是孤独的。妈妈是孤独的,因为她太笨了,对别人一无所知,对我是这样,对卢狄是这样,对爸爸也是这样。她什么都觉察不到,卢狄也是什么都觉察不到。他是一个可爱的英俊小伙子,二十一岁时就看出他大有出息。若是他到荷兰去,那对他会有好处的。可是我到哪儿去?我到远方去旅行,愿做什么就做什么。若是爸爸到美国去,那我陪着他。我简直是糊里糊涂了……门房看到我坐在靠背椅上两眼发呆,那他会把我看成是疯子。我要给自己点上一支烟。我的香烟盒放到哪里去了?楼上。可在哪儿?镇静剂是和衬衣放在一起的,可是我把烟盒放到哪儿了?茜希和保尔来了。是啊,他们吃晚饭时总得换衣服,否则他们会一直玩到天黑的。——他们没有看到我。他在跟她说些什么?她为什么这样傻笑?若是给她丈夫写封匿名信寄到维也纳,那倒好玩呢。我能做这样的事?不会。谁知道呢?现在他们看到我了,我朝他们点头。我看起来这样标致,这使她感到恼火,她是多么窘迫不安。

"喂,埃尔瑟,您已经准备好去吃晚饭了?"——她为什么晚饭这个字不用英文了?她这个人从不前后一致。——"是这样,茜希夫人。"——"你看起来真迷人,埃尔瑟,我真的想能得到你的欢心。"——"你别费力气了。保尔,你最好给我一支烟。"——"非常高兴。"——"谢谢。单打的结果如何?"——"茜希夫人一连三局都把我击败了。"——"他完全是心不在焉。埃尔瑟,您知道明天希腊王储到达此地的事吗?"——希腊王储与我有何相干?——"这样,真的吗?"——哦,上帝啊,道斯戴和魏纳沃太太在一起!他俩致意,他们继续走了。我回答他们的致意过于谦恭了。是啊,完全与往常不一样。哦,我成了一个什么人。——"埃尔瑟,你的烟没有点上?"——"那再给我个火儿。谢谢。"——"您的披肩真漂亮,埃尔瑟,跟您的黑色衣服太相称了。我现在也得去换衣服了。"——她最好现在不要走开,我害怕道斯戴。——"我约好了女理发师等我,她能干极了,她冬天在米兰。再会,埃尔瑟,再会,保尔。"——"再见,亲爱的夫人。"——"再会,茜希夫人。"——她走了。好呀,至少保尔还留在这儿。——"我可以在你身边稍坐一会儿吗,埃尔瑟?或者我扰了你的清梦?"——"为什么说我的清梦?也许是我的现实。"这根本没有什么,他最好是走开,我必须要同道斯戴谈。他还一直同那个不幸的魏纳沃夫人站在那儿,他感到无聊,我看得出来,他要向我这儿走来。——"难道有那种你不会受到打扰的现实吗?"——他说些什么?他应该见鬼去。为什么我朝他这样微微媚笑?我这根本不是对他的。道斯戴正斜眼看我。我是在哪儿?我是在哪儿?——"你今天怎么了,埃尔瑟?"——"我能怎么呢?"——"你那么神秘,富有魔力,充满诱惑。"——"别讲蠢话,保尔。"——"若是人们看到你,那一定会发疯的。"——他在想些什么?他在对我怎么讲话啊?他蛮可爱。我喷出的烟雾都缠绕到他的头发上了。可我现在不需要他。——"你怎么眼睛连看都不看我。为什么这样,埃尔瑟?"——我不予回答。我现在不需要他。我做出他令我厌烦的表情。现在不同他交谈。——"你的思想完全跑到别处去了。"——"这倒是对的。"对于我来说他是空气。道斯戴注意到我在等他吗？我不去看他，但是我知道他在看我。——"算了，再见吧，埃尔瑟。"——谢天谢地。他吻了我的手。往常他不这样做的。"再见，保尔。"我的声音怎么如此圆润？这个说谎者也走了。也许他今天晚上同茜希有什么约会，祝他愉快。我用披肩围住肩膀，站了起来，朝饭店走去。气候当然有些冷了，遗憾的是我把我的大衣……啊，我今天早上把它挂在门房那儿了。我觉察道斯戴的目光透过披肩看到了我的颈部。魏纳沃夫人现在到楼上自己的房间去了。我怎么知道是这样？心灵感应。"劳您驾，门房先生。"——"小姐需要大衣？"——"是的，劳驾。"——"晚间有点凉了，小姐。这在我们这儿很突然。"——"谢谢。"我真的该到饭店前去吗？肯定，要不怎么办？不管怎么说也得朝门那儿走去。现在人都一个接一个回来了。那个戴金边夹鼻眼镜的绅士，穿绿背心长有满头金发的男人，他们都在看我。这个日内瓦小姑娘蛮可爱。不，她是来自洛桑。天气本来就一点不凉。

"晚安，埃尔瑟小姐。"——上帝啊，果然是他。我不提爸爸的事，一句也不提，到饭后再说。或者我明天回维也纳去，我亲自去找费阿拉博士。我为什么不一开始就想到呢？我转过身去得带着一种我不知道是谁站在我身后的表情。"啊，冯·道斯戴先生。"——"您还打算散一会儿步，埃尔瑟小姐？"——"哦，不是散步，只是晚饭前稍微走动走动。"——"离吃饭还有一个小时呢。"——"真的？"天一点儿也不凉，山都是蓝色的。若是他突然向我求婚，那倒是蛮好玩的。——"在世界上没有一个地方能像这儿这样美。"——"您是这样认为的，冯·道斯戴先生？但是，您不要说这儿的空气像香槟酒。"——"不，埃尔瑟小姐，我是指两千米高的地方。而我们站的这儿海拔还不到六百五十米。"——"会有这么大的区别?"——"当然。您到过恩卡汀?"——"没有,还没有到过。那么说那儿的空气真的像香槟酒了?"——"几乎可以这样说,但是我并不喜欢喝香槟酒,我喜欢的是这个地方,是因为这片美妙的森林。"——他是多么令人乏味。难道他没有发觉这点吗?他明显不知道该跟我谈些什么,若是跟一个结了婚的女人谈,那当然简单得多了。说几句无伤大雅的粗话,聊聊天。——"埃尔瑟小姐,您还要在圣玛力诺待很长时间吗?"——笨蛋。我为什么这样讨好地看着他?他已经微笑了。不,男人们是多么愚蠢。"这部分取决于我姨妈的安排。"这话根本不是真的,我能自己一个人回维也纳。"也许要待到十号。"——"妈妈还在格蒙顿吧?"——"不,冯·道斯戴先生,早已在维也纳了,都三个星期了。爸爸也在维也纳,他度了还不到八天的假。我想埃尔伯斯哈依默案子费了他不少力气。"——"这我可以想象得到。可是您的爸爸是唯一能把埃尔伯斯哈依默救出火坑的人……把这个案子变成一项民事案,这已是一个成就了。"——这很好,这很好。"听到您也有这样乐观的预感,使我感到愉快。"——"预感?到什么程度?"——"是啊,爸爸会在这个案子上胜利的。"——"这我不想把话说死。"——怎么,他后退了?不能让他得逞。"哦,我有某种预感和猜想。您想吧,冯·道斯戴先生,正巧我今天收到一封家信。"这不是太聪明。他的表情显得有些惊讶。继续说下去,不要停住。他是爸爸的一个老友,好友。前进。要不现在讲,要不就不讲。"冯·道斯戴先生,您刚才那样亲切地谈到了我爸爸,如果我对您不完全坦率的话,那我就太可鄙了。"他怎么瞪大了牛一样的眼睛？哦，糟糕，他看出来了。继续下去，继续下去。"在信中也提及了您，冯·道斯戴先生。这封信是妈妈写来的。"——"是这样。"——"这是一封十分可悲的信。您对我们家的情况是熟悉的，冯·道斯戴先生。"——我的上帝，怎么搞的，我说话带有哭声了。前进，前进，现在无路可退了。上帝保佑。"简短地说，冯·道斯戴先生，我们又一次陷入了窘境。"——他现在最好是一走了之。"这是小事一桩。真的只是一桩小事，冯·道斯戴先生。可是，正如妈妈信中所说，事关重大。"我讲得这么傻，像头蠢牛。——"您不要激动，埃尔瑟小姐。"——这句话他说得很亲切，但是我不需要他因此而来摸我的胳膊。——"埃尔瑟小姐，那究竟是怎么回事？妈妈的那封可悲的信中都说了些什么？"——"冯·道斯戴先生，爸爸他……"两个膝盖在发抖。"妈妈告诉我，爸爸他……"——"上帝啊，埃尔瑟，您怎么啦？您是不是最好——这儿有张椅子。我可以把大衣给您披上吗？天有些凉了。"——"谢谢，冯·道斯戴先生，噢，没什么，真的没什么大不了的。"我突然坐在椅子上。朝这边走来的那个女人是谁？我根本不认识她。我若是不继续讲下去就好了。他会怎么看我呀！爸爸，你怎么能要求我做这种事？你这样做是不对的啊，爸爸。事已至此，我本应当等到饭后讲的。——"哦，还有什么，埃尔瑟小姐？"——他的单片眼镜摇晃起来，这看起来是一副蠢相。我要回答他吗？我必须回答，越快越好，说完了，事情也就过去了。能把我怎么样吗？他是爸爸的一个朋友。"上帝啊，冯·道斯戴先生，您可是我们家的一位老朋友。"我这句话说得非常得体。"如果我告诉您，我爸爸再次处于一种不愉快的境地，那您也许不会感到意外的。"我的声音听起来多么奇怪。说话的人难道是我吗?也许我在做梦?我的面孔现在肯定与往常大不一样。——"我当然不会感到过分意外。您说得对,亲爱的埃尔瑟小姐——我为此也深为遗憾。"——我为什么这么祈求地望着他?微笑,微笑。行了,就这样。——"我对您的爸爸和您的全家怀有诚挚的友好之情。"——他不应该这样看我,这是不礼貌的。我要换种态度对他讲话,不要微笑。我举止必须更为端庄。"喏,冯·道斯戴先生,现在您有机会表示您对我父亲的友谊了。"谢天谢地,我的声音又和过去一样了。"事情是,冯·道斯戴先生,我们的亲戚朋友……大多数都不在维也纳,否则的话,妈妈大概是不会想到……前不久我在给妈妈的信中偶然地提到了您在圣玛力诺这儿——当然也提到了其他人。"——"我马上猜到了,埃尔瑟小姐,我绝不是您和妈妈通信中的唯一的话题。"——他站在我面前,为什么用他的膝盖挤压我的膝盖?啊,就让他这样好了。这有什么关系!当一个人陷入如此狼狈的境地又能怎样。——"事情是这样的。费阿拉博士这次好像对爸爸特别为难。"——"啊,费阿拉博士。"——显然他也知道,这个费阿拉是怎样的人。"是的,是费阿拉博士。所涉及的这笔钱应当在五号,也就是后天中午十二点,汇到他的名下,若不是霍宁男爵的话——是啊,您想想看,男爵叫人请爸爸到他那儿去,私下会面,他是非常看重爸爸的。"我为什么谈起霍宁了,这根本没有必要。——"您是想说,埃尔瑟,否则逮捕是不可避免的了?"——他为什么说得这样冷酷?我不回答,我只点点头。"是的。"我还是说了句"是的"。——"喏,这事不妙,这事确实是非常的——这个有才能、有天分的人。——究竟是一笔多大数目的钱，埃尔瑟小姐？"——为什么他微微一笑？他觉得事情糟糕就笑了。他的这种微笑是什么意思？多少钱，这是无所谓吗？他若是说不就好了！若是他说不的话，那我就去自杀。那么说，我应当把数目说出来。"怎么，冯·道斯戴先生，我还没有说出是多少吗？一百万。"我为什么这样说？现在不是开玩笑的时候嘛。若是我告诉他的数目比实际的要少一些，那他一定会高兴的。他把眼睛瞪得多大呀？难道他真的会认为爸爸要他帮助一百万……"请您原谅，冯·道斯戴先生，我在这种时刻开了个玩笑。我现在确实没有心情开玩笑的。"——好啊，好啊，你就把膝盖挤紧吧，你可以允许自己这样做。"数目当然不会是一百万，是三万古尔盾，冯·道斯戴先生，这笔钱必须在后天中午十二点寄到费阿拉博士先生的手里。是啊，妈妈写信给我，爸爸业已四处想方设法，然而，如信中所说的那样，所指望的亲朋好友眼下都不在维也纳。"——噢，上帝啊，我多么卑下啊。——"否则的话爸爸不会想到求助于您，冯·道斯戴先生，确切地说由我出面。"——他为什么不说话？为什么他一点儿表情都没有？他为什么不说是？支票簿和钢笔在哪儿？看在上帝的分上，他不会说不吧？我应把我的膝盖伸到他的面前吗？噢，上帝！噢，上帝。

"您是说，在五号，埃尔瑟小姐？"——上帝啊，他说话了。"是的，后天，冯·道斯戴先生，中午十二点，时间很紧迫了——我想写信几乎都来不及办了。"——"当然来不及了，埃尔瑟小姐，我们必须通过电报这个途径……"——"我们"，很好，这很好。——"喏，至少得这样。埃尔瑟，您说是多少？"——他已经听我说过了，为什么要折磨我？"三万，冯·道斯戴先生。区区小数。"我为什么要这样说？太蠢了！但是他微笑了。他在想，蠢丫头。他笑得可爱，爸爸得救了，他本该向他借五万，我们反正是有用的。我要给自己买些新的衬衣，我多么下贱啊，变成了这样。——"不完全是区区小数，亲爱的孩子……"——为什么他说"亲爱的孩子"？这是好还是不好？——"……这您可以想象得到，就是三万古尔盾也得去赚啊。"——"请您原谅，冯·道斯戴先生，我不是这样的意思。我只是想，爸爸因为这样一笔数目，因为这样一件无足轻重的小事而……这是多么可悲。"——啊，上帝，我怎么颠三倒四起来。"您想象不出，冯·道斯戴先生——如果您对我们的处境也有一丝了解的话，那您就知道这对于我，特别是对于妈妈该是多么可怕。"——他把一只脚放到长椅上。这是时髦还是什么？——"哦，我能够想象得到，亲爱的埃尔瑟。"——他的声调怎么变样了，奇怪。——"我有时想到，这个有才能的人令人感到惋惜，感到惋惜。"——他为什么说"惋惜"？难道他不想借这笔钱，不，他只是就一般而论罢了。他为什么始终不说好呢？或者他认为这是理所当然的？他在怎么看着我呀！他为什么不继续说下去了？啊，因为两个匈牙利女人正从旁边路过。可他至少重新站得规矩一些了，脚不再放在长椅上。一个这样大年纪的人戴这样一根领带太刺眼了，是他的情妇给他挑选的吧？妈妈在信中说，"在我们之间"是没有什么可避讳的。三万古尔盾！我朝他微笑起来。我为什么要微笑呢？噢，我怯懦了。——"我亲爱的埃尔瑟小姐，真的可以认为这笔钱会有什么用处吗？但是——您是一个聪明过人的人，埃尔瑟，这三万古尔盾是什么呢？杯水车薪。"——我的上帝啊，他不想借这笔钱？我不应当流露出如此惊讶的表情。事到紧急关头了,现在我必须说得理智,说得坚决有力。"哦,不,道斯戴先生,这次可不是杯水车薪。冯·道斯戴先生,您不要忘记,埃尔伯斯哈依默案件进展顺利,胜利在望。您本人也是这样认为的,冯·道斯戴先生。爸爸也还有别的案子要办。除此,我要同爸爸,您不要笑,冯·道斯戴先生,我要同爸爸谈一谈,非常严肃地谈一谈,他是信赖我的。我可以这样说,如果有人对他有一定影响的话,那这个人就是我了。"——"埃尔瑟小姐,您真是一个动人的妩媚的人儿。"——他又来了这种语调。在男人们那儿若是开始用这种语调讲话,是多么令我反感。就是弗莱德这样我也不喜欢。——"一个妩媚的人儿,真的。"——为什么他说"真的"?无聊。这种话只能在城堡剧院才听到。——"我很愿意和您一样乐观——现在事情已落到如此难堪的地步。"——"他不是这样的,冯·道斯戴先生。若是我不相信爸爸,若是我不是完全确信,这三万古尔盾……"——我不知道我该继续说些什么,我总不能毫不掩饰地乞求啊。他在考虑,明显看得出。也许他不知道费阿拉的地址?傻话,这种情况是不可能的。我坐在这儿像一个可怜的罪人。他站在我面前,透过单片眼镜直盯住我的额头,一声不响。我现在要站起来,这是最明智的了。我不能让人这样对待我。爸爸是要我死啊,我这也是自己找死啊。一种耻辱,这种生活。最好是从那儿的山崖上一跳了事,一切就都结束了。理该如此。我站了起来。——"埃尔瑟小姐。"——"请您原谅,冯·道斯戴先生,在这种情况下我为您添了不少麻烦。我当然完全能够理解您的拒绝态度。"——就这样,完了,我走了。——"您等一等,埃尔瑟小姐。"——他是说,您等一等?我为什么要等一等?他要给钱了，肯定是这样，他必须答应，但是我不必再次坐下来。我站着，仿佛只准备等半秒钟的样子。我的个子比他高一点。——"您还没等我把话说完，埃尔瑟。我曾一度，请您原谅，埃尔瑟，在这种场合下提起这件事……"——他不必老是说埃尔瑟嘛。——"……帮助过您爸爸从窘迫的境地中脱身,当然是一笔比这次更加微不足道的区区小钱，而我亦不存有重新得到这笔钱的希望——这当然不是我对这次帮助保持沉默的理由。又何况是像您，埃尔瑟，这样一个年轻的姑娘，亲自在我的面前提出请求……"——他要干什么？他的声调不再是那样的了，或者变了样。他在用什么眼光看我？他该当心！！——"这样吧，埃尔瑟，我准备——费阿拉博士后天中午十二点收到三万古尔盾——但有一个条件。"——他不该再讲下去，他不该再讲了。"冯·道斯戴先生，我，我本人为此作保，一旦我父亲从埃尔伯斯哈依默那儿拿到报酬的话，他一定会归还这笔钱的。埃尔伯斯哈依默直到现在还什么都没有付过，连一笔预付金都没交。妈妈在信中告诉我……"——"您不必说了，埃尔瑟，一个人绝对不能为别人打包票——连为自己都不能的。"——他要什么？他的声调又变得那种样子了，从没有人这样盯着我。我猜想，他要摊牌了，这个坏家伙！——"一小时之前，在这种情况下我会想到提出一个条件吗？我认为是不可能的，现在我要这样做了。是啊，埃尔瑟，我毕竟是一个男人，而您是如此之美，那这不是我的过错，埃尔瑟。"——他要什么？他要什么？——"或许我该在今天或明天向您提出我现在要提出的请求，即使是您希望于我的不是一百万，请原谅，而是三万古尔盾。但是，当然啰，在其他的情况下，您大概几乎不会给予我这样一种荣幸，如此长时间地私下交谈。"——"哦,我确实过多地占用了您的时间,冯·道斯戴先生。"我说这句话很得体,弗莱德会满意的。这是怎么啦?他要抓我的手?他在想些什么?——"难道您不是早就知道了吗,埃尔瑟。"——他该放开我的手?咝,上帝保佑,他放开了。不要这样近,不要这样近。——"埃尔瑟,如果您看不出来的话,那您就不是一个女人啰。Je vous désire."[1]——他这句话本可以用德语说嘛,子爵先生。——"难道我还要说得更多吗?"——"您说得已经够多的了,道斯戴先生。"我还站在这儿,为什么?我走了,不打招呼就走。——"埃尔瑟!埃尔瑟!"——他又到了我跟前。——"请您原谅我,埃尔瑟。我也只是开个玩笑,正如您刚才说一百万古尔盾时一样,我提出的要求也并不像您所担心的那么高——我感到抱歉,不得不说出来——那更低一些的要求或许您会感到意外吧。埃尔瑟,请您留步。"——我真的停下了脚步。为什么呢?我们面对面站着。我要直接打他一记耳光该多好?现在还有时间这样做?两个英国人走了过来,现在正是时候,正赶上有人在场。我为什么不这样做?我怯懦,我被击败了,我被打垮了。那么他那不是一百万的要求是什么呢?也许是一个吻?让他讲下去好了。一百万同三万之比就像——可笑的等式。——"如果您真的需要一百万的话,埃尔瑟——我虽然不是一个富翁——那我倒要想办法。但这次我像您一样,容易满足。这次我不要求别的,埃尔瑟,只是要——看看您。"——他发疯了?他不是在看我吗?——啊,他是那个意思,是这样!我为什么不打他一记耳光,这个流氓!我

---

[1] 法语:我非常想你。

脸是变红了还是变白了？他是要看我的裸体？有些人喜欢这样。我裸体的时候是漂亮的。我为什么不打他的耳光？他的脸那么大。为什么站这么近，你这个流氓？我不要你的呼吸碰到我的面颊。我为什么不让他一个人站在这儿？是他的目光吸引住我？我们像死敌一样看着对方。我想骂他一声流氓，但是我不能，或者我不想？——
"埃尔瑟，您这样看我，好像我发疯了似的。我也许是有一点儿发疯，因为从您身上散发出一种魔力，埃尔瑟，这是您本人所想象不出的。您必须认为，埃尔瑟，我的请求绝不意味着是一种侮辱。对，我是说'请求'，即使是这种请求会被怀疑为一种敲诈的话。但我不是一个敲诈者，我只是一个人，一个有着某些经验的人——这其中我懂得，世界上的任何东西都有它的价格，任何一个人，如果他能得到报酬却白白花掉他的金钱的话，那他是一个十足的傻瓜。再说，我这次要给自己买到的，埃尔瑟，不管它是多么多，您却决不会因此而使您出卖的东西有一丁点儿减少。这将成为你我之间的一个秘密，这一点我向您发誓，埃尔瑟，您的裸露，这种魅力定会使我欣喜。"——他从哪学会这样讲话？听起来像是从一本书里。——"我向您发誓，我决不利用这个机会做我们协定之外的事。除了在您的艳美面前有一刻钟的凝视之外，我对您没有任何其他要求。我们的房间在同一层，埃尔瑟，是六十五号，很容易记住。那个您今天谈起过的瑞典网球运动员不正是六十五岁吗？"——他疯了！我为什么还让他继续讲下去？我麻木了。——
"但是，如果您出于某种理由觉得不宜到六十五号房间去拜访我，埃尔瑟，那我建议您在晚饭后做一次短暂的散步。在林中有一块空地，这是近来我偶然发现的，离我们旅馆走路几乎用不到五分钟的时间。——今晚会是一个奇妙的夏夜,几乎可以说是温暖的,星光将成为您华丽的衣服。"——他像是在对一个女奴说话,我要往他脸上吐唾沫。——"您不要马上回答我,埃尔瑟。您考虑考虑,晚饭后您可以从容地把您的决定通知我。"——为什么他说"通知"?这是一个多么讨厌的字眼:通知。——"您要三思。您也许会觉得,我向您提出的,这不单纯是一笔交易。"——那能是什么,你这个坏蛋!——"您最好这样去想,同您讲话的这个人,是十分寂寞的,而且并不怎么幸福,这个人也许是值得同情的。"——装腔作势的流氓,说起话来像一个蹩脚的演员。他那修饰过的手指看起来像是利爪。不,不,我不愿意。我为什么不说出来?爸爸,你自杀吧!他拿起我的手,要做什么?我的胳膊完全瘫软了。他把我的手放到他的嘴唇上。炙热的嘴唇。呸!我的手是冰冷的。我真想把他的帽子打掉。嗨,那该会多么可笑啊。吻够了吗,你这个流氓?——饭店前的弓形路灯已经亮了。四层楼中的两扇窗户敞开着。那面窗帷在动的是我的房间。衣橱顶上有什么在闪闪发光。上面没有什么,那只是黄铜饰片。——"那么,再见吧,埃尔瑟。"——我什么也没有回答。我一动不动地站在这儿,他直盯着我的双眼,我的面孔是无从捉摸的。他什么也看不出来,他不会知道我是去还是不去,我自己也不知道。我只知道,一切都完了,我已经半死不活了。他走了,稍微躬着身。流氓!他感觉我是在望着他的后背。他在向谁打招呼?两位太太。他那样致意,仿佛是一位伯爵似的。保尔应该向他挑战,把他杀死。要不是卢狄。他究竟在想些什么呀?这个不知羞耻的家伙!不,永远不。爸爸,你无路可走了,你必须自杀。——这两个人显然是郊游回来,两个人都很漂亮，男的和女的。他们还有时间在晚饭前换装吗？他俩肯定是蜜月旅行，或者根本就没有结婚。我不会有蜜月旅行的机会了。三万古尔盾。不，不，不！难道在这个世界上就没有三万古尔盾？我要到费阿拉那儿去，我还来得及。求求您，求求您，费阿拉博士先生。很高兴，我的小姐，请您到我的卧室里去。——保尔，行行好事，从你父亲那儿要三万古尔盾。你就说你赌博时输了钱，否则就得自杀。很愿意，亲爱的表妹。我的房间号码是多少，午夜时我等着你，噢，冯·道斯戴先生，您多么谦逊啊。暂时的。现在他换上了衣服，晚礼服。那么说我们是定下来了。是在月光下还是在六十五号房间？他要穿晚礼服陪我到林中去？

离晚饭还有一段时间。散一小会儿步，静下来把事情考虑考虑。

我是一个孤独的老人，哈哈。空气像香槟酒，不再那么清凉了——三万……三万……我现在必须在这辽阔的大自然里显出非常妩媚的样子。遗憾的是，外面不再有什么人了。树林旁边的一位先生很明显地十分喜欢我。哦，我的先生，我裸着身体会更美丽，可这只值一笔可笑的价钱，三万古尔盾。也许您能把您的朋友带来，那能更便宜一些。但愿您的朋友都是英俊的，会比冯·道斯戴先生要英俊得多，年轻得多吧？您认识冯·道斯戴先生吗？他是一个流氓。一个卑劣的流氓……

那么考虑，考虑……这关系到一个人的生命，爸爸的生命。不，他不会自杀，他宁愿让人关进监狱。三年徒刑，或者五年，有五年或者十年的时间他一直生活于这种没完没了的恐惧之中……由监护人保管的被监护人的财产……妈妈是这样，我也是这样。——下一次我又该在谁的面前脱光衣服？或许为了省事起见就在道斯戴先生面前？私下里说，他现在的情妇并不标致，他当然是会更喜欢我了。问题完全不在于我是否更标致。埃尔瑟小姐，这是不高尚的，我能谈谈关于您的一些故事……比方说您做的一次梦吧，这种梦您已经做过三次了，可您连跟您的女友贝尔塔一次都没有谈过，可她是猜得出的。我高贵的埃尔瑟小姐，那次在格蒙顿清晨六点钟时您在阳台上干什么来着？难道您没有注意到小船上两个注视您的年轻人吗？当然他们从湖上看不清我的脸，但是我穿着内衣，这他们是看清了的。我很高兴。啊，比高兴更甚。我像着迷一样。我用两只手抚摩着自己的臀部，我这样做，仿佛不知道有人在注视我。小船在那儿纹丝不动。是啊，我是这样一个人，我是这样一个人。一个轻佻的人，是啊，他们大家都觉察到了，保尔也觉察到了。当然了，他是一个妇科医生。那个海军少尉觉察到了，那个画家也觉察到了。只有弗莱德，这个蠢家伙，他没有觉察到。因此他爱上了我，但是我却不愿在他面前赤身裸体，不，永远不。我根本没有兴趣。我感到羞愧。但是在那个长有罗马人脑袋的滑头面前呢……我太高兴了。最喜欢在他的面前，即使随后我不得不死也愿意。但是随后就去死，这大可不必。能活下去，比贝尔塔活得更长。当保尔溜过房门到茜希那儿时，她肯定也是赤身裸体的，就像我今天晚上要溜进冯·道斯戴先生那儿去时一样。

不，不，我不愿意。在其他人面前，但不是在他的面前。我愿意在保尔面前，或者今天晚饭时我给自己找一个，反正都是一样的。但是我却无法对每个人说，我为此需要三万古尔盾！那我就成了凯特涅尔大街上的女人了。不，我不出卖自己，永远不。我将来也不出卖自己，我奉献出我自己。是的，如果我找到合适的，那我奉献出我自己，但是我不出卖我自己。我要成为一个放荡的女人，但是我不做妓女，您打错了算盘，冯·道斯戴先生。爸爸你也错了。是啊，他也打错了算盘，他在事前就应当看到这点。他是懂得人的嘛。他该清楚冯·道斯戴先生的为人。他是能想到道斯戴先生是无利不起早的，没有好处他是分文不出的……否则他就会给他打电报或者亲自前来的。这倒是舒舒服服安全方便啊，不是吗，爸爸？若是有这么一个漂亮的女儿，那还用得着去监狱里散步兜风？还有妈妈，蠢到了极点，坐在那儿就把信写了。爸爸是不敢这样做的，这我立刻就看得出来。但你们是不会成功的。不，爸爸，你在用你女儿的温柔顺从进行投机，你就那么有把握，认为我宁愿自己去忍受任何一种下流行径，而不会让你去承担你犯罪般的轻率所造成的恶果？你是一个天才，冯·道斯戴先生这样说，所有其他人也这样说，但这对我毫无用处。费阿拉是个零，但是他不挪用被监护人的钱财，甚至瓦尔德海姆也无法与你相提并论……是谁这样说来着？是弗罗里普特博士。您的爸爸是个天才。——我有一次听到他讲话！——去年在刑事陪审法庭的大厅里——第一次，也是最后一次！精彩极了！我的眼泪夺眶而出。那个可怜的汉子，那个他为之辩护的汉子，被宣判无罪释放。他也许根本就不是那么可怜。不管怎样，他只是进行过偷盗，而没有盗用被监护人的金钱去进行赌博，去交易所进行投机。现在爸爸本人站到了陪审官的面前，登在所有的报纸上，人们都能读到。第二次开庭，第三次开庭，辩护律师起来进行辩护。谁会做他的辩护律师呢？没有天才了。什么也救助不了他。一致认为他有罪，判处五年徒刑。石头，囚衣，被剃光了头发，一个月只能去探亲一次。我同妈妈外出，乘三等车。我们没有钱，没有人借给我们。住到云雀地大街的狭小住房里，就像我十年前去过的那间女裁缝住的房子一样。我们给他送点吃的，可从哪儿来钱？我们自己也什么都没有了。维克多叔叔会给我们一笔年金。每月三百古尔盾。卢狄会到荷兰范德胡斯特银行去——若是他们要他的话。囚犯的孩子！泰麦尔的三卷本长篇小说。爸爸穿着囚衣会见我们，他看起来并不恼怒，只是悲哀罢了。他看起来根本就不恼怒。——埃尔瑟，当时你要是能筹措到钱就好了，他会这样想的，但他不会说出来的。他不忍心责备我，他是一个心地善良的人，只是轻率而已。他的不幸在于嗜赌如命，他无法控制自己，这是一种疯狂。也许会因为他是疯子而无罪开释他的。就是这封信他事先也没有考虑过，也许他根本就没有想到道斯戴会趁机向我提出这样下流的要求。他是我们家的一个好朋友，他曾借给爸爸八千古尔盾。怎么会是那样一个人呢？起初爸爸向各处筹措，想过办法。他不知碰了什么样的钉子，这才使妈妈给我写这封信。从这一个人到另一个人，跑来跑去，从瓦特多夫到布林，从布林到维特哈姆斯坦，上帝知道他还到谁那儿去了，他肯定也到卡尔叔叔那儿去了，所有的人都对他置之不理。这就是所谓的朋友。于是道斯戴就成了他的希望，他最后的希望。若是弄不到这笔钱，他会自杀的，他肯定会自杀的。他决不会让人关进监狱里去。拘捕，审讯，刑事陪审法庭，被判入狱，囚衣。不，不！一当逮捕令传到时，他不是开枪自杀就是上吊而死，他会吊在窗楣上。对面楼房的人会来通知，锁匠打开门锁，而罪过在于我。现在他和妈妈坐在同一间房子里，而后天他就要吊死在这里，一支哈瓦那雪茄还在冒烟。他从哪还能弄到哈瓦那雪茄？我听他说话，他在安慰妈妈。你放心好了，道斯戴会汇钱来的。你想想吧，冬天时由于我的干预而为他挽救了一笔很大数目的金钱，再说埃尔伯斯哈依默案子现在进行得……——真的。——我听到他在说话。心灵感应！奇怪，在这瞬间我也看到了弗莱德，他同一个姑娘在城市公园里，他们从疗养所旁走了过去。她穿了一身浅蓝色的连衣裙和一双色泽明亮的鞋，她的声音有些嘶哑。这一切我知道得是那么准确。等我回维也纳时，我要问问弗莱德，他是否九月三号这天，在七点半到八点之间同他的恋人在城市公园里来着。

我还要走到哪儿去？我这是怎么了？天快完全黑了。多美啊，多安静啊。四下里空无一人。他们都在吃晚饭。心灵感应？不，这还不是心灵感应。早些时候我还听到鼓声。埃尔瑟在哪儿，保尔会想到的。若是我在餐前小吃时还没有出现，那他们都会注意到的。他们会派人叫我。埃尔瑟怎么了？她一向是准时的嘛。靠窗户的那两位先生会想：那个满头红金头发的漂亮姑娘今天哪儿去了？冯·道斯戴先生会感到恐惧，他一定是个胆小鬼。放心吧，冯·道斯戴先生，您不会发生什么事的。我是那么蔑视您。若是我愿意的话，那您明天晚上就会成为一个死人。——我肯定保尔会同您决斗，若是我把事情讲给他听的话。我饶您一条命，冯·道斯戴先生。

草地一望无际，群山黑魆魆，特别高大。几乎没有一颗星星，还是有啊，三颗、四颗——越来越多。我身后的树林是如此寂静。坐在树林边的长椅上，真美啊。饭店是那么遥远，那么遥远，它闪烁着童话般的光辉。那里面都坐着一群什么样的流氓啊。啊，不，是一群人，一群可怜的人，我真为他们感到难过。我也为那位侯爵夫人感到难过，我不知道为什么，还有魏纳沃太太和茜希的保姆，她没有坐在餐桌旁，她已经提前和弗莉茨吃完饭了。茜希会问，埃尔瑟怎么了？什么，她也不在自己的房间里？他们都为我担心起来，肯定是这样的。可我一点儿也不担心。是啊，我在第·卡斯特洛查的圣玛力诺，坐在树林边的一张长椅上，空气像香槟酒一样，我觉得我哭了。是的，可我为什么哭呢？没有理由去哭嘛。这是神经质。我必须控制自己。我不可以这样顺其自然。但是哭泣可不是不舒服啊。哭使我感到愉快。过去我去医院探望我们的那个年老的法国女友，她后来死了，当时我也哭过。在祖母的葬礼上，贝尔塔去纽伦堡旅行间，阿卡塔的小孩死时，在剧院看《茶花女》时，我都哭过。当我死的时候，有谁会哭呢？噢，死多美啊。我被搁放在大厅的灵床上，燃起蜡烛，长长的十字架，十二支长长的蜡烛，下面是灵车，人们伫立在房前。她多大岁数？才十九岁。真的才十九岁？——您想想吧，她的爸爸在监狱里。她为什么要自杀呢？是因为不幸地爱上了一个滑头。可你们想到哪去了？她是因为生孩子。不对，她是从西蒙纳山上摔下来的。是一次不幸的事故。您好，道斯戴先生。您也要向小埃尔瑟表示最后的哀悼？小埃尔瑟，这个老女人是这样说的。——可为什么呢？当然啰，我必须向她表示最后的哀悼，我也是最先对她施加侮辱的人。哦，这是值得的，魏纳沃太太，我还从来没有见到过这样美丽的肉体。我只花了三万，一幅鲁本斯的画要比这贵三倍。她是服了大麻而死的，她本来只是寻求美的刺激，可她服过量了，于是就再没有醒过来。这位道斯戴先生，为什么戴的是红色的单片眼镜？他用手帕在同谁打招呼呢？妈妈从楼梯上走下来，吻他的手。呸，呸，现在他俩在窃窃私语。我什么也听不懂，因为我躺在灵床上。我额头上的紫罗兰花冠是保尔放的，饰带直落到地上，没有一个人敢进入房内。我最好是站起来，向窗外眺望。多么美的一个蓝色的大湖啊！数以百计的船，黄色的帆——波浪在粼粼闪光，那么多的阳光。划船比赛，男运动员都穿着紧身衣，女运动员都穿游泳装，这是不礼貌的。他们以为我赤身裸体。他们多愚蠢啊，我是穿着黑色的丧服的，因为我是死人。我要向你们表明这点。我要立即重新躺倒在灵床上，可灵床哪去了？它没有了。人们把它抬走了，有人把它侵占了。爸爸就是因为侵吞钱财而被关了起来，可他们判他缓刑三年，陪审官都接受了费阿拉的贿赂。我现在得赤着脚到墓地去，妈妈可以省掉一笔葬礼费。我们必须节约。我走得这样快，没有一个人能跟得上。啊，我能走得多么快啊。他们都站在马路上，感到惊奇。怎么可以这样看一个业已死了的人呢！这太过分了。我宁愿在田野上走，那上面的勿忘我花和紫罗兰花是那样的一片澄蓝。海军军官们列队两旁。早安，先生们。请您开开门，斗牛士先生。您不认识我了？我现在是一个死人……因此您不必吻我的手了……我的墓穴在哪？难道有人也把它侵占了吗？上帝保佑，这根本不是墓，这是蒙托纳的公园。我没有被埋葬，爸爸一定会高兴的。我不怕蛇，只要别咬我的脚就行了。噢，痛啊。

这是怎么了？我这是在哪？我是睡着了？是的，我是睡着了。我甚至做了梦。我的脚怎么这样凉，我觉得是右脚凉，是怎么回事？是袜子上的踝骨部位的那个小洞。我为什么还坐在树林里？晚饭的铃声早就响过了。晚饭。

噢，上帝，我这是在哪儿？我走了这么远。我梦见了什么？我相信，我已经死了。我再没有什么犹豫了，不必再绞尽脑汁了。三万，三万……我还没有弄到。我必须自己去赚这笔钱。我独自一人坐在树林边，饭店的灯光直照到这里，我必须回去。我不得不回去，这太可怕了。但现在不能再耽误时间了，冯·道斯戴先生在等我的决定！决定，决定！不，不，冯·道斯戴先生，一句话，不。您在开玩笑，冯·道斯戴先生，真的。对，我要这样对他说。哦，这妙极了。您的玩笑太不高雅了，冯·道斯戴先生，但是我可以原谅您。明早我打电报给爸爸，冯·道斯戴先生说钱会准时汇给费阿拉博士。妙极了，我这样对他说，这样他除了必须汇钱之外，无路可走。必须？他必须？为什么他必须汇钱？如果他这样做了，那他必然会设法报复的。他会把钱晚些时候寄出，或者他会汇出这笔款，然后就到处宣扬，说他得到了我。但是他根本就不会寄出这笔钱的。不，埃尔瑟小姐，我们不是这样讲定的。您要给您爸爸打电报，这随您的便，但是我是不会寄这笔钱的。您不要打错算盘，埃尔瑟小姐，我不会受这样一个小姑娘的蒙骗的，我是埃彼利斯的子爵。

我走路得小心。路黑得很。真奇怪，我觉得现在比刚才好受多了。情况一点儿也没有变化，可我好受多了。我梦见了什么呢？梦见一个斗牛士？一个什么样的斗牛士？离饭店这样远，比我想的远多了。他们一定还在吃晚餐。我要静静地走到饭桌旁坐下，对他们说我刚才偏头痛，吃饭时来晚一些。冯·道斯戴先生饭后会单独到我跟前，对我说，这一切都只是开开玩笑而已。埃尔瑟小姐，请您原谅，请您原谅我开的这个粗俗的玩笑，我已经给我的银行发了电报。但是他不会这样说的，他没有发电报。一切仍如从前一样，他在等待。冯·道斯戴先生在等待。不，我不要见到他。我不能再见到他。我不要见到任何人。我不要再进到饭店里去，我不要再回到家里，我不要回维也纳，我不要见任何人，谁都不见，不见爸爸,不见妈妈,不见卢狄,不见弗莱德,不见贝尔塔,不见伊伦娜姨妈。她是个好人,会理解这一切的。但是我同她,同任何人都再没有什么关系了。若是我会魔术,那我就到世界的另一个地方去。在地中海上乘一艘华丽的船,但不是独自一人。比方说和保尔在一起。对,这我完全可以想象的。或者我住在海滨的一座别墅里,我们躺在通向海水的大理石台阶上,他用胳膊紧紧地搂住我,咬着我的嘴唇,就像两年前阿尔伯特在钢琴旁做的那样,这个不知羞耻的家伙。不,我可以单独一个人躺在海边的大理石台阶上等待。总归是会来一个人或一群人的,那我可以选择,至于其他让我甩掉的,他们由于绝望而纷纷跳进海里,或者他们得耐心等到第二天。啊,这该是多么美好的生活。我美丽的双肩和漂亮细长的大腿是干什么用的呢?我来这个世界是为了什么呢?他们,他们所有的人就是在教我出卖自己,他们觉得这样才称心。他们对戏剧一无所知,他们笑我。在去年,若是我和就要五十岁的威罗米切博士结婚,那他们会感到心满意足的,只是他们没有劝说我。爸爸是感到难堪的,但是妈妈却做了不少暗示,意思十分清楚。

饭店立在那儿是多么巨大,像一座硕大无朋的魔堡。一切都是这样巨大,群山也是如此。真叫人感到可怖,它们从没有这样一团漆黑过。月亮还没有出来。它在演出的时候才升起,当冯·道斯戴先生让他的女奴裸身跳舞时,这是草地上的一场伟大的演出。道斯戴先生与我有何相干?咳,埃尔瑟小姐,您这是玩的什么名堂?您是准备好了成为许多陌生男人的情妇的,从一个男人那里再到另一个男人那里。而冯·道斯戴先生向您要求的区区小事又何足为虑?为了一串珍珠项链,为了漂亮的衣服,为了一座海滨别墅,您不是准备出卖自己吗?难道您父亲的性命对您来说不是值得更多?这或许恰巧是正确的开头。随之其他的一切都可以找到辩解的理由了。你们等着吧,我要说,是你们把我弄到这步田地的,我变成这样的人,那是你们所有人的过错。不仅是爸爸,不仅是妈妈,卢狄也是有错的,还有弗莱德和所有的人,所有的人,因为没有人关怀另一个人。当人的模样长得可爱时,那就显得温柔,当他在发烧时,那就显得忧心忡忡,他们把一个人送到学校念书,在家学习弹琴,学习法语,过生日时得到礼物,吃饭时他们东拉西扯。可是我心里在想什么,什么在使我伤脑筋,什么使我畏惧,你们关心过吗?爸爸的目光里有时有所流露,但转瞬即逝,随之又是职业上的事务,忧虑和交易所的赌博——也许还非常秘密地养着某个女人,"在我们之间是没有什么避讳的",于是我又孤独一人。喏,若是我不在这儿,爸爸,你干什么呢?你今天在干什么呢?我站在这儿,是呀,我站在饭店门前。——真可怕,得从这儿进去,看到所有的人,看到冯·道斯戴先生,姨妈,茜希。刚才,我死去的时候,坐在林边的长椅上多美啊。斗牛士——若是记起来就好了,什么呢……一场划船比赛,对,我从窗户朝外望。可那个斗牛士是谁?——若是那时我不这么疲惫就好了,我疲乏得要命啊。难道我要站在这儿直到深夜,然后偷偷地溜进冯·道斯戴先生的房间不成?或许在过道里遇上茜希。当她到他那儿,她睡衣里面穿什么了吗?若是在这种事情上没有过经验,那可真难为情啊。我应该去茜希那儿求教?当然我不会说是去道斯戴那儿,但是她一定会想到,我是同这儿饭店里的一个英俊的年轻人夜间幽会。比如说同那个有着长长的金发和一双炯炯有神的眼睛的人,但是那个人已经不在这儿了,他突然就消失不见了。可是我直到刚才那瞬间，还根本没有想到过他。真遗憾，不是那个有着长长的金发和一双炯炯有神眼睛的人，也不是保尔，而是冯·道斯戴先生。我该怎么做呢？我对他说什么？就简单地去了？我不能到道斯戴先生的房间里去。他一定在盥洗台上放着别致的香水瓶，房间里充满着法国香水的味道。不，死也不到他那儿去，宁愿到外面去。他与我毫不相干。天空是那么高，草原是那么大。我根本不该去想道斯戴先生，我连一眼都不要看他。若是他敢动我的话，我就用我光着的脚踢他。啊，若是另一个人就好了，任何另外一个人都好。任何一个人，在今天夜里，一切都可以从我这里得到，谁都行，就是道斯戴不行。可偏偏是这个人！偏偏是这个人！他的眼睛死死地盯着我看。他会戴着单片眼镜站在那儿狞笑。不，他不会狞笑，他会做出一副高贵的表情。优雅，他对这种事情习以为常。他已经看过多少人了？一百或者一千？难道我就是这其中的一个？不，肯定不。我将对他说，他不是第一个这样看到我的人。我将对他说，我有一个情人。当他把三万古尔盾寄给费阿拉时，我才让他看。然后我会对他说，他是一个傻瓜，用这样一笔钱他本来是可以得到我的。——我已经有了十个情夫了，二十个，一百个。——但是他不会什么都相信我的。——就算他相信我了，这对我有什么帮助吗？——只要我能败坏他的兴致就好了。若是还有一个人在场呢？为什么不呢？他并没有说过他只能与我单独在一起嘛。啊，冯·道斯戴先生，我怕您呀。难道您不能对我友好一些，允许我带一个好朋友来？噢，这并不是毁约，冯·道斯戴先生。若是按我的意愿，我可以把整个饭店的人都请来，即使如此，您也有义务寄出三万古尔盾。但是我只要把我的表哥保尔带来就满意了。或者您宁愿挑选另外一个人？遗憾的是那个满头长长金发的人不在这儿了，那个长着罗马人脑袋的滑头也不在了，但是我还能找到另外的人。您害怕事情泄露出去？这是无关紧要的。我不怕泄露出去。若是一个人到了像我这种地步，那一切也都无所谓了。今天只是一个开始，或者您认为，在这次事情之后，我重新回到家中还装作良家闺秀？不，既非良家亦非闺秀，这都完结了。我现在是靠自己，我有漂亮的大腿，冯·道斯戴先生，您和这次约会的其他参加者不久就会有机会看到的。事情一切就绪，冯·道斯戴先生。十点钟，当所有的人还坐在大厅里时，我们在月光中越过草地，穿过树林，前去您发现的那块著名的空地。不管怎样，您得把发给银行的电报带来，因为像您这样一个无赖，我大概是可以要求您做出保证的。在午夜时分您重新回到您的房间去，我要在月光中同我的表哥或者别的什么人留在草地里。您没什么可反对的吧，冯·道斯戴先生？您根本不应反对。若是清晨我偶然死了的话，那他们就没什么大惊小怪的。随后保尔会把电报发出，这是要做好安排的。但是，您千万不要认为，是您，可怜的家伙，把我逼上死路的。我老早就知道我会是这样一个结局，您不妨问问我的朋友弗莱德，我是不是经常对他提起这事。弗莱德，也就是弗莱德·温克海姆先生，他是我生平所认识的唯一的正派人。他是我应该去爱的唯一的人，若是他不是那样一个正儿八经的人就好了。是啊，我成了这样一个卑贱的人。我命中注定不会有资产阶级的生活，我也没有才能。对我们这样的家庭来说，最好是让它死绝了。卢狄也是要倒霉的，他会为一个荷兰歌女而负债累累，随之会侵吞范德胡斯特银行的钱款。我们家就是这样的。父亲的最小的弟弟，十五岁时就自杀身亡，没有一个人知道是为什么。我没有见过他，要拿照片给您看吗，冯·道斯戴先生？我们在一本相册里有照片……我看起来和他相似。没有人知道他为什么要自寻短见，也没有人知道我为什么。绝对不是因为您，冯·道斯戴先生。我不会给您这份光荣的。不管是十九岁还是二十一岁，这都是一样的。我做一个保姆兼教师还是一个电话接线员？同维络密茨先生结婚还是受您赡养？这都同样令人作呕，我绝不同您一道去草地。不，这太强人所难，太愚蠢，太使人厌恶了。若是我死了，您会发善心，给我爸爸寄去一两千古尔盾，因为当人们把我的尸体运回维也纳那天，他恰巧在同一天被捕，那是够悲惨的了。但我会留下一封信，附有我的遗嘱：冯·道斯戴先生有权利看我的尸体。我美丽的一丝不挂的少女尸体。这样您就不必抱怨，冯·道斯戴先生，说我欺骗了您。您毕竟有所得，没有白花钱。一定得我活着时才算，这一点并没有列入我们的契约。噢，不，这都没有写下来。那么就这样，我的遗嘱是艺术商人道斯戴得以欣赏我的尸体，弗莱德·温克海姆得到我十七岁时写的日记——以后我没有继续写下去——我在年前从瑞士带回的五枚二十法郎的硬币留给茜希家的保姆。它们放在书桌里，靠在书信旁边。我的那身黑色晚礼服留给贝尔塔。所有的书送给阿卡塔。而我的表哥保尔，他得以在我苍白的嘴唇上印上一吻。茜希得到我的网球拍。人们应该把我埋葬在这儿，卡斯特洛查的圣玛力诺，葬在一座漂亮的小公墓里。我不要再回到家里，就是死了也不要再回到家里。爸爸和妈妈不必伤心，我觉得我比他们更好，我原谅他们。没有什么可为我感到惋惜的。——哈哈，这是一个多么滑稽可笑的遗嘱。我真的感动了。当我想到，明天的这个时候，他们都坐下用晚餐时，而我业已死去，该是怎样的情形？——当然啰，埃玛姨妈不会下来吃晚饭，保尔也不会，他们会让人把饭送到房间去。茜希会是什么态度，这太令人好奇了，我真想知道。遗憾的是我无从得知了，或者只要没有被埋葬，那也许还什么都能知道？终归来说我只是装死。当冯·道斯戴先生靠近我的尸体时，我会苏醒过来，睁开眼睛，他会惊骇得把单片眼镜掉到地上。

但遗憾的是这一切都不是真实的。我不会装死，也不会死去。我根本不会自杀，我太胆小了。即使我是一个敢于攀高的人，那我还是胆怯啊。也许我没有一次服了足量的维洛那，究竟该服几包药粉？六包，我想是，但是十包那肯定是保险的。我想，还有十包，是呀，这够用的了。

绕着饭店我现在已经走多少遍了？现在怎么办？我站在门前，大厅里还空无一人。当然啰——他们都还在用晚餐。大厅里一个人也没有，显得古怪。那边的扶手椅上放着一顶帽子，一顶旅行帽，蛮可爱的，漂亮的雄羚羊毛[1]。那儿靠背椅上坐着一位老先生，他也许没有什么胃口，他在读报，过得很惬意，没有苦恼。他安静地读着报，可我却在绞尽脑汁，怎么才能给爸爸弄三万古尔盾。不对，我知道怎么去弄。这太简单了，简单得令人可怕。我该怎么办？我该怎么办？我在大厅里做什么呢？他们马上都会从饭厅里回来的。我该怎么办呢？冯·道斯戴先生肯定是如坐针毡。他在想，她在哪儿呢？难道她真的自杀了？或者她在找人来谋害我？或者她在鼓动她的表哥保尔来向我挑衅？冯·道斯戴先生，您不必害怕，

---

[1] 雄羚羊毛用来做帽饰。

我不是这样一个危险人物。我是一个渺小的下贱女人，除此什么也不是。为了您的恐惧？您也应当得到您的报酬。十二点，六十五号房间。到林中空地我觉得太凉了。冯·道斯戴先生，从您那儿出来，我直接就到我的表哥保尔那里去。您不会反对吧，冯·道斯戴先生？

"埃尔瑟！埃尔瑟！"

怎么？什么？这是保尔的声音。晚餐已经结束了？——"埃尔瑟！"——"啊，保尔，有什么事，保尔？"——我装作一副天真烂漫的样子。——"你躲到哪儿去了，埃尔瑟？"——"我能躲到哪儿？我刚才散步去了。"——"现在，在晚饭的时候？"——"喏，那什么时候？这可是最好的时候。"——我在讲傻话。——"妈妈什么可能的地方都想过了。我到过你的房门那儿，敲过门。"——"我什么也没听到。"——"说真的，埃尔瑟，你怎么能这样使我们不放心呢！你至少应该告诉妈妈你不去吃饭。"——"你说得对，保尔，但是你要知道我头痛得多么厉害就好了。"我说得这么动听，哦，我这下贱的女人。——"你现在好一点了吧？"——"还不能这样说。"——"那我先要告诉妈妈……"——"算了，保尔，先不要。请为我在姨妈那儿道歉，我要在自己房间里待几分钟，稍微打扮一下。随后就立刻下来，吃点东西。"——"埃尔瑟，你脸色怎么这样苍白？——要我叫妈妈到你那儿去吗？"——"保尔，别做傻事了，不要这样看我。难道你还从来没有见过患头痛的女人吗？我肯定要下楼来，十分钟以后。再见，保尔。"——"那好，再见，埃尔瑟。"——上帝保佑，他总算走了。愚蠢的孩子，但是可爱。门房找我有什么事？怎么，一封电报？"谢谢。门房先生，电报是什么时候来的？"——"在一刻钟之前,小姐。"——他为什么这样看我,这样——怜悯地。上帝啊,电报上写的什么?我得上楼再打开它,要不我也许会瘫倒在地的。爸爸——若是他死了,那就一了百了,那我就不必同冯·道斯戴先生到草地去……哦,我这不幸的人。亲爱的上帝,保佑我爸爸活着。因为我而被捕,只是不要死。若是电报里没有什么坏消息,那我愿意做出牺牲。我去做保姆,去某间办公室找个职业。爸爸,你不要去死。我做好了准备,只要你要我做,那我什么都干……

上帝保佑,我到了楼上。打开灯。天气变得冷了起来,窗户开的时间太长了。鼓起勇气,勇气。哈,也许电报里说事情都已解决了,也许伯恩哈特叔父给了一笔钱,他们打电报通知我:无须同道斯戴相商。我马上就能看到。若是我望着天花板,那我当然是不能看到电报上写的什么。鼓起勇气,勇气。一定是这样的。"再次恳求与道斯戴相商。数目不是三万,而是五万。否则于事无补。仍寄费阿拉。"——而是五万。否则于事无补。勇气,勇气。五万。仍寄费阿拉,当然啰,不管是五万还是三万,这已经都无所谓了。就是对冯·道斯戴先生也是一样。维洛那放在衬衣里面。以备万一。我为什么不说五万。我当时确实是想过的!否则于事无补。那就下楼去,快一点,不要老是坐在床上。一个小小的错误,冯·道斯戴先生,请您原谅。不是三万,而是五万,否则于事无补。仍寄费阿拉。——您大概把我当成傻瓜了,埃尔瑟小姐?绝对不是,子爵先生,我怎么会呢。若是五万那我会相应地要求更多了,小姐。否则于事无补。仍寄费阿拉。随您的意,冯·道斯戴先生。请吧,您只要下个命令就行。但首先您得写下发给您的银行的电报,当然啰,否则我没有把握。

是的，我要这样做。我要到他的房间里去，只有他当着我的面拟好电报——那我才脱光衣服。我要把电报拿在手中。哈，多么倒胃口啊。那我该把我的衣服挂到哪儿呢？不，不，我在这儿就脱光，披上那件黑色的长大衣，它会把我完全裹住的。这样更舒服些，对双方都同样。仍寄费阿拉。我的牙齿在发抖，窗户还开着。关上。到林中空地去？那我宁愿死去。流氓！五万。他不能说不。六十五号房间。但是事前我要告诉保尔，他要在他的房间里等我。从道斯戴那儿我直接到保尔那里，把一切都告诉他。随后让保尔去打他的耳光。对，就在今天晚上，多么丰富的节目。然后维洛那上场。不，为什么这样做呢？为什么要死呢？毫无迹象嘛。高兴，高兴，生活现在才开始呀。你们应该有你们的乐趣，你们应该为你们的宝贝女儿感到骄傲。我要成为一个下贱的人，世界还没看到过的一个下贱的人。仍寄费阿拉。你会得到这五万古尔盾的，爸爸。但是我以后赚到的钱，我要为自己买新的睡衣，有花边的，完全透明的，买昂贵的长袜。人只能活一次，一个人长得像我这样美丽是为了什么呀。打开灯——我把镜子上的灯打开。我的金发和我的双肩是多么漂亮，我的眼睛也不难看呀。嘘，它们多么大啊。我若是死了，人们会为我感到惋惜的。服维洛那总是来得及的。——但是我得下楼去了，到下面去。道斯戴先生在等待，他还不知道，这期间已变成五万了。是的，冯·道斯戴先生，我的价格涨了。我得把电报拿给他看，要不他无论如何是不相信的，还会以为我在拿这种事做生意哩。我叫人把电报送到他的房间，上面写上几句：我深甚为遗憾，现在数额已改为五万，冯·道斯戴先生，这对您反正是无所谓的。我肯定地认为，您提出的要求绝不是那么认真的，因为您是一位子爵，一位绅士。明晨您会把这笔事关我父亲生命的五万古尔盾直寄费阿拉。我相信您。——毫无疑问，小姐，我无论如何会立即寄出十万古尔盾，不要任何报答，除此之外，从今天起我负有赡养您的全家的义务，偿还您爸爸在交易所的债务，并补偿上挪用的全部保证金。仍寄费阿拉。哈哈哈，哈哈！对，这才像埃帕利斯的子爵。——这全都是胡思乱想。我还有什么路好走？我只能同意，我只能这样去做，冯·道斯戴先生要求什么，那我就得做什么，这样爸爸明天才能有钱，这样他才不会被关进监狱，这样他才不会自杀。我也会这样去做的。是的，我会去做的，尽管这一切都是白费劲儿。过不了半年我们又会像今天一样！用不了半年，四个星期！——但到那时一切就与我无关了。我成了一个牺牲品——再就没有什么了。不，不，绝不能再这样。对，我要告诉爸爸，一回到维也纳就告诉他。然后我就离家出走，不管到哪儿。我要同弗莱德结婚，他是我唯一真正喜欢的人。但是我现在还没有走得这么远。我不是在维也纳，我还在卡斯特洛查的圣玛力诺。什么事还没有发生。那么怎么样呢？什么？电报。我拿这封电报怎么办呢？我已经知道该怎么办了。我必须让人把电报送到他的房间里去，是呀，我要给他写点什么呢？请在十二点等我。不，不，不！不应该让他得到这种胜利，我不愿意，不愿意，不愿意。感谢上帝，我还有药粉。这是唯一的救星。放到哪儿了？上帝呀，可不要被人偷走啊。没有，它们在这儿，在小盒里。它们还都在吧？是的，它们都在。一包、两包、三包、四包、五包、六包。我要看看它们，可爱的药粉。它不负有责任，就是我把它倒进玻璃杯里，它也不负有责任，一包、两包——我这肯定不是自杀。这根本不是去想死。三包、四包、五包——这也还是死不了人的。若是我手头没有维洛那，该是多么可怕。那我就得从窗户里跳下去，可我没有这份勇气。这维洛那——慢慢地入睡，不再醒来，没有苦恼，没有痛苦。躺到床上去，一口把它喝下去，进入梦乡，一切就都结束了。前天我也服过药粉，甚至服了两包。嘘，不要告诉任何人。今天服的量多了一些。这只是为了以防万一。若是发生了什么事，那定会使我感到可怕的。但是这会使我感到可怕吗？若是他碰我，那我就往他的脸上吐唾沫。很简单。

可是我怎么能使他收到这封电报和信束呢？我总不能让女仆送一封信给冯·道斯戴先生。最好是我下楼同他谈，把电报拿给他看。无论怎样我得下楼，我不能总是待在上面自己的房间里。三个小时，一直待到那个时刻，毕竟不是回事呀。就是为了姨妈我也得下楼。哈哈，姨妈与我有何相干，这些人与我有何相干。你们看吧，先生们，这儿的玻璃杯里有维洛那。现在我把它拿在手里。现在我把它放到唇边。对，每一瞬间我都可能到彼岸去，那儿没有姨妈，没有道斯戴，没有父亲，侵吞保证金的父亲……

但是我不会自杀，我没有必要自杀。我也不到冯·道斯戴先生的房间去，我根本不想去。我不愿为了五万古尔盾赤身裸体地站在一个老花花公子前，以此去挽救一个无赖的名声。不，不，既不那样做——也不这样做。怎么能是冯·道斯戴先生呢？偏偏是他？若是一个人看到了我，那另外的人也可以看。是呀！——多么了不起的念头！——所有的人都可以看，整个世界的人都可以看。随后呢，是维洛那。不，不是维洛那——为什么要这样呢？！随后是带有大理石台阶的别墅，英俊的年轻人，自由和广阔的世界！晚安,埃尔瑟小姐。我真喜欢你。哈哈。在楼下,他们认为我成了疯子。但是我还从来没有这样理智过。所有的人,所有的人都该看我!——以后就没有退路了,不能回家去看爸爸,去看妈妈,去看叔叔伯伯,去看婶婶姨妈。以后我就不再是要介绍给某一个维洛密茨博士的埃尔瑟小姐了,我把他们所有的人当作傻瓜玩弄——首先是那个流氓道斯戴——我第二次来到这个世界……否则于事无补。——仍寄费阿拉。哈哈!

不能再耽误时间了,不再怯懦了。脱下衣服。谁会是第一个呢?会是你吗,保尔表哥?那个长着罗马人脑袋的人不在这里了,这是你的幸运。你今天晚上会亲吻这美丽的乳房?啊,我是多么漂亮。贝尔塔有一件黑色的丝衬衣。精致。我会有更为精致富丽的生活。脱掉这双袜子,这不像样。脱光,完全脱光。茜希该会怎么忌妒我啊!其他的女人也会忌妒。但是她们不敢,她们都喜欢这样。给你们做个榜样。我,处女,我敢。我会把道斯戴嘲笑死的。这就是我,冯·道斯戴先生。快到邮局去,五万,花这么多钱值得吧?

美,我多美!夜,你看我吧!山,你看我吧!天空,你看我吧,我是多么美。可你们都是瞎子。我向你们有何求呢。楼下的那些人才有眼睛呢。我要把头发散开?不,那样我看起来就像一个疯子了。但你们不应该把我当成疯子,你们只能把我看成一个不知羞耻的人,看成一个贱货。电报在哪儿?上帝啊,我把电报放哪儿了?在这儿啊,放在维洛那旁边,一动不动。再次恳求——五万——否则于事无补。仍寄费阿拉。是啊,这就是电报。这是一张纸,上面有字,四点半发自维也纳。不,我没有做梦,这一切都是真实的。他们在家里等着这五万古尔盾。冯·道斯戴先生也在等。让他等好了。我们有时间。啊，脱光了在房间里走来走去，这多么惬意啊。我真的像镜子里那么美？啊，您走近一些，美丽的小姐。我要吻您的血红的嘴唇。我要把您的乳房紧压在我的乳房上。多么遗憾，这镜子，这冰冷的玻璃把我们隔开。若是我们俩彼此订立个协定就好了。不是吗？我们不需要别的什么人，也许根本就没有别人。只有电报、饭店、车站和树林，可是没有人。我只是梦到了他们，只有费阿拉博士和他的地址。老是这同一个东西。噢，我真的没有疯。我只是稍微有些激动。在一个人第二次来到世界之前，这完全是不言而喻的，因为从前那个埃尔瑟已经死了。对，我肯定是死了。这就不需要维洛那了。我不该把它倒掉吗？侍女会由于疏忽而把它喝掉。我要放上一张纸条，上面写着：毒品。不，最好写上：药品——这样侍女就不会出事了。我多么高尚啊。对，药品，画上两条横线，打上三个惊叹号。现在不会出事了。等我上来，没有兴趣自杀，而只是想睡觉时，那我就不要把它全部喝掉，只喝四分之一或者更少一些就行了。很简单，一切都由我掌握。还要简单的是我跑下去，就这个样子，穿过走廊和楼梯。但是不，那我在跑下去之前，就会被拦住——我得有把握，冯·道斯戴先生在场才行！否则他当然是不会寄钱的，这个下流胚。——但是我还必须给他写个纸条。这是至关紧要的。噢，椅背是这么凉，但是很舒服。若是我的别墅坐落在意大利海滨，那我就老是脱得光光的在我的庭院里散步……自来水笔我留给弗莱德，若是我死了的话。但眼下我可有比死更要紧的事去做。非常尊敬的子爵先生——埃尔瑟，可要理智啊，不要写什么称呼，既不写得非常尊敬也不写得非常卑贱。您的条件，冯·道斯戴先生，得到了满足。——在这一瞬间，即在您读这个字条的时候,冯·道斯戴先生,您的条件得到了满足,即使是不完全按照您预想的方式。——不,爸爸会说,这个姑娘真会措辞。——因此我认为,在您那一方面应履行诺言,会立即将五万古尔盾电汇已告知的地址。埃尔瑟。不,不要写上埃尔瑟。完全不要落款。就这样。我的漂亮的黄色信纸啊!这是我圣诞节得到的,可惜了。这样——现在把电报和信都放进信封里去。——冯·道斯戴先生,六十五号房间。干吗要写房间号码呢?我在路过时放在他的门前就行了。但是我不必这样,我根本就不必这样做。若是我高兴的话,我现在就躺在床上睡觉,我什么也不去操心。长条的囚服也很时髦呢,自杀的人多着呢,再说我们所有的人都是要死的。

但是眼下你确实是没有这种必要,爸爸。你有一个长得这样出色的女儿,地址仍寄费阿拉。我要去募集。我端一个盘子到每人面前去。为什么只该冯·道斯戴先生一人付钱?这是没有道理的。每个人都要尽力而为。保尔会放多少钱到盘子上?那个戴金丝夹鼻眼镜的会放多少?但是你们不要梦想会长时间地大饱眼福。我要立即重新围上大衣,跑上楼,回到自己的房间,把自己关在里面。若是我高兴的话,我就一口把整杯药喝下去。但是我不高兴这样做。这会是出于胆怯吗?你们根本不配受人尊敬,流氓们。在你们面前感到羞耻?我会在某一个人面前感到羞耻?我大可不必。美丽的埃尔瑟,你再次看看自己吧。若是有人靠近跟前的话,你该瞪大眼睛!我要,我要其中一个人吻我的眼睛,吻我血红的嘴唇。我的大衣还不到踝骨。你们会看到我是光着脚的,这有什么,他们还要看得更多呢!但是我没有这份义务。在我还没下楼之前,我可立刻就返回来，到一楼时还能返回来。我根本就不必下楼去，但是我要去的，我高兴这样做。在我整个一生中我不是一直就有这种希望吗？

我还等什么呢？我已经准备好了嘛。表演可以开始了，不要把信忘掉。弗莱德说过，一种贵族式的文体。再见吧，埃尔瑟。你穿着大衣显得多美。那些佛罗伦萨女人就是这样让人画像的。在画廊里挂着她们的画像，这对于她们是一种荣誉。——我穿着大衣，他们什么也看不出来。只有脚，只有脚，我穿一双漆皮皮鞋，那他们就会认为我穿的是一双肉色的袜子。我就这样穿过大厅，不会有一个人想到大衣里面我一丝不挂，赤身裸体。然后我就一直向上走……谁在下面弹钢琴，弹得那么好呢？肖邦的曲子？——冯·道斯戴先生的神经会有些紧张的，也许他害怕保尔，只要忍耐，忍耐，一切都会顺利的。我还什么都不知道，冯·道斯戴先生，我自己也紧张得要死。关上灯！我房间里都一切正常吧？永别了，维洛那，再见。永别了，我酷爱的镜中的我，你在暗中闪闪发亮。我已经习惯了，光着身子穿大衣，非常舒适。有谁知道，是不是某些女人坐在大厅里也是这样，没有一个人会知道吧？是不是某些女人也是这样上剧院，这样坐在她们的包厢里——出于开心或者另有原因。

我要把门关上吗？为什么？这儿没有什么可偷的。即使有——我也不再需要什么了。算了……六十五号在哪儿？过道上一个人也没有，都在下面吃晚饭。六十一……六十二……摆在门前的是些大得出奇的登山鞋。衣钩上挂着一条裤子，多么不雅观。六十四……六十五。就是这里，他就住在这儿，子爵……我把信立在下面，靠着门。那他就会马上看到的。不会有人把信偷走吧？好了，放在这儿……没关系……我还是能够想做什么就做什么。我简直把他当成傻瓜了……只是现在别在楼梯上遇到他。他来了……不,那不是他!——这个人比冯·道斯戴先生可爱多了,非常时髦,留着小黑胡子。这个人是什么时候来的?我可以做一个小小的试验——把大衣稍微敞开一点。我对此的兴趣挺大。您看看我,先生,您不会想到谁在您的身边走过。真遗憾,您现在上楼了。您为什么不留在大厅里?您错过了机会,一场伟大的演出。您为什么不拦住我?我的命运掌握在您的手里。如果您向我打招呼,那我就返回去。您朝我打招呼嘛,我看您非常可爱……他没有朝我打招呼。他从身边走了过去。他转过身来,我觉察到了。您喊呀,您打招呼呀!您救救我!也许对我的死你是有罪的,我的先生!但是您永远不会知道。地址仍寄费阿拉……

我在哪儿?已经到大厅了?我怎么来到了这儿?这么少的人,那么多不认识的人。或者是我看不清楚?道斯戴在哪儿?他不在这儿。这难道是命运的示意?我要回去。我要给道斯戴另写一封信。午夜时分我在自己的房间里等您。把您发给银行的电报带来。不,他会把这看作一个陷阱,也可能是一个陷阱。我可以把保尔藏在我这儿,保尔能够用手枪逼他把电报交给我们。敲诈,一对罪犯。道斯戴在哪儿?道斯戴,你在哪儿?也许他因为我的死感到负疚而自杀?他会在娱乐室里,肯定在那儿。他会坐在一张桌旁玩牌,那我就在门口用眼睛向他示意,他会当即立起身来。我在这儿,小姐。他的声音会很响亮。道斯戴先生,我们稍微散一会儿步好吗?埃尔瑟小姐,很高兴。我们穿过玛丽大道,向树林走去。我们单独在一起了。我放开大衣。五万古尔盾就到手了。天气很凉,我得了肺炎,死了……为什么那两个女人在看我？她们发现了什么？我为什么在这儿？我疯了不成？我要回到我的房间里去，马上穿上衣服，那套蓝色的，再把大衣套上，像现在一样，但要敞开，这样就不会有人相信，我刚才里面一丝不挂……我不能回去。我也不要回去。保尔在哪儿？埃玛姨妈在哪儿？茜希在哪儿？他们大家都在哪儿？没有一个人会觉察出来……人们根本觉察不到。谁弹得那么好？肖邦？不，舒曼。

我像一只蝙蝠在大厅里撞来撞去。五万！时间过去了。我必须找到这个该死的冯·道斯戴先生。不，我必须回到我的房间……我去喝维洛那。可只喝一小口，那我就能睡个好觉……工作之后要好好休息……可我工作还没有做呢……若是这个侍者把黑咖啡端给那边的那位老先生，那就意味着一切顺利。若是他把咖啡端给角落里的那对年轻夫妇，那一切就完了。怎么？这说明什么？他把咖啡端给了老先生。胜利了！一切顺利。哈，茜希和保尔！他们在饭店外面，在门前走来走去。他们谈得多么开心。我头痛时他并不显得特别不安。骗子！……茜希可没有像我这么美的乳房。当然了，她已经有了一个孩子……这两个人讲些什么？若是能听到就好了！他们讲什么与我有何相干？但是我也能到饭店外去，向他祝个晚安，然后走下去，越过草地，向树林走去，向上走，攀登，越来越高，直爬到西蒙纳顶端，躺在那儿，睡过去，冻死。维也纳社交界一个年轻的姑娘神秘地自杀身亡。只穿一件黑色的大衣，美丽少女的尸体是在西蒙纳顶峰一个人迹罕至的地方发现的……但是也许人们找不到我……或者在下一年才发现，或许还要更晚。腐烂了。一副骷髅。在这儿灼热的大厅，不会冻死，这更好一些。喏，冯·道斯戴先生，您到底藏到哪儿去了？我有义务等您？该您来找我，而不是我找您。我还要到饭厅里看一看去。若是他不在那儿,那他就丧失了他的权利。我给他写信:找不到您,冯·道斯戴先生,您自愿放弃了,这并不能取消您立即寄钱的义务。钱。这是一笔什么样的钱?这与我有何相干?他寄钱还是不寄,这对我无所谓。我对爸爸再没有丝毫同情,我对任何人都没有同情,就是对自己也没有。我的心已经死了。我相信,它根本就不再跳动了。也许我已经喝了维洛那……为什么那一家荷兰人这样看我?他们是不可能觉察出来的。那个门房也那样狐疑地看我。也许又来了一封电报。变成八万?十万?地址仍寄费阿拉。若是有电报的话,那他会告诉我的。他那么尊敬地看着我,他不知道我大衣里面一丝不挂,没有人知道。我现在回自己房间去。回去,回去,回去!若是我在楼梯上跌倒了,那倒是要出大笑话的。三年前在沃尔特湖就有一个女人脱光了游泳,但就在同一天下午她就动身走了。妈妈说,那是一个从柏林来的轻歌剧歌唱演员。舒曼?对,是他的《狂欢节》。弹得真不错,是女的还是男的?右边可是娱乐室。最后的机会了,冯·道斯戴先生。若是他在那儿,那我就用目光示意他到我这儿来,告诉他,午夜时分我到他那儿去,您是个流氓。——不,我不说他是流氓。但是事后我要对他说……有人跟在我后面。我不要转身。不,不。

"埃尔瑟!"——上帝呀,是姨妈在叫我。继续走,继续走!——"埃尔瑟!"——我必须回过头来,这对我毫无用处。"噢,晚安,姨妈。"——"埃尔瑟,你这是怎么啦?我正要到上面看你去。保尔告诉我……是啊,你脸色怎这样?"——"我脸色怎么啦。姨妈?我很好。我也吃了一点东西。"她觉察出什么了,她觉察出什么了。——"埃尔瑟——你怎么——没穿袜子啊！"——"你说什么，姨妈？天啊，我没有穿袜子，不！"——"你不舒服，埃尔瑟？你的眼睛——你在发烧。"——"发烧？我不相信。我只是头痛得厉害，一生中还从没有这样厉害过。"——"你得马上卧床休息，孩子，你苍白得要命。"——"这是灯光的关系，姨妈。在大厅里，这儿所有的人看起来都是这样苍白。"她那么奇怪地朝下看我，她不会发觉什么吧？现在只要保持镇静就行了。若是我控制不住自己，那爸爸就算完了。我必须谈点什么。"你知道我在维也纳发生的一件事吗，姨妈？我有一次上街一只脚穿黄鞋一只脚穿黑鞋。"这是在说假话。我必须讲下去，我讲什么？"你知道吗，姨妈，我在偏头痛之后，有时就会出现这种精神恍惚的状况。妈妈以前也有过这样的事情。"一句话也不是真的。——"不管怎样我得叫个医生来。"——"我求求你，姨妈，饭店里没有医生，那得到另一个地方去请。因为我没穿袜子，而让人把他请来，那他会发笑的，哈哈。"我不该这样大声地笑。姨妈的脸由于恐惧而扭曲起来，她觉得事情可怕，眼睛瞪得要掉出来。——"埃尔瑟，告诉我，你没有看到过保尔吗？"——啊，她要找人帮忙了。镇静，事到紧急关头。"若是我没有看错的话，他和茜希·莫尔在饭店门前散步。"——"在饭店门前？我要他俩进来。我们一起喝茶，好吗？"——"好的。"她做出一副多么愚蠢的表情。我朝她非常亲切而无邪地点了点头。她走了。我现在要回自己的房间去。不，我回自己的房间做什么？最后关头，最后关头。五万，五万。我为什么要跑呢？要慢，要慢……我要什么呢？这个人叫什么？冯·道斯戴先生，滑稽的名字……这是游艺室。门上挂着绿色的门帘，什么也看不到。我踮起脚尖。玩惠斯特牌，每天晚上都玩儿。那儿有两位先生在下棋。冯·道斯戴先生不在这儿。胜利啦，得救了！为什么呢？我得继续找下去。我命中注定要去寻找冯·道斯戴先生，直到我生命的终结。他肯定也在找我，我们老是相互错过。也许他在楼上找我，我们会在楼梯上相遇的。那些荷兰人又注意起我了，他们的女儿长得很漂亮。那个老先生戴着一副眼镜，一副眼镜，一副眼镜……五万，并不是那么多。五万，冯·道斯戴先生。舒曼？对，是他的《狂欢节》……我有一次也弹过。她在弹。为什么是她？也许是一个男的在弹，也许是一个女演奏家？我要到音乐室去望一眼。

这儿是门。——道斯戴！我晕了。道斯戴！他站在窗前听。这怎么可能呢？我瘫软无力了——我要发疯了——我死了——他在听一个陌生的女人弹钢琴。那边沙发上坐着两位绅士，黄头发的今天才到。我看见他走出车门的。这个女人根本就不年轻了，她来这儿已经两三天了，我不知道她竟然琴弹得这样好。她过得快活，所有的人都过得快活……就是我在受罪……道斯戴！道斯戴！真的是他吗？他没有看到我，现在他看起来像一个正人君子，他在听。

五万！要么现在，要么永远不。轻轻开开门。冯·道斯戴先生，我在这儿！他没有看到我。我现在只要朝他示意一下，然后我就把大衣敞开少许，这就够了。我毕竟是一个年轻的姑娘，是出身名门的一位端庄少女。我不是妓女……我要离开，我要服维洛那，要入睡。您错了，冯·道斯戴先生，我不是妓女。永别了，永别了！……哈，他看见我了。冯·道斯戴先生，我在这儿。他是怎样的目光啊！他不会想到，我大衣里面一丝不挂。您放我走，您放我走！他的眼睛在冒火，他的眼睛在威胁，您要我做什么？您是一个流氓，除了他没有人看我，他们在听。冯·道斯戴先生，您来呀！您什么也觉察不出来？那儿，在靠背椅上——上帝啊；在靠背椅——就是那个滑头！老天，我感谢你。他又来到这儿，他又来到这儿！他是在旅游！现在又回到这儿。长有罗马人脑袋的又在这儿了，我的未婚夫，我的情人。可他没有看见我，他也不应当看见我。冯·道斯戴先生，您要什么呢？他在注视我，仿佛我是您的女奴似的，我不是您的女奴。五万！冯·道斯戴先生，我们的协议有效吧？我准备好了。我在这儿。我非常平静。我在微笑。您懂得我的目光吗？他的眼睛在向我说：来吧！他的眼睛在说：我要看你的裸体。喏，你这个流氓，我是裸体的。你还要什么？发出电报……马上……我的皮肤在发颤。那个女人在继续弹琴。

皮肤颤抖得多么舒适。裸着身体是多么美妙。那个女人在继续弹，她不知道这儿发生了什么事，没有人知道。还没有一个人看到我。那个滑头，那个滑头！我裸体站在这儿。道斯戴瞪大了眼睛。现在他终于相信了。那个滑头立起身来，他的眼睛在闪光。你理解我，漂亮的小伙子。"哈哈！"那个女人不再动弹了。爸爸得救了。五万！地址仍寄费阿拉！"哈哈哈！"是谁在笑？是我自己？"哈哈哈！"我周围都是些什么样的面孔呀？"哈哈哈！"真蠢，我怎么笑了起来。我不要笑，我不要。"哈哈！"——"埃尔瑟！"——谁在喊埃尔瑟？这是保尔。他一定是跟在我的身后。我觉得一股气浪吹过我赤裸的后背，我的耳朵里嗡嗡直响。也许我已经死了？冯·道斯戴先生，您要什么呢？您为什么这么高大，冲我而来，跌倒在我的身上？"哈哈哈！"

我究竟干了些什么？我干了些什么？我干了些什么？我栽倒

了,一切都过去了。为什么音乐没有了?一条胳膊挽住了我的颈部。这是保尔。那个滑头在哪儿?我躺在这儿。"哈哈哈!"大衣盖在我的身上,我躺在这儿,人们认为我昏厥过去。不,我没有昏厥,我非常清醒。我上百倍、上千倍地清醒,我得永远大笑。"哈哈哈!"现在你遂了意愿,冯·道斯戴先生,您必须把给我爸爸的钱寄出去,马上。"哈哈哈哈!"我不要叫喊,我不得不永远叫喊。我为什么一定得叫喊。——我闭起眼睛,没有人能看到我。爸爸得救了。——"埃尔瑟!"——这是姨妈的声音。——"埃尔瑟!埃尔瑟!"——"找个医生来,找个医生来!"——"快到门房那里去!"——"发生了什么事?"——"这简直不可想象。"——"可怜的孩子。"——他们在这儿讲些什么?他们在这儿嘟囔些什么?我不是一个可怜的孩子,我是幸福的,那个滑头看见了我的裸体。哦,我真羞死了。我做了些什么?我再不要睁开眼睛。——"请把门关上。"——为什么要关上门?干吗吵吵嚷嚷的。有上千人围着我,他们都认为我昏厥过去了。我没有昏厥,我只是在做梦。——"您镇静些,尊敬的夫人。"——"去派人找医生了吗?"——"这是昏厥。"——他们怎么都离那么远,他们都是在西蒙纳山下说话。"不能让她躺在地上。"——"这儿有条毛毯。"——"一条被子。"——"被子和毯子都一样。"——"请安静。"——"放到沙发上。"——"请把门关上嘛。"——"不要这样神经质,门已经关上了。"——"埃尔瑟!埃尔瑟!"——姨妈干吗不安静安静!——"你听到我说话吗,埃尔瑟?"——"你看到了,妈妈。她已经昏厥过去了。"——是呀,上帝保佑,在你们看来我昏厥过去了。那我就昏厥过去好了。——"我们得把她送回自己的房间去。"——"发生了什么事？我的上帝啊！"——是茜希。茜希怎么到草地来了。啊，这不是草地。——"埃尔瑟！"——"请安静。"——"请往后退一退。"——手，我身下的手。他们要干什么？我是多重呵，保尔的手。走了，走了。那个滑头在我身边，我感觉到了。道斯戴离开了，必须找到他，在寄出五万古尔盾之前，他不可以自杀。诸位，他欠我钱。抓住他。——"保尔，你知道电报是谁打来的吗？"——"晚安，先生们，女士们。"——"埃尔瑟，听到我说话吗？"——"您让她安静，茜希太太。"——"啊，保尔。"——"经理说，得等四个小时大夫才能来。"——"她好像睡着了。"——我躺在沙发上，保尔握住我的手，他在摸我的脉搏。对，他是医生啊。——"没有任何危险，妈妈，一种突然发作的昏厥。"——"我一天也不要在饭店住下去了。"——"妈妈，求你。"——"明天一早我们动身。"——"直接走仆役们用的楼梯，担架马上就来了。"——担架？我今天不是在担架上躺过一次了吗？难道我没有死？我得再死一次？——"经理先生，难道您不能让人离门远一些吗？"——"妈妈，你不要激动。"——"怎么这样不识相。"——为什么她们都窃窃私语？像在停尸间，担架马上就到。打开门，斗牛士！——"过道可以走了。"——"这些人总得识相一些嘛。"——"妈妈，我求你，你别激动。"——"请吧，尊敬的夫人。"——"茜希夫人，您能稍微照顾一下我的母亲吗？"——她是他的情人，但是她没有我漂亮。又怎么了？这儿发生了什么事？他们带来担架，我闭着眼睛就看到了。这是担架，他们用它抬不幸的人。西格蒙第博士也被放到这上面，他是从西蒙纳跌下来的。现在我要躺在这上面了,我也是跌下来的。"哈!"不,我不要再叫喊了。他们在窃窃私语。谁俯在我的头上,有手在我的后背上,在我的大腿上。走了,走了,不动我了。我是裸体的。呸,呸。你们要干什么?让我安静。这都是为了爸爸。——"请小心,慢一点。"——"毛毯?"——"对,谢谢,茜希夫人。"——他为什么要谢谢她?她做了什么事?我这是怎么啦?啊,好极了,好极了。我飘了起来,我飘了起来。我飘过去了。他们抬着我,他们抬着我,他们抬我到坟地。——"我能行,经理先生。我抬过更重的呢,去年秋天有一次上面同时放两个人。"——"嘘,嘘。"——"茜希夫人,也许您能先走几步,去看看埃尔瑟房间里是不是一切整顿好了。"——茜希到我的房间里干什么?维洛那,维洛那!可不要倒掉它们。那样我就不得不跳窗户了。——"谢谢,经理先生,您不必再麻烦了。"——"请允许我过会儿再来探问。"——楼梯嘎嘎在响,抬担架的人都穿着沉重的山地长靴。我的漆皮鞋在哪儿?留在音乐室了,那会被人偷走的,我要把它遗赠给阿卡塔,自来水笔留给弗莱德。他们抬着我,他们抬着我送葬的队伍。道斯戴在哪儿,这个杀人犯?他跑掉了。那个滑头也走了,他又漫游去了。他这次回来只是为了看一看我的乳房。现在他又走掉了。他走在悬崖和深谷之间的一条令人头晕目眩的路上——永别了,永别了。——我在飘,我在飘。他们抬着我向上,一直向上,直到房顶,直到天空。这么舒服呀。——"我看出来了,保尔。"——姨妈看出来什么啦?——"最近这几天我看出来情况有些不对头,她反常得很,当然得把她送进医院里去。"——"妈妈,现在不是谈这种事的时候。"——医院?——医院?——

"保尔,你不要指望我会同她坐同一节车厢回维也纳。那人们该瞧热闹了。"——"妈妈,不会有任何事情发生的。我向你保证,你不会有任何麻烦的。"——"你怎么能够保证?"——不,姨妈,我不会给你添任何麻烦的,任何人都不会有麻烦的,冯·道斯戴先生也不会的。我们这是在哪儿?我们停下了。我们是在二楼。我眯缝眼睛看,茜希站在门口同保尔说话。——"请抬到这儿,谢谢。把担架靠近床边。"——他们抬高了担架,他们抬起了我。我又回到房间了。啊!——"谢谢。对,就这样。请把门关上。——劳您的驾,请帮我一下,茜希。"——"噢,好的,大夫先生。"——"慢些,请慢些。这儿,请吧,茜希,请您按住,按住腿。注意。哪——埃尔瑟?——你听到我说话吗,埃尔瑟?"——我当然听到你了,保尔,我什么都听到了。但是你们与我有什么相干?昏厥过去,这多美啊。啊,随你们的便吧。——"保尔!"——"尊敬的夫人,您有何干?——"你真的相信她失去了知觉,保尔?"——你?她对他称你。这下我可抓住你们了!她对他称你!——"对,她完全没有知觉了。这类昏厥之后通常是这样的。"——"不对,保尔,若是你长大了这样做医生,那会叫人笑死的。"——我抓住了你们,一对骗子!我抓住了?——"别说话,茜希。"——"为什么?若是她什么也听不到,那怕什么?!"——发生了什么事?我躺在床上,盖一条被,身上一丝不挂。他们怎么把我弄成这样?——"喏,怎么样了?好些了吧?"——这是姨妈的声音。她在这儿干吗?——"还一直没有醒过来吗?"——她到了我脚尖那儿,她见鬼去吧。我不要被人送进医院去,我没有神经错乱。——"不能使她恢复知觉吗?"——

"她会很快就醒过来的，妈妈，现在她不需要别的，就需要安静。你也需要安静，妈妈。你不要去睡觉吗？绝对没有任何危险，夜里我同茜希一道照看埃尔瑟。"——"是的，尊敬的夫人，我是个女卫兵，或者埃尔瑟是呢。"——这个可悲的女人。我躺在这儿昏迷不醒，可她在开心取乐。——"保尔，等医生来了，你到时要把我唤醒。"——"妈妈，医生不会一清早就来的。"——"看样子她好像睡着了，呼吸很平稳。"——"这也是一种睡眠呢，妈妈。"——"我还一直没法理解，保尔，这是一种丑闻！——你会看到，要上报纸的！"——"妈妈！"——"她没有知觉，那她是什么也听不到的。我们讲话的声音很轻。"——"在这种情况下，感官有时是异常敏锐的。"——"尊敬的夫人，您有一个如此学识渊博的儿子。"——"妈妈，请你睡觉去吧。"——"不管怎样，我们明天动身。在波森我们给埃尔瑟找一个女看护。"——什么？一个女看护？这你们可错了。——"这些事我们明早谈，妈妈。晚安，妈妈。"——"我要让人送杯茶到房间去，一刻钟之内我再来看一看。"——"这毫无必要，妈妈。"——不，这没有必要。你该见鬼去。维洛那在哪儿？我必须等待。他俩把姨妈送到门口。现在没有人看我。药一定是放在床头柜上，那个装维洛那的杯子。当我一饮而尽，那一切就结束了。我立刻就喝，姨妈走开了。保尔和茜希还站在门口。哈！她在吻他，她吻他。我躺在这儿一丝不挂。难道你们一点儿都不感到羞耻吗？她又吻他了。难道你们不感到羞耻吗？——"你看，保尔，现在我知道了，她是没有知觉的。否则的话，她一定要跳起来扼住我的喉咙的。"——"茜希，你做点好事，别说话好吗？"——"你要做什么，保尔？她要不是真的没有知觉，那她就在把我们当傻瓜。她没有知觉，那她什么也听不到，什么也看不到。她要是把我们当傻瓜，那说明发生在她身上的事是正常的。"——"有人敲门吧，茜希？"——"我也觉得是有人敲门。"——"我轻轻开开门，看看是谁。——晚安，冯·道斯戴先生。"——"请您原谅，我只是想问问，病人怎么样了……"——道斯戴！道斯戴！他真的敢来？所有的禽兽都放走了。他在哪儿？我听见他们在门口悄声讲话，保尔和道斯戴。茜希站在穿衣镜前。您在镜子前做什么？那是我的镜子。——我的影像还在里面吗？保尔和道斯戴，他们在门外讲些什么？她要做什么？为什么她靠得那么近？救命啊！救命啊！我喊了起来，可没人听我的。茜希，您在我床边要做什么？！您为什么俯下身来？您要掐死我？我不能动弹。——"埃尔瑟！"——她要做什么？"埃尔瑟！您听到我讲话了吗，埃尔瑟？"——我听到了，但是我不说话。我昏厥过去了，我必须沉默。"埃尔瑟，您可真把我们吓了一跳。"——她在同我说话。她在同我说话，好像我是醒着似的。她要做什么呢？——"埃尔瑟，您知道您干了些什么吗？您想一想，只穿了一件大衣就进了音乐室，突然就一丝不挂地站在众人面前，随后您就昏厥过去。会说这是一种歇斯底里发作。可我一个字也不相信，我也不相信您失去了知觉。我敢打赌，我讲的每句话您都听得清清楚楚。"——对，我听到了，对，对，对。但是她听不到我说的话。为什么听不到？我的嘴唇不能动弹因此她听不到我说的话。我不能动弹。我这是怎么了？我死了？我这是装死？我在做梦？维洛那在哪儿？我想喝我的维洛那，可我不能把胳膊伸出来。茜希，您走开吧。她为什么趴在我身上？走开，走开！她绝不会知道我听见她说什么。没有人会知道。我不会再告诉给另一个人的。我不会再醒过来的。她到门口去了,她还又一次转过头来看我,她开开了门。道斯戴!他站在那儿,我闭着眼睛就看见了他。不,我真的看见了他,我睁开了眼睛。门虚掩着,茜希也到了门外。他们在轻声低语。我孤独一人。若是我现在能动就好了。

哈,我能动,对,我能动。我活动一下手,我动动手指,我伸伸胳膊,我把眼睛睁得大大的。我看到了,我看见了。我的杯子在那儿。快,在他们重新回到房间之前,我拿到手。药粉的分量够吗?!我绝不可以再醒过来。在这个世界上我必须要做的,我已经做了。爸爸得救了,我再不能够在人们中间走动了。保尔从门缝往里看,他认为我还是昏迷不醒。他没有看到,我的胳膊几乎伸了出来。他们三个人又都站在门外边,杀人犯!——他们都是杀人犯。道斯戴、茜希,还有保尔,弗莱德也是一个杀人犯,妈妈是一个杀人犯。他们杀害了我,可装作什么也不知道。他们会说,她是自杀的。你们杀害了我,你们,你们所有的人,你们大家。我终于拿到杯子了吗?快,快!我必须拿到。一点儿也别洒出来。就这样。快。味道很好。喝下去,喝下去。这根本不是毒药。我还从来没喝到这么好喝的东西!晚安,我的杯子。哐啷一声!怎么回事?杯子掉在地上了,它在下面,晚安。——"埃尔瑟!埃尔瑟!"——你们要做什么?——"埃尔瑟!"——你们又回来了?早安。我昏迷不醒地躺在这儿,闭起双眼。你们再不会看到我的眼睛。——"她一定动弹过了,保尔,不然杯子怎么会掉到了地上?"——"一种无意识的动作,这是可能的。"——"若是她没有醒过来,那当然是的。"——"你想到哪儿去了,茜希。你倒看看她嘛。"——我喝了维洛那，我要死去。可是感觉跟刚才完全一样，也许是药量不够……保尔握住我的手。——"脉搏平稳。不要哭，茜希。可怜的孩子。"——"若是我在音乐室一丝不挂地站在那儿，你是不是也叫我是一个可怜的孩子？"——"别说话，茜希。"——"完全听你的好了，我的先生。也许我应当离开此地，留下你和裸体的小姐在一起。但是请你不要感到不自在。你就权当我不在好了。"——我喝了维洛那，这很好，我会死去。感谢上帝。——"再有，你知道我是怎么想的吗？这位冯·道斯戴先生爱上了这位裸体的小姐。他是那么激动，好像这件事与他本人有关似的。"——道斯戴，道斯戴！这是，是五万！他会把钱寄出吗？上帝啊，若是他不寄呢？我一定把这件事告诉他俩。他们必须向他施加压力。上帝啊，若是这一切都没用呢？现在他们还是能把我救过来的。保尔！茜希！为什么你们听不见我说话呢？你们不知道我死了吗？但是我什么也感觉不到，我只是疲倦，保尔。我的嘴唇张不开，我的舌头不能动，但是我还没有死，这是维洛那，你们在哪儿？我就要睡过去了。那时就太迟了！我根本听不见他们讲话，他们讲话，可我不知道讲的什么。你们的声音嗡嗡在响。救救我啊，保尔！我的舌头是那么重。——"我相信，茜希，她不久就会醒过来！好像她在费力地张开眼睛。但是茜希，你做什么？"——"喏，我拥抱你。为什么不呢？她也不会在意的。"——对，我是不会在意的。我一丝不挂地站在许多人面前。只要我能讲话，那你们就懂得为什么了——保尔！保尔！我要你听到我说话。我喝了维洛那，保尔，十包药粉，一百包。我不想这样做的，我疯了，我不想死。你应该救救我，保尔。你是医生啊，救救我！——"现在她好像又完全平静下来。脉搏——脉搏相当正常。"——救救我，保尔。我向你发誓，不要让我死去，现在还来得及，但是我会睡过去的，那你们就不会知道了。我不要死，救救我吧。这都是因为爸爸，道斯戴要我这样做，保尔！保尔！——"你看，茜希，你不觉得她在微笑吗？"——"保尔，你老是这样温柔地握住她的手，那她为什么不该微笑呢？"——茜希，茜希，我做了什么对不起你的事，你对我这样凶。抓紧你的保尔好了——但是不要让我死啊，我还这样年轻，妈妈会伤心的。我还要爬许多山，我还要跳舞，我也要结一次婚，我也要旅行。明天我们在西蒙纳山上聚会，明天是一个好日子，那个滑头也一道来，我谦卑地邀请他。跟上他，保尔，他走的是一条这样令人头晕目眩的路。他会碰上爸爸的。地址仍寄费阿拉，别忘了。只要五万，那一切就安然无事了。他们全都穿着囚服，唱着歌。开开门，斗牛士！这一切只是一个梦。弗莱德同一个嘶哑的小姐在那儿，钢琴就放在光天化日之下。钢琴调音师住在巴尔顿斯坦大街，妈妈！你为什么不给他写信，孩子？你把一切都忘掉了。您应当多练习音阶，埃尔瑟。一个十三岁的姑娘应当更勤奋些。——卢狄在化装舞会上，直到早晨八点才回到家里。你给我带回来了什么，爸爸？三万个木偶。我需要一座自己的房子，它们也能在庭院里散步，或者与卢狄一道去参加化装舞会。欢迎你，埃尔瑟。啊，贝尔塔，你又从拿波里回来了。对，从西西里，请允许我向你介绍我的丈夫，埃尔瑟。非常高兴，先生。——"埃尔瑟，你听到我说话了吗，埃尔瑟？我是保尔。"——哈哈，保尔。你为什么玩旋转木马时骑在长颈鹿上？——"埃尔瑟，埃尔瑟！"——你不要就这样离开我。若是你这样快穿过林荫大道，那你就听不到我的声音了。你应当救救我,我喝了维洛那,它已经到了大腿上,左边的,右边的,像蚂蚁一样。对,要抓住他,冯·道斯戴先生。他在那儿跑,难道你看不见他?他跳过池塘。他谋害爸爸,跟住他,我要一同去。他们把我背朝下捆在担架上,可我还是要去。我的乳房在颤抖。但是我要一同去。你在哪儿,保尔?弗莱德,你在哪儿?妈妈,你在哪儿?茜希呢?为什么你们要我独自一人穿越沙漠?我单独一个人感到害怕。我最好是飞。我知道了,我能飞。

"埃尔瑟!"……

"埃尔瑟!"……

你们在哪儿?我听到了,可我看不见。

"埃尔瑟!"……

"埃尔瑟!"……

"埃尔瑟!"……

这是什么?一支完整的合唱队?也有管风琴?我要一同唱。这是首什么歌?大家都唱起来。森林也在唱,还有群山和星星。我从没有听过这么美的歌。我还从没有看见这样明亮的夜。给我手,爸爸,我们一起飞。人若是能飞,那世界是多么美好,不要吻我的手,我是你的孩子呀,爸爸。

"埃尔瑟!埃尔瑟!"

他们从那么远喊我!你们要做什么?不要喊醒我,我睡得这么好。明天清晨。我做梦,我在飞。我飞……飞……飞……睡眠,做梦……飞……不要喊醒……明天清晨……

"埃尔……"

我飞……我做梦……我睡……我做……做梦……我飞……

死者无语

他无法再忍受安安静静地坐在车里了。他下车，来回踱步，天空昏黑。在这条偏僻寂静的马路上有几盏灯闪烁不定。雨已经停了，人行道上几乎是干的，但没有铺石头的车道上还湿漉漉的，个别地段积水成洼。

弗朗茨在想，这儿离普拉特大街不过百步远，竟然像是到了一个匈牙利小镇，这太奇怪了。尽管如此，至少这儿是安全的，她不会在这儿碰到那些可怕的熟人。

他看了看表……七点，已经是夜晚了。今年的秋天来得早，这该死的暴风雨。

他把衣领竖起，来回踱步，加快速度。路灯上的玻璃嘎嘎作响。"再等半个小时，"他自言自语，"然后我就能走了。啊——我要走了，这太过分了。"他在街角伫立，从这儿能望到两条大街，她定会从这两条路来。

对，她今天会来的，他在想。他把帽子压紧，怕被风吹跑。——星期五——教授会议——她能够离开，甚至可以较长时间不在家……他听到有轨马车的铃铛声，现在邻近的内波姆克教堂的钟声也响起来。大街变得富有生气，更多的人都从他身边走过：他觉得，这都是从七点钟打烊的商铺里出来的店员。每个人的脚步匆匆，顶着狂风，步履艰难，像是在进行一场斗争。没有人注意他，只有一两个女店员带着少许的好奇瞟上他一眼。突然间他看到一个熟悉的身影正急着朝他走来。他快步迎向她:没坐车?他在想。是她吗?

"你走着来的?"他说。

"我在卡尔剧院那儿就把车打发掉了,我发现这辆车我已经坐过一次了。"

一位年轻先生从他们身边走过,向她扫了一眼后却近似威胁般盯住她不放,这位先生疾步走了过去。她朝他望去。"他是谁?"她恐惧地发问。

"我不认识他。这儿没有熟人,你放心吧。我们快走吧,我们要上车。"

"这是你乘的车?"

"是啊。"

"一辆敞篷的?"

"一个小时前天气还是满好的。"

他们跑了过去,年轻的女人登上车。

"车夫。"年轻的男人喊了起来。

"他到哪儿去了?"年轻的女人在问。

弗朗茨向四下张望。"简直不敢相信,"他喊叫起来,"看不见那个家伙。"

"上帝啊!"她轻声地叫了一声。

"等一等,亲爱的,他肯定在这儿。"

年轻人把小酒馆的门打开,车夫与一两个人在一起,坐在一张桌子旁,现在他迅速地站了起来。

"马上就来,尊敬的先生。"他说,站在那里把他杯里的酒一饮而尽。

"您这是干的什么呀?"

"请原谅,高贵的先生,我已经回来了。"

他有些摇摇晃晃地走到马车前。"尊贵的先生,您是要去哪儿?"

"普拉特——怡心阁。"

年轻人上了车。年轻女人几乎蜷缩成一团,躲在撑开了雨篷的马车里的一个角落。

弗朗茨抓住了她的双手。她一动不动。——"你至少要对我说句晚安吧?"

"求你了,先让我安静一会儿,我还完全没喘过气来。"

年轻男人依在他的角落里。两个人沉默有顷。马车暂入普拉特大街,驶过了泰格特豪夫纪念碑,几秒钟之后就驶进宽阔的昏暗的普拉特林荫大道。现在年轻的女人爱玛突然用双臂抱住她的情人。他轻轻把他和她嘴唇隔开的面纱推到后面,开始吻她。

"我终于在你身旁了!"她说。

"你知道,我们有多长时间没有见面了?"

"从星期天。"

"对,那也只是从远处看到你。"

"怎么回事?你那天也在我们那儿。"

"呐,是啊……在你们那儿。啊,不能这样下去了。我再也不到你们那儿了。你怎么啦?"

"有一辆车从我们旁边驶过。"

"亲爱的,今天那些在普拉特公园兜风的人真的不会注意我们的。"

"求你了,我们到另外地方去。"

"随你好了。"

他喊了声车夫,可他好像没有听到。于是弗朗茨探出身来,用手碰了碰他。车夫转过头来。

"您该掉头了。您为什么这样鞭打马匹?我们并不是在赶路,听着!我们要去……您知道,林荫大街,去帝国大街的那条林荫大街。"

"到帝国大街?"

"对,但您不要这么急,这没有必要!"

"请原谅,尊敬的先生,风这么大,马都变得暴躁了。"

"啊,当然啰,是大风。"弗朗茨又坐了回去。

"为什么我昨天没有见到你?"

"我怎么可能呢?"

"我想,你也被邀请到我妹妹那儿去了。"

"啊,是这样啊。"

"你为什么没到那儿?"

"因为我不能忍受在其他人中间与你在一起。不,永远不。"她耸耸肩膀。

"我们到哪儿了?"

他们经过铁路大桥,驶过帝国大街。

"从这儿可到伟大的多瑙河了,"弗朗茨说,"我们在通向帝国大桥的路上。这儿没有熟人!"他嘲弄地加了一句。

"车摇晃得太厉害了。"

"是啊,我们又驶到铺石路上了。"

"车为什么走得弯来绕去?"

"这是你的感觉吧。"

但是他自己也发现,车把他们两人颠得摇来晃去,比通常要剧烈得多了。他不愿说出来,以免她变得更害怕了。

"爱玛,我今天有好多事情必须跟你认真地谈谈。"

"那你快点开始吧,我今天九点一定得回到家里。"

"两句话就能决定一切了。"

"上帝啊,是什么话呀?"……她叫了起来。马车陷入一条马车路轨里,当车夫要把车从中驶出来时,发生了一次急剧的转弯,他几乎从马车上摔下来。弗朗茨紧抓住车夫的大衣。"您停下车,"他朝他喊起来,"您一定是喝醉了。"

车夫费很大气力才使马车停下来。"但是,尊敬的先生……"

"爱玛,快,我们在这儿下车。"

"我们现在是在哪儿?"

"已到桥了。现在风也刮得不那么厉害了。我们走一小段路好了。在车行驶当儿没法好好讲话。"

爱玛扯下了面纱跟着他。

当她下车时,一阵狂风扑面而来,她叫了起来:"你说这风还不厉害?"

他捉住她的胳膊。朝车夫喊道:"跟在后面。"

他们慢步前行,在慢慢登上桥的这段时间,他们都没有说话。当他两人听到下面的河水淙淙流动时,他们停下脚步,待了一会儿。四周一片漆黑。宽阔的河流直延伸到模糊不定的天际,他们看到远处在水面上漂浮不定的红灯。从他们刚刚离开的河岸上,闪烁不定的光线映入水中。在彼岸,好像河流已消失在黑色的河谷低地。听到从远处传来的一个雷声,越来越近。两人不由自主地朝向红色灯光闪烁的地方望去。一列火车,车窗明亮,突然由黑暗中驶了出来。在桥拱中间飞驶而过,随即立刻沉入黑暗。雷声逐渐消失了,变得一片寂静,只有风阵阵突然袭来。

在长长的沉默之后,弗朗茨说:"我们该走了。"

"当然。"爱玛轻声地回答。

"我们该走了,"弗朗茨兴奋地说,"远走,我的意思是……"

"这不行。"

"因为我们太怯懦。爱玛,就是因此才不行的。"

"那我的孩子呢?"

"他会把孩子留给你的,我敢肯定。"

"怎样走?"她轻声问道,"在黑夜和雾霭中一走了之?"

"不,完全不是这样。你向他简单地说,你不能再长时间跟他一起生活了,因为你已经属于另外一个人,再不必做什么了。"

"弗朗茨,你是不是糊涂了?"

"如果你愿意的话,这样做你都不必了,我自己去告诉他。"

"弗朗茨,你不能这样做。"

他试图去看她的脸,但是在黑暗中除了注意到她抬起头,把脸转向他,就什么也观察不到。"

他沉默了一会儿,随后平静地说:"不要害怕,我不会去做的。"

他俩走近另一段河岸。

"你什么都没有听到吗?"她说,"那是什么?"

"是从那边来的。"他说。

从黑暗中它发出嘎嘎声,慢慢地走了过来。一小团微弱的红光跳动地迎向他们。很快他们看到了,那是来自一盏小马灯发出的亮光,它紧紧挂在一辆大型马车车辕上,但他们没法看清,马车是否载物或者乘人。紧跟在它的后面还有两辆同样的马车,在最后一辆车上他们见到一个身着农夫服装的男人,他正在抽烟斗。三辆马车都过去了。随后他们又什么都听不到了,除了身后离他们二十米远慢慢驶行的马车发出的沉闷辚辚声。现在桥朝向河的另一岸慢慢降低了坡度。他们看到,前面的大街在两边树木掩映中直没入一片黑暗。在他们左右是深深的河谷,望去犹如深渊。

长时间的沉默之后,弗朗茨突然说道:"这么说,这是最后一次……"

"什么?"爱玛在问,声音显得忧心忡忡。

"我们最后一次待在一起。留在他那儿吧,我对你说声永别了。"

"你这是说真的?"

"完全是真话。"

"你看,是你吧,总是在我们待在一起的一两个小时里,败坏我们的兴致,不是我!"

"是啊,是啊,你有理,"弗朗茨说,"走吧,我们回去。"

她把他的胳膊抓得更紧了。"不,"她柔情地说,"现在我不想回去。我不会让你就这么打发了事的。"

她把他拉低，长时间地吻他。"若是我们老是这样走下去，"她问道，"那我们会到哪儿？"

"亲爱的，这直通布拉格。"

"那不太远，"她莞尔一笑，"但可以更远一点，如果你愿意的话。"她指向黑暗的远处。

"嗨，车夫！"弗朗茨喊道。车夫没有听见。

弗朗茨叫了起来："您停下来！"

马车仍一直在走。弗朗茨从后面朝他喊去。现在他看见车夫在睡觉。弗朗茨大声叫喊把他唤醒。"我们还要乘一小段，上那条直马路，懂我的意思吗？"

"好的，高贵的先生……"

爱玛上车，弗朗茨随后上车。车夫挥动起鞭子。两匹马在松软的大街上迅急地飞奔起来。车把他们摇来晃去，两个人在车厢里紧紧拥抱在一起。

"这不也很美吗？"爱玛紧靠近他嘴边说道。

就在这一刹那，她感到好像马车突然飞向高空，自己被甩了出去，她要抓住点什么，可空无一物。她觉得她在用飞快的速度转着圆圈，她不得不闭上眼睛——陡然间她感到自己躺在地上，随之是一片巨大的沉重的寂静，好像她远离了整个世界，孑然一身。然后她听到纷纷扰扰的嘈杂声：在她紧跟前的马蹄敲打地面发出的声音，一丝轻弱的呻吟声。但她什么也看不清。现在一种巨大的恐惧攫住她，她叫喊起来。骤然间她一切都清楚了，知道发生了什么：马车碰上了某种东西，大概是一块里程碑，翻了车，他们被甩了出来。他在哪儿？这是她第一个想到的。她喊他的名字，她听到自己在喊叫，虽然声音不大，但她自己听得见。没有人回答。她试着抬起身来，成功地坐在地上。当她用双手四下摸索时，她感觉在她身边有一个人的身体。她也能透过昏暗看清了，弗朗茨就躺在她旁边，一动不动。她伸出手去摸他的脸，她感觉到他身上有些湿漉漉和温暖的东西在流淌。他没有呼吸。血……？发生了什么事？弗朗茨受伤，昏迷。车夫——他在哪儿？她喊起来，没有回应。她依然坐在地上。她在想，我没有出事，尽管她的四肢都疼痛难忍。我怎么办……这不可能，我怎么没有出事。"弗朗茨！"她喊叫起来。就在很近的地方有一个声音在回答："您在哪儿，尊敬的小姐，尊敬的先生在哪儿？没有发生什么吧？等等，小姐——我来把马灯点上，这样我们就能看到什么了。我不知道，这两匹马今天是怎么啦。不是我的过错，我以我的灵魂……该死的马，闯进了石头堆里。"

爱玛虽然四肢疼痛，她还是完全站了起来，看到车夫没有出事，她稍许安下心来。她听到，他拿出马灯的灯罩和划火柴的声音。她不敢再次去触动她身前的弗朗茨。她在想：若是没有人发现，那这一切就更可怕了。他肯定睁开了眼睛……不会发生什么事的。

从一侧亮起了一束灯光。她突然看见了马车，但令她惊讶的是它没有躺在地上，而只是斜倾在马路沟里，好像有一个车轮已经碎裂。两匹马非常安静地立在那里。灯光靠近了，她看到灯光慢慢划过一块里程碑，划过石头堆，直照到路沟。随后它扫到弗朗茨的双足，越过他的身体，照亮他的脸，并就停在那儿。车夫把灯放在地上，恰巧就放在弗朗茨的头部旁。爱玛双膝着地，当她看到他的脸时，她觉得好像她的心停止跳动。他的脸苍白，眼睛半睁，她只能看到眼白。从右边的额头上流出的血慢腾腾地淌到面颊，消失在颈部的衣领下面，牙齿咬紧下嘴唇。"怎么可能这样呢！"爱玛说道。

车夫也跪倒在地，他凝视这张脸。随后他用双手捧住他的头部，把它抬高，"您要做什么？"爱玛喊叫起来，声音窒息一般，这被抬高的头部像是自己立起来似的，令爱玛悚然一惊。

"尊敬的小姐，我觉得是发生了一场大的车祸。"

"这不是真的，"爱玛说，"不可能这样，您不是没事吗？我也……"

车夫重新慢慢地把一动不动的脑袋放到爱玛的怀里，她一阵颤抖。"若是有人来就好了……只要一刻钟后有一个农民来就好了……"

"我们该怎么办？"爱玛的嘴唇在抖动。

"是啊，若是车轮不碎裂就好了……可现在怎么把车立起来呢……我们得等有人来才行。"他还一直在说下去，爱玛根本就没听。就在他说话期间，她好像恢复了意识，她知道该做什么了。

"这儿离最近的房子有多远？"她问。

"不远，小姐，这跟前就是弗朗茨·约瑟夫镇……我们一定能看到房子，若是有亮的话，五分钟就能到那儿。"

"您去，我留在这儿，您带人来。"

"好的，小姐，我真的认为，我与您留在这儿更好——用不了太久就会有人来的，这毕竟是帝国公路呀，再说——"

"那就太迟了，那肯定太迟了。我们需要一个医生。"

车夫朝一动不动的那张脸望去，随后去观察爱玛，摇摇头。

"您不知道怎么办，"爱玛喊叫起来，"我也不知道。"

"是啊，小姐……可我在弗朗茨·约瑟夫镇到哪儿去找医生？"

"从那儿找人进城——"

"小姐，您说得对！我想或许那儿有一部电话。那我们就能给急救中心打电话了。"

"对，这更好了！您去吧，您跑着去，上帝啊！您带些人来……还有……求您了，您去啊，您还在干吗？"

车夫望了望躺在爱玛怀里的那张惨白的脸。"急救中心，医生，不会有多大用了。"

"您走啊！上帝啊！您走啊！"

"我走，我走——小姐，这么漆黑，可不要害怕。"他迅速跑过公路。"我受不了，我的灵魂，"他自己嘟囔道，"大半夜到公路上，这也是一个办法……"

爱玛与一动不动的弗朗茨待在黑暗的公路上。"现在怎么办？"她在想。这不可能啊。——她突然觉得，她听到他在呼吸。她朝苍白的嘴唇俯下身来。不对，没有一丝气息。额头和面颊上的血好像已经凝固了。她凝视着他的双眼，已经翻白的眼睛，她颤抖成一团。是啊，我为什么不相信呢——这是真的呀……这是死亡！她毛骨悚然。她感觉到了：一个死人。我和一个死人在一起，死人躺在我的怀里。她用颤抖的双手推开死者的脑袋，它又着地了。现在她第一次产生了一个可怕的弃他而去的念头。她为什么要把车夫打发走？这是一种愚蠢！她在公路独自与一个死人待在一起算什么呀？若是有人来……是啊，若是有人来，她该怎么办？她还得在这儿等上多久？她又朝死者望去。闪过一个念头，我不能单独与他待在一起。马灯在那儿。她觉得好像这盏灯是她必须要感谢的爱和友谊之物。这微弱的灯光里有比这围绕她的整个无垠的黑夜有更多的生命。是的，她几乎感觉到，这盏灯是对她的一种保护，用来防范躺在她身旁的那个苍白可怕的男人……她长时间凝视这盏马灯，直到她的双眼颤抖，直到灯光开始跳动。突然间她有了感觉，犹如从睡梦中醒来一样。她跳了起来！这不行，这不可能，不能让人发现我与这个人在一起……她觉得好像她看见自己现在站在公路上，在她的脚下是一个死人和一盏马灯。她看到自己，身躯出奇的巨大，直矗入黑暗之中。我在等什么，她在想，她的各式各样的念头在相互追逐……我在等什么？等人来？——他们需要我什么？那些人会来到这儿，会问……我……我在这儿做什么？所有人都会问，我是谁。我怎么回答他们？不回答。若是他们来了，我不会说一句的，我沉默？一句话不说……他们不能强迫我。

从远处传来了声音。

来了？她在想。她谛听，非常恐惧。声音是从桥那边传来的。那不可能是车夫找来的人。但他们是谁呢？不管怎样他们会看到马灯的，这不行，那他们就会发现的。

她一脚就把马灯踢翻。灯灭了，只有白色的石砾堆发出微光。声音越来越近了。她全身都颤抖起来。只要不发现这里就好。上帝啊，这才是唯一重大的事，没有比这至关紧要的了，如果有一个人知道她是这个人的情人，那她就完了……她痉挛地绞起双手。她祈求，在公路另一侧的那些人走过去，别看到她。她在谛听。那边有人……他们在谈什么？……是两个女人，或者是三个。她们注意到那辆车，因为她们在谈论它。她能分辨出来：一辆马车……翻车了……她们还说了什么？她听不明白了。她们继续前行……她们走过去了……上帝保佑！那现在，什么现在？噢，为什么她没有像他一样死去？他真令她羡慕，对他而言一切都过去了……他不再有任何危险任何恐惧了。可她面临的一切都使她惊恐万分。害怕有人在这儿发现她，她害怕有人会问她：她是谁？……她害怕被带到警察局，她害怕所有人都会知道，她害怕她的丈夫，她的孩子——

她不明白这么长时间站在这里不动像生根似的……她可以走掉，在这儿她对谁都没有用处，还会把自己带入一场灾难。她迈了一步……谨慎地……她得跨越过路沟……到那边去……又朝上走了一步——噢，这沟很浅啊！——再走上两步，她直走到公路中间……随后她静静地停了片刻。朝前面望去，能沿着这条灰蒙蒙的路直进入黑暗。那边——那边就是城市。她什么都看不见……但方向她是清楚的。她又一次转身……天已经不那么漆黑一团了。那辆马车她能看得很清楚；还有马匹……若是她用力去看的话，也能发现有一个人的轮廓躺在地上。她睁大了眼睛。她觉得好像有某种东西在扯着她后退……是死者，他要她留在这儿，她对他的力量感到恐惧……但是她强力使自己挣脱出来，现在她注意到了：地是潮湿的；她站在滑溜溜的公路上，她无法弄掉身上湿乎乎的泥土。但是还是走，快走……奔跑……离开这儿……回去……回到亮的地方，回到喧哗中，回到人群里！她沿着公路跑了起来，把裙子提得高高的，以免绊倒。风吹在她的后背，好像在推着她前进。她根本不知道，她为何而逃。觉得好像她必定是因为那个现已远在她身后躺在地上面色惨白的男人而逃跑的……随之她想起，她是要逃避开就要到这儿来找她的那些人。他们会怎么想？他们会不会赶上她？但是他们再也不能赶上她了，她马上就到大桥了，这距离够远的了，那时就没有危险了。没有人能知道她是谁，没有人能猜出与那个男人一道驶过大桥的女人是谁。车夫不认识她，即使他以后再见到她，他也不会认出她。也不会有人关心她是谁，与谁有关系？……她没有留在那儿，这是非常聪明的，这也不是可鄙的事情。即使弗朗茨本人也会认为她这样做是对的。她必须回家，她有一个孩子，她有丈夫，若是有人发现她留在她死去的情人那里，那她就毁了。这是大桥。公路显得更亮了……她听到先前河水的潺潺流动声。她与他挽着胳膊在这儿走过——什么时候——什么时候呢？在几小时之前？不会是很长时间。不长？也许很长！也许她早就糊涂了，也许早已是午夜时分了，也许快临近清晨了，家里已经发现她不在了。不，不，这不可能，她知道她根本就没有糊涂。她现在清楚地想起来了，比最初一瞬间都更清楚，她是怎么从马车里被甩出来并且立即对发生的一切都明白了。她跑过桥去，听到她的脚步发出的回声。她不左顾右盼，现在她看到一个身影迎面朝她走来。她放慢了脚步。迎面向她走来的会是谁呢？是一个穿制服的人。她放慢了脚步。她不能惹人注意。她相信她看到这个人在用目光紧紧盯住她不放。若是他问她呢？她走在他身旁，认出那是治安警察制服。她从他身边走了过去。她听到，他在她身后面停下了脚步。她竭力控制住自己，不要跑起来，那样就可疑了。她依然还是像先前走得那样慢腾腾的。她听到有轨马车的铃声。现在还不到午夜时分。现在她走得又快了起来，朝向城市疾行。她看到城市的灯光发亮，传来了城市低沉的嘈杂声。还有一段是寂静的公路，随后就是解脱。现在她听到远处响起的尖厉的汽笛声，越来越尖厉，越来越近，一辆汽车从她身边呼啸而过。她身不由己地停下脚步，目送它驶去；这是一辆急救中心的汽车。她知道它要驶向何处。这么快！她在想……像是变魔术。有那么一瞬间她觉得她必须喊住车上那些人，她必须与他们一道去。她必须重新回到她刚刚离开的那个地方——有那么一瞬间，一种巨大的、她从来没有感觉到的羞耻感紧紧攫住她；她知道，她懦弱，她卑劣。但是当她听到车轮声和汽笛声越来越远消失而去时，一阵狂喜主宰了她。她像一个得救者一样向前奔跑。有人迎向她走来，但她不再惧怕他们——最严重的都已克服。城市的嘈杂声变得清晰起来，她面前变得越来越明亮；她已经看到普拉特大街上鳞次栉比的房屋，她觉得一股人的潮水在那儿等待她，在这股潮水中她会消逝得无影无踪。她现在走到一盏路灯下面，静下心来，看了看她的手表。八点五十分。她把表靠近耳朵——表没有停。她在想：我活了下来，健康……甚至我的表都没有停……他……他……他……死了……命运……她觉得，她的一切都得到了原谅……她没有任何过错。她听到她大声把这句话说了出来。如果命运做了另外一种安排呢？如果她现在躺在那儿的沟里，而他活了下来呢？他不会逃的，不……他不会。是呀，他是一个男人。她是一个女人——她有一个孩子和一个丈夫。——她有权利——这是她的义务——是的，是她的义务。她知道的很清楚，她没有履行义务的情感……但是她有理由这样做。身不由己……好人总是这样的。现在她若是被发现了，现在医生会问她。她的丈夫，尊敬的夫人？噢，上帝！……明天的报纸——家庭——那她就永远地毁了，可那也不能使他死而复生。是的,这是首要的;她不能毫无意义地毁掉自己。——她来到了桥下。——继续下去……继续下去……这儿是泰格特霍夫石柱,这儿是交通要道。今天,在风雨交加的秋日傍晚广场上人数寥寥。但她觉得城市的喧嚣生活强有力地在包围她,因为她离开的那个地方是一片可怕的静寂。她有时间。她知道她的丈夫今天十点钟才会回家,她甚至来得及换上衣服。现在她想到看看她的衣服,她惊愕地发现,衣服太脏太脏了。女仆会说什么呢?一个念头在她脑海里翻来覆去:明天在所有报纸上都会登出这桩不幸车祸的消息,也会谈到车上同行的一个女人,可随后就再也找不到她了。人们到处都能读到这篇新闻,一想及此她又重新不安起来;一个疏忽,她所有的怯懦都徒劳无功。但是她身上带有住房的钥匙,她能自己打开,她不让人听到她。她迅速登上一辆出租马车。她想把地址告诉车夫,可她想到,这或许太不明智,于是她把随意想到的一个街名告诉他。在穿过普拉特大街时,她很想感受一下眼前所见的随便哪一种景物,但她不能。她感到她只有一个愿望:回家,安全。其他一切对她都无所谓。在她做出决定,把死者留下的那一刻起,凡是要为他悲痛和哀伤的一切都必须沉默。除了关怀自己,她现在别无所想。她已没有良心可言……噢,不!……她知道得很清楚,她被怀疑的那一天终将到来;或许她会彻底完蛋。但现在她毫发未损,她现在渴望的是,与她的丈夫和她的孩子在家两眼无神、平静地坐在同一张餐桌上。她朝窗外望去。马车已穿越内城,这儿灯火通明。人群行色匆匆从她的身旁走过。她突然觉得,在最近几个小时她所经历的一切都不是真的,是一场噩梦……把不可思议的当作真实,当作不可逆转的。越过环形大道,她在一条小巷里叫车停下,下了车,快速地踅入街角,从这儿再登上另一辆马车,把她的准确地址告诉车夫。她觉察到自己再没有力气进行思考了。他现在在何处,这让她六神无主。她闭上双眼,她看到他躺在她面前的一副担架上,在急救车里——突然间她觉得她就坐在他身边,与他同行。车开始摇晃起来,她害怕自己被甩出来,就像那当时的情景一样,她叫了起来,马车停下来。她突然一惊,她已经到了门口。她迅速下车,疾步穿过过道,步履轻轻,使玻璃窗后的门房根本看不见她,她登上楼梯,轻轻地打开门,免得被人听见……穿过客厅,进入自己的房间……一切顺利!她打开灯,迅速地脱下衣服,藏进衣柜里。过一夜衣服就会干的,明天她要自己来洗净熨干。随后她洗了洗脸和双手,披上一件睡袍。

现在外面铃声响了起来。她听到女仆走向房门并打开了门。她听到她丈夫的声音;她听到他放手杖的声音。她感到她现在必须振作起来,否则此前所做的一切都是枉费心机。她快步走向餐室,与她的丈夫在同一时间跨入。

"你已经在家了?"他说。

"当然,"她回答,"早就在家了。"

"没有人看见你回来。"她微微一笑,一点没有做作的样子。她不得不笑,这使她感到疲惫。他吻了吻她的前额。

小男孩早就坐在桌旁了;他等的时间太长,都睡了过去。他把他的书放在盘子里,他的脸俯在打开的书上。她坐在孩子的身边,丈夫坐在对面,他拿起一份报纸,飞快地扫了一眼。随后他放下报纸说道:"其他人还坐在一起,继续商谈。"

"商谈什么?"她总问。

他开始讲今天的会议,讲的很长,讲了很多。爱玛装出倾听的样子,不时点点头。

但是她什么都没有听进去,她不知道他说什么,她此时的心境,就像一个以奇怪的方式逃躲厄运的人一样……她除了得救了,回家了,除此之外什么都感觉不到。在丈夫仍滔滔不绝地讲述时,她把她的椅子拉近她的孩子,把他的头搂到自己的胸部。一种不可言喻的疲惫战胜了她,她无法控制自己,她感到睡意已主宰了自己;她闭上了双眼。

突然想到了这样一种概率的存在,这是自她从路沟里爬出来的那一刻没有想到的。若是他没有死呢!如果他……啊,不,不可能去怀疑……那双眼睛……那张嘴——还有……他的嘴唇没有一丝气息。——但还有一种假死啊,火眼金睛也有错的时候,而她的眼睛肯定不是火眼金睛。如果他活着,如果他重新恢复了意识,如果突然间午夜时分他孤零零一个人在公路上被人发现……如果他喊起来……喊起她的名字……如果他到最后害怕她受伤……如果他对医生说,这儿有一个女人,她一定被甩到更远的地方了,还有……还有……那能怎么办?人们会去找她。车夫会从弗朗茨·约瑟夫镇带人返回来……他会说……我走的时候是有一个女人留在这儿——弗朗茨会猜到的。弗朗茨会知道的……他对她很了解……他知道,她跑掉了,他会感到怒火中烧,他会说出她的名字为自己复仇。因为他已经完了……她把他孤零零一个人留在那儿,这使他极度吃惊,他会无所顾忌地说出:这个女人叫爱玛,我的情人……胆小而又愚蠢,这不是真的,我的医生先生们,若是有人请求你们保密的话,你们肯定不会问及她的名字。你们让她安心地走掉好了,我也会这样,噢,是的——若是她留在这儿,直到你们来,那就好了。但是她的良心这样坏,我告诉你们,她是谁……她是……啊!

"你怎么了?"教授非常严肃地问,他站了起来。

"怎么……什么怎么啦?"

"对,你是怎么啦?"

"没什么。"她把孩子抱得越发紧了。

教授长时间望着她。"你知道吧,你已经睡着了,并且——"

"并且什么?"

"你突然叫了起来。"

"……是吗?"

"一做噩梦,就会这样叫起来的。你做梦了吧?"

"我不知道,我什么都不知道。"

她看到对面墙镜子里的一张脸,它在微笑,残忍并带着扭曲的表情。她知道,这是她自己的那张脸,可它令她骇然……她注意到,这张脸很僵硬,她的嘴不能动弹,她知道:只要她活着,这种微笑就会挂在她的嘴唇四周。她试图喊叫起来。这时她觉得有一双手搂在她的肩膀上,她看到,她丈夫的脸怎么挤进她自己的脸和她镜中之脸的中间;他的眼睛疑惑而又咄咄逼人地直视她的眼睛。她知道:如果她没有通过这最后一次考验,那一切就完了。她感觉到她又变得强大了,她能控制住她的表情,她的四肢;在这一瞬间她能随心所欲地要它们怎样就怎样。但是她必须利用他,否则就会错失机会,于是她用她的双手抓住丈夫还停留在她肩膀上的双手,把他拉向自己,含情脉脉地看他。

当她感觉到丈夫的嘴唇印到她额头上时,她在想:当然了……

一个噩梦。她不会告诉任何人,他永远不会报复的,永远不……他死了,他肯定死了……死者无语。

"你为什么说这样的话?"她突然听到丈夫的声音。她大惊失色。"我说什么了?"她好像突然间把一切都大声说了出来……好像她在餐桌上把今晚的事情全盘托了出来……在他可怖的目光的逼视下她崩溃了,这期间她又问了一次:"我究竟说了什么?"

"死者无语。"她丈夫慢慢地重复了一句。

"是啊……"她说,"是啊……"

她在他的目光中读出,她再不能对他隐瞒什么了,两人面面相觑。"把孩子放到床上去,"他对她说,"我相信你一定有话要对我说……"

"是的。"她说。

她知道,在随后的时刻里,她要把整个真相告诉这个男人,几年来她一直在欺骗他。

在她带着孩子慢慢腾腾走到屋门的这段时间,她感觉到丈夫一直在盯着她。她完全平静下来,似乎一切都会好起来的……

鳏夫

他还不完全明白,事情竟来得这样快。

她在别墅里病了两天,那是夏天的两个非常美好的日子,卧室的窗户一直敞开着,能看到繁花似锦的花园。可在第二天晚上她就死了,几乎是猝然死去,人们都无法理解。——今天把她运了出去,沿着一条缓缓上升的大路直到达终点,那儿是由低矮白墙围起来的一座小公墓,她就安息在那里。他现在坐在阳台上的扶手椅里,就能看到它。

已经是晚上时分了,太阳西沉,这条公路陷入一片黑暗之中。几个小时之前,黑色灵车就是顺着这条路缓缓而行到达公墓的,白色的墓墙不再闪闪发亮了。

人们把他一个人留了下来;这是他请求的。来悼念的客人都返回城里,双亲按照他的希望也把孩子带走了,这头几天他想一个人待在这儿。花园也是一片静寂,只是不时听到从下面传来的耳语声,那是仆人站在阳台下面轻声地在交谈。他现在疲惫不堪,他从来都没有这样过,他的眼睑一再地拉下来——他闭上双眼,又看到了夏日午后炎热的那条公路,看到了缓缓滚动上行的灵车,看到了簇拥在身边的来吊唁的客人——甚至他的耳鼓里又响起了声音。

几乎所有那些在夏天没有远离此地的人都来了,他们对年轻女人的早逝和猝死十分动情，都用慰藉的温和言辞向他表达了哀悼之意。有些人甚至是来自偏僻的地方，这是他根本就没有想到的；有些他几乎说不出名字的人，也与他握手表示同情。只有他十分渴望前来的一个最亲爱的朋友没有到场。显然这位朋友远离此地，去了北海的一个浴场，他收到死讯时肯定业已太迟了，无法及时动身。他明天才会到达。

理查德又睁开了双眼。那条大路在夜幕中一片漆黑，只有白色的围墙还从黑暗中闪出微光，这使他感到悚然。他站起来，离开了阳台，进入局狭的房间。他的妻子就曾在这里呀。他没有想到他是怎样迅急地踏入房间的，他也不能在昏暗中辨清任何东西，只有一般熟稔的香味扑面而来。他点燃书桌上蓝色的蜡烛，环顾亮光中的整个房间，感受到亲切的气息。触景伤情，他扑倒在沙发上，哭了起来。

他长时间哭个不止，流下狂暴和不由自主的泪水，当他重新立起身时，脑袋沉重而木然。他眼前直冒金星，书桌上的蜡烛昏暗无光。他要更亮一些，他拭干了眼睛上的泪水，把靠近钢琴旁一根小型立柱上的枝形烛台上的七支蜡烛都点燃了。现在烛光照亮了整个房间，所有的角落，墙纸上柔和的金色衬底熠熠发光。这情景像某些傍晚一样：当他进入房间时，发现她在翻阅一本书或在看信件。随即她望向他，朝他露出微笑，等待他的亲吻。——现在他周围一切所呈现出的冷漠淡然使他痛苦，它们不知道，它们现在已变成为某种悲哀和不祥的东西了。他还从没有像在这一瞬间如此深切地感觉到，他竟变得如此的孤独；他还从没有像在这一瞬间如此强烈地感觉到，他竟这样思念他的朋友。他在想象，这位朋友不久就要到来，会向他说些亲切的话，因为他感觉到，命运对他也还留下一些能称之为是慰藉的东西。他终归是会来的！……他一定会来的，明天早上就到。他也一定长时间留在他这里；会好几个星期，除非不得已，他不会丢下他的。他们两人会像从前一样，经常在花园里散步，谈论有关日常生活中遭遇到的既深奥又奇怪的话题。晚间他们会像从前一样坐在阳台上，在静谧和广漠的昏黑夜空下，也像从前经常那样一直聊到深夜。她是一个生性活泼和好动的人，每当她对他们的严肃交谈感到稍许乏味时，便微笑地道声晚安，早早回到自己的房间。这些谈话经常把他从日常生活的忧虑和琐事中解脱出来——可现在这类忧虑和琐事变得越来越多，现在它们成为救他的一种善举了。理查德还一直在房间里踱来踱去，直到他自己脚步的单调开始使他感到烦恼才作罢。他坐在上面放有蓝色蜡烛的小书桌前，用一种好奇的方式观察摆放在他面前可爱的小巧玲珑的物件。他确实从来没有细心注意过它们，总只是囫囵地一扫而过。象牙制的水笔，扁扁的裁纸刀，长长的玛瑙图章，金色的小钥匙链；他依次拿在手里，摆弄来摆弄去，又细心地重新把它们放归原处，好像它们都是宝贵的易碎物件似的。随后他打开中间的抽屉，看到在一个打开的纸盒里放有她用来写信的暗灰色信纸，印有她名字第一个字母绘成图案的小型信封，写有她名字的长方形的名片。随之他机械地触摸到旁边上了锁的小抽屉。开始时他并没有注意已上了锁，只是毫无意识地一再抽动。可这种无意识的拉扯却慢慢地使他觉醒过来，他设法把它打开，于是把放在书桌上的小钥匙拿到手里。他试用的第一把正合适，抽屉打开了。他看到一束用蓝色丝带细心包扎起来的信件，这是他自己给她写的那些信。他立即又认出了最上面的一封信还是他在订婚期间写给她的第一封信。看到温柔的称谓和再度使这个荒芜的房间变成一种虚幻生活的言辞时,他沉重地喘了口气,随后轻声地自言自语,总是一再地重复同样的话:一种错乱的可怕的生活,不……不……不……

他解开了丝带,信从手指间滑了下去。只言片语在他面前匆匆飞过,他几乎没有勇气完整地读完一封信。只有最后的那封信,里面只写有短短的几句话:他晚上很晚才能从城里回来,再次见到那张可爱的甜蜜的脸儿他有说不出来的高兴。他读得十分细心,一个字一个字。这使他感到奇怪,他觉得这些词句仿佛是他多年前写的——不是在一个星期之前,这确实是不久前的事情。

他把抽屉断续朝外拉了出来,想看看他是不是还能找到什么。

还有几小捆信,都用蓝色的丝带捆绑起来,他悲哀地不由自主地微微一笑。这都是她生活在巴黎的姐姐的来信——他总是立即与她一起读这些信的;还有她母亲写来的一些信,字体都是独特的男人风格,这经常令他感到奇怪。也有一些信,字体都是他不能立即能认识的;他解开丝带,看看落款——它们都是她的一个女友写来的,她今天也到场了,面容憔悴,哭得十分伤心。——在这些书信后面有一束信,他把它拿了出来,像其他的书信一样,观察了一番。一种什么样的字体?一种他不熟悉的——不,不是不熟悉的……这是雨果的字。在蓝色的丝带被扯下之前,理查德读到的第一个字母就令他目瞪口呆……他睁大了眼睛环顾四周,看看房间里的一切是不是还像过去一样,随之他望向天花板,然后又望向这封信,它沉默地摆在他面前,可紧跟着它就告诉他,这第一个字母意味着什么了……他要把丝带解开——可是他感到力不从心,他的双手在颤抖,终归他用力地把它撕成两半,随后他站了起来。他把这一小摞信捧在手上,走到钢琴那儿,枝形烛台上七支蜡烛的灯光照在黑得发亮的琴盖上。他的双手支撑在钢琴上,他读这些信,一封接着一封,贪婪地,就像他是第一个读到似的,这都是用花体字母写成的一些短信。他都读完了,最后一封是从北海的那个地方寄来的——就是一两天之前。他把它抛到其余的信那儿,并在中间翻找,好像他还要找出点什么,能在这些信中间飞舞出他还没有发现的东西,某种能毁灭掉所有这些信件内容的东西,能突然使他感觉到真相原来是谬误的东西……他的双手终于停下来时,他觉得像是在一种巨大的喧嚣之后一下子就变得鸦雀无声了……所有的这些声音都留在记忆里:如摆放在书桌上精巧的物件的响声……如抽屉的嘎嘎声……如锁的开启声……如纸张的窸窣声……他匆忙的脚步声……他的急促的喘息——可现在在房间里再没有一点声息了。他只是惊奇,他一下子就全然明白了,尽管他从没有想到过。他宁愿就像对死亡一样,对这件事一无所知。他渴望这种不可理解之事会带给他炙热的揪心之痛,他确实有着一种极为清晰的感受,这种感受好像涌向他的全部感官,使他用比从前更为犀利的视力去观察房间中的物件,去谛听他周围的缄默。他慢慢地走向沙发,坐了下来,陷入沉思……

每天都发生的事情,又一次发生了,他成了某些人嘲笑的那些人中的一个了。他肯定也会——明天或者在几个小时之内——感受到所有那种可怕的东西,这是每个人在这样一些情况下所不得不感受的……他预感到,那种难以名状的愤怒如何主宰他,这个女人过早地死去,他无法进行复仇了;当另一个人返回来时,他会用双手把那人像狗一样打翻在地。啊，他多么渴望这种狂暴但忠诚的感情——他会比现在更为快意，因为他的思想迟钝而沉重地在他的灵魂中蹒跚而行……

现在他只知道，他突然间失去了一切，他的生活必须完全从头开始，就像一个孩子那样，因为他不再需要他的那些记忆了。他首先要做的就是撕下她愚弄他的假面具。他什么也没有看到，根本就没看到什么，他信任过，他信赖过，可他最好的朋友像在喜剧中那样欺骗了他……如果有这样的人，根本不应当是他！他知道了，是他，是他自己发现的，这使他热血沸腾，几乎涌进他的灵魂之中，他觉得他能够宽恕在转瞬之间就把一切忘掉的死者，宽恕与她有暧昧关系的某个他不认识的人，宽恕对他而言是无足轻重的某一个与她不清不白的人——只是他不能宽恕这个人，这个人不像其他人，他把他视为知己，他与他的联系之深胜于他与自己妻子的程度——她从没有跟随他在他精神的昏暗小径同行，她给予他快乐和欣喜，但从没有给予过他理解上的深深的愉悦。他并不总是知道，女人都是空虚和说谎的生物，难道他从没有意识到，他的女人和其他女人一样，空虚，说谎，用快乐就能引诱吗？难道他从来就没有想到，他的朋友在女人面前，不管向来是多么高尚，也是一个和其他男人一样的男人，会屈服于转瞬间的快感？这些炽情如火而战栗不安的信中的某些羞怯言辞不是暴露了吗？他的开头是在克制自己，力图挣脱开来，而最终却拜倒在这个女人的裙下并忍受下来了吗？……他几乎感到一种不祥，他怎么对这一切知道得如此清楚，就像有一个陌生人站在这里向他讲这件事似的。他多么想大发雷霆，可是他不能。他十分理解这种事，就像事情发生在别人身上时他总是给予理解那样。他现在想到，他的妻子就躺在外边静寂的公墓里，他也知道了，他从来就不会恨她，他全部的幼稚的愤怒，甚至都能飞上白色的围墙，可也会在坟墓上翅膀瘫痪地垂倒下来。他认识到，有些被看作蹩脚的废话的言辞，在一种格外显眼的瞬间里却有着它永恒的真理，因为一句他从前听起来是空话的深刻话语，突然间升上他的脑际：死亡化解一切。他知道，如果他现在突然面对那个人时，他不会用激烈而狠毒的言辞责备他，这些话他觉得面对死亡的尊严就像尘世间卑微的可笑的装腔作势罢了——不，他会平静地对他说：走吧，我并不恨你。

他看得很清楚，他不能恨他。他能十分透彻地观察另一个灵魂，这几乎令他感到陌生。好像这根本不再是他自己所经受的——他觉得这件事恰恰是他遇到的一种偶然的麻烦而已。只是有一点他不明白：他不能总是，不能从一开始就领悟，就理解这件事。这一切都是如此的简单，如此的不言而喻，就如成千上万其他的事情一样，都出于同样的缘由。他忆起他的妻子，如他在头一两年对他的婚姻所认识到的那样，这个柔情，却又野性的女人，对他来说，她那时更像是一个情人而不是妻子。难道他真的相信，这个娇媚和充满欲求的女人会因为他对婚姻表现出乏味的疲惫而变成另一个女人吗？难道他认为爱的火焰因为他不再渴望就熄灭了吗？恰恰是那个人成了她喜欢的人，这有什么奇怪吗？每当他面对他更为年轻的朋友，他常常觉得此人虽已三十岁了，但依然在容貌和声音上保持着清新和柔和。他常常因此而感到：这个人必定讨女人们喜欢……他也想起来，恰恰是去年那个时候，事情就不再像往常那样，雨果来访的次数少得多了……而他这个真正的丈夫却在那时对他说：为什么你不再经常来我们这里了？他甚至有时去办公室接雨果，把他带到了乡下，而当雨果要离开时，他甚至用亲热的责备的言辞挽留。他从没有注意到什么，他从没有一丁点猜想过这种事。难道他没有看到过他们两人的目光湿润而热烈地相遇吗？他俩彼此交谈时，难道他不是听过他们的声音的颤动吗？当他们前去花园林荫道散步时，难道他不知道有时笼罩他们畏怯的沉默意味着什么吗？难道他没有发现，雨果经常是心不在焉，情绪不定和黯然神伤吗？——难道从去年的那些个星期天以来，事情就开始了吗？是的，他已经注意到了，并且有时也想到了：这都是折磨他的女人的故事——如果他能与他的朋友进行严肃的谈话，超脱这些琐碎的小事的话，那他会高兴的……可现在，他让整整一年就这样在身边匆匆而过，难道他一次也没有注意到，朋友从前的开朗活泼再也不会完整无损地再现了，他只能慢慢地习惯了，就像习惯慢慢到来的和再也不会消逝而去的一切吗？

一种稀有的情感在他的灵魂涌现，他在开始时几乎都不敢去理解它，这是一种深深的怜悯，一种对这个男人的巨大同情；一种可悲的情欲就像一种命运把他击垮了。朋友在这个时刻也许，不，肯定比他更为痛苦；一个他爱过的女人死了，而他还要面对一个他欺骗了的朋友。

他不能恨他，因为他依旧喜欢他。他知道，如果她还活着，那就另当别论了。这过错也许就是由于她的存在和微笑造成的某种看来是重要的假象。但现在这种无情的结局吞噬了在那场可悲的冒险中表现出的至关重要的一切。

一种轻微的震动波及沉寂的房间……楼梯上的脚步声……他屏

住气息谛听,他听到自己脉搏的跳动。

外面的门打开了。

这一瞬间好像他在灵魂中建造起来的一切都又坍塌下来;但随即一切又都牢固地树立起来。——他知道,当雨果走进门来时,会告诉他什么:我都明白了——留下来吧!

门外响起了声音,是他的朋友的声音。

突然间他脑子里闪出一个念头,现在就要进门的这个男人对事情一无所知,这个人首先必须自己本人告诉他这件事……

他想从沙发上立起身来,把门锁上——因为他感觉到,他一个字也说不出来。甚至连动一下都不能,他像僵化了似的。他今天什么都不会告诉他,一个字都不会,明天才……明天……

外边有人悄悄在问。理查德听懂了轻声的问话:"他单独一个人?"

他今天什么都不会说,一个字都不会,明天才——或者更晚些……

房门开了,朋友站在那儿,他面色十分苍白,在那儿站了稍顷,好像他必须集聚力量,随之他冲向理查德,靠着他坐到沙发上,拿起他的双手,紧紧握住不放——他要说话,可是他说不出话来。

理查德呆滞地望着他,松开他的双手。他们就这样沉默地坐了一段时间。

我可怜的朋友,雨果终于开口了。

理查德只是点了点头,他不能说话。如果有一句话要脱口而出的话,那他只能对他说:我已经知道了……

一两秒钟之后，雨果又重新开口了：我今天原想早一些到，可直到晚上回家时才发现你的电报。

我想到是这样的，理查德回答说，他自己都感到惊奇，他说话声音那么大，又那么平静。他死死地盯住那个人的眼睛……突然他想到，那些信就放在钢琴上面。雨果只要站起来走一两步——就能看见它们……那一切就都昭然若揭了。理查德不由自主地抓住朋友的双手——这是不行的，发现这些信，那发抖的是他。

雨果又开始说话了。话说得轻柔，温和，避免在言辞之中提到死者的名字，他问及她的疾病，问到她死亡时的情形。理查德一一做了回答，开头时他奇怪他居然能够回答；他找到令人生厌和司空见惯的字眼用来说明最后几天的悲哀情形。他时而用眼光扫过朋友的面庞；此人面色苍白，在倾听，嘴唇在发抖。

当理查德停下来时，他的朋友摇头不已，好像他不理解，怎么发生了这种不可能发生的事情。随后他说：我觉得这太可怕了，我今天没能与你待在一起。这就像是一种灾难。

理查德疑惑地望着他。

恰恰是在那一天……在同一个时刻我们在海上。

是啊，是啊……

没有任何预感！我们驾驶帆船，风很好，我们是那样的快乐……太可怕了，太可怕了。

理查德沉默不语。

但你现在不会留在这里吧，是吗？

理查德望着他。为什么？

不，不，你不可以这样。

我该到哪儿去？……我想，你现在要跟我在一起吧？……一种恐惧袭来，理查德怕雨果对发生的事情一无所知就又走掉了。

不，朋友回答说，我带着你，你要与我一起离开。

我与你？

对……他说这话时面带一种温和的微笑。

你要到哪儿去？

回去！……

重新回到北海？

对，与你一起。这对你有益。我根本不能留你在这儿，不！……他把理查德拽向自己，像是要进行一次拥抱……你必须到我们那儿！……

到我们那儿？

对。

"到我们那儿"是什么意思？难道你不是一个人？

雨果窘迫地微笑了：我当然是一个人……

你说是"我们"……

雨果迟疑了片刻。我本不打算现在就通知你的，他说。

什么呢？

生活是如此的奇怪……我已经订婚了……

理查德发愣地凝望他……

这次我才说"到我们那儿"……正是因此我也要再次回到北海，你应当与我一道同行。——是吧？他用明亮的双眼望着理查德的面庞。

理查德微笑。北海的气候危险啊。

为什么？

风太疾了，风太疾了！……他摇头。

不，我亲爱的，另一个人回答，风不疾，那原本就是一个陈旧的故事了。

理查德依旧还一直微笑。什么？……一个陈旧的故事？

对。

你很早就认识你的未婚妻了？

是的，从这个冬天。

你爱她？

从我认识她起，雨果回答，直视着面前，好像美好的回忆又涌上心头。

理查德蓦地站了起来，动作是那样地迅猛有力，这使雨果为之一惊，朝他张望起来。这时他看到，两只大而陌生的眼睛凝视着他，看到一张他几乎认不出来的苍白抽搐的面孔。当雨果畏葸地站起来时，他听到从牙齿中挤出来的一种陌生的疏远的短促的声音："我知道了。"他感觉到自己的两手被抓住，被拽往钢琴那里，这都使台柱上的枝形灯抖动起来。随后理查德松开他的胳膊，把双手插进黑色琴盖上的那堆书信中间，搅动起来，让它们四下飞舞……

流氓！他喊叫起来，把一叠信掷到他的面上。

另一个男人

——摘自一个死者家属的日记

孤独！完全孤独……

我坐在我的写字台前，灯在发亮……通向她的房间的门敞了开来，我抬起我的目光，它陷入到那间漆黑的房间里。路对面众多房舍的灯光闪烁着投射到我的玻璃窗上……这多么新奇，多么残忍……过去，每当傍晚时分，她总是把我工作室的窗帷放下来。大街上的喧哗，对面的灯光都不会来干扰我们……

几个小时过去了。我在我的房间里，也到她的房间踱步。我躺在她的沙发上，长时间地躺在那里，凝视着窗外那个多余的世界……我坐在她的写字台前，拿起蘸水笔杆，上面还溢出她的手指的芳香……我站在已熄灭了的壁炉前，用炉叉去搅动炉中的灰烬……飞溅的纸头和煤块发出咝咝嘎嘎的声音。

每日清晨我都去墓地转逛……今年晚秋的太阳冷漠而又放肆，每当我把目光投向远处的白色围墙时，我的眼睛便灼痛起来。我穿越一排排坟墓，观察那些来到此地的人们，他们在祈祷，在哭泣。我开始熟悉了一些个别的人，他们那种一再出现的典型的举止特别令我感动……那个跪倒在教堂近处十字架前啜泣的少女，总是同样的啜泣声，放在潮湿地上的总是同样的紫罗兰花，每当她立起身时，脸上总是露出坚定的表情，匆匆离去……她为一个年轻人而哭泣；他在二十四岁时就离开了世界，可以肯定，她是他的未婚妻……一个念头总是攫住我不放：是啊，她怎么能重新站起来，她离去时所得到的安慰的目光从何而来？……我真想追上她说：傻姑娘，根本没有安慰可言！……我每天到这儿来，我到底要寻找什么？……那些人有时令我感到气恼，他们的帽子上缠着黑纱，戴着深色的手套……而我大概看起来也同其他的人一样，面色苍白，哭泣不止……噢，我已经知道了……我是在忌妒这些人的痛苦。在这儿我感到，我遇到的应当是庄严和迷人的东西。每当我陶醉于某些重大的事情时，我不能忍受其他人脸上带有兴奋的表情……我忌妒地观察我身旁的一个男人，他似乎与我怀有一种同样的敬畏……在我心中对这些逡行在坟墓中间怀着同样不可名状的、永恒的痛苦的人产生了某种敌意……啊，这是可悲的。他们都怀有同样的感受，随之日复一日流逝而去……新奇的念头，鲜活的希望……春天归终还是假惺惺而又轻柔地到来。春风扑面，春意逼人，春花香馥……女人在欢笑，我们又成为被愚弄的傻瓜，我们又被骗去了巨大和永久的痛苦……

我多半站在她安息之地几步远的地方……当墓碑立起来之后，我就能倚靠在冷冰冰的石阶上。低下头来，双膝跪倒；现在我自己不敢跪倒在泥地上。我怕把下面的尘土搅动起来，听到她敲击棺材的声音，这种想法使我惊悚不安……可是，有时一种确实是难以名状的乐趣在催促我跪倒在地，用双手去挖掘泥土……没有什么能缓解我的悲哀……我恼怒，我咬牙切齿，我仇恨所有的人……尤其仇恨那些与我一道受苦的人……所有那些我置身于其中的男人、女人、孩子，他们令我反感，我要把他们从这儿赶走……特别是想到昨天有一个人最后来到过这里，这使我感到有无法说出来的愤怒。

他的痛苦结束了……他感觉到这种痛苦变得越来越微弱……他离开这里,一天比一天更加解脱。一天清晨他醒来时,又能微笑了……我多么恨那些又能微笑的人……

但是有一天早上我也会微笑的!……我也会忘记的……今天在我心里就涌现出了对我青年时代的回忆……我如何靠在我的甜心,我的最心爱的人身边,穿越森林,感到怎样的幸福……我过去确也是这样啊。有过那样的瞬间,它把一切都吞没,往昔、未来,它本身就是永恒……但是我从来不属于沿着公路平静地走自己的路的那些人之列,他们时而迷失在草原里,迷失在森林中,躺在绿地上,幸福地畅吮晨露。我爬到树上,向远方眺望,那儿灰蒙蒙一片,公路消失了,春天开始死去了……而这儿,这儿,在这个房间里,靠在窗户旁边,我的妻子曾温柔地吻着我的面额,现在一种冷冷的惊悚攫住了我……每一分钟,每一小时,每一天,每一年就这样疯狂般过去了,我们的时间到了,我们两个,老了,到头了,到头了……我就这样亵渎我的爱情,因为我想到,她必然变得苍白……我亵渎我的痛苦,因为我想到我会再次微笑起来……

那个满头金发目光悲戚的先生是谁?他在为谁而哭?他每天来看望的墓地就离我妻子的坟茔几步路的地方……这个男人引起了我的关注,因为我不像仇恨其他人那样仇恨他。他来到这儿比我来得早,而当我离开时他依然留在这儿……或许我不会对他加以注意的,若我不是有一次感觉到他那炯炯的目光中含有如此深深的同情,这使我几乎颤抖起来。我紧紧地盯住他;他慢慢地转过身去,沿着公墓的围墙走去……我一定认识他……是在从前……但是在哪儿?……我们是在一次旅行中相遇的?……我是在剧院中见到他的？……或者只是在大街上？……他一定是知道了我的遭遇，有过与我类似的经历。我只是向自己这样解释了他那令我难忘的目光……他很英俊并且年轻……

哪……我又在这儿坐在我的写字台前，面前摆放着我心爱的人的相片，相片四周是枯萎的花朵，她是我的妻子，我的一切，我的幸福，我的世界……知觉慢慢地又恢复了。过去几天确实是夺走了我清醒的判断力量……我今天有重要的事情去做……一个月来我第一次打开了书柜，我又要去读书，去整理，去思考……

我什么也没有做成。我又必须到那儿去……在傍晚很晚的时候……公墓一片孤寂。周遭阒无一人……今天我第一次扑倒在地面上，亲吻泥土，她就安息在下面。随后我哭泣起来，是的，哭泣起来……万籁俱寂……空气寒冷而恬静，随后我立起身来，穿过成排的坟墓，朝教堂公墓的大门走去。四周一片死寂；月光皎洁地投射到十字架和墓碑上，每一个十字架每一个墓碑我都看得清清楚楚。我也看到一个女人走了过去，她披黑色的飘动不已的纱巾，手拿一条手帕……这样的一些女人，我见识得多了。通向城市的宽广大路在月光下显得苍白。我总是听到自己的脚步声；没有人跟在我的后边，我长时间孤独一人，直到第一批郊区房屋和第一批饭馆出现时，我才又一下子听到人的说话声、脚步声、喧闹声。这使我感到十分高兴，现在，在傍晚的出游之后我又回到了家里，因此我产生一种罕有的、长时间以来没有出现过的渴望：把窗户打开，再度去听人的声音和街道上的喧哗。但是夜已经很深了，下面寂静无声……当我写下这些文字时，我的手指感受到凉意，因为天已经开始冷起来，尽管空气静止不动，烛光却抖动不已……

我站在这儿，紧靠在公墓的围墙上，高耸的杨柳遮住了他的目光，使他无法看见我。我清晨来得很早，是最先来的一个人。公墓管理人小屋的灯光甚至还亮着。但在我之后不久陆续出现了另一些人，多半是些女人……终于他来了……迈着安静的脚步走向他经常停留的地方……依然是那双大大的、悲戚的眼睛……他跪倒下来……我看着他，犀利地看着他……他跪倒在我妻子的坟前……可我却站在这儿，屏住气息，我的手指捏着柳枝。持续了几分钟的时间……他跪倒，他没有祈祷……他也没有哭泣……随之他又立起身来……走开了，像他通常所做的那样信步而去。一段时间之后他又回到了我的近旁……我已经靠近了我妻子的坟墓，站在这儿，依在邻旁坟墓的围栏上……他从我身旁走了过去，泰然地看了看我……我要喊住他，可我依然还站在这儿……我不知道我当时是怎么想的……我也不知道，我现在是怎么想的……但是有一天，或许就是明天，明天，我会再见到他，我会问他，我会知道一切的……

这是怎样的一夜啊！夜不能寐！……午夜几乎已经过去了……可我现在要到哪儿去……我在这儿，在我的住房里能做些什么……只有一两个钟头，疯狂就又会过去了……一切都会水落石出的……但是得等到那个时候……哪，只有几个钟头……

是的，是的！跪在我妻子的坟上！我又看到他跪在那里，我站在只离开十步路的地方……我为什么不立即冲向他？我为什么不叫他起来，让他离开这儿几步。什么？难道我没权利问他是什么人？……除了他我能问谁呢？……当他朝大门走去时，他听到我在他后面的脚步声……我没有看错，他加快了他的脚步。但是我跟住了他……他注意到了……他迈出了大门，他当然从我眼前消失了片刻……但我跟上了他……一辆车从那儿疾驶而去……这是四周唯一的一辆车……我跟上了那辆车……我无法赶上它……有几分钟的时间我还能看见他，因为大路又长又直——终于他从我的眼睛里消失了……我站在这儿……就像我现在坐在这张纸前面一样……快要发疯了……这个敢于跪在我妻子坟前的人是谁？……他与她是怎么回事？……我怎么才能知道呢？……我在哪儿能再找到他？……突然间我的整个过去都扭曲变形了……难道我疯了？……难道她没有爱过我？……她不是上百次站在我身后，把她的嘴唇贴在我的头上，用她的双手搂住我的脖子吗？……我们不是很幸福吗？……可这个满头金发的英俊的年轻人是谁？为什么我觉得他的面孔那么熟悉？……当我与妻子在剧院或者听音乐会时？我现在不是觉得我们数次面对面见过，他的目光不是紧紧盯住过她吗？有一次当我与妻子一道兜风时，他不是长时间在后面窥视我们吗？……他是谁？是谁？是谁？或许是一个狂热的爱慕者，她从来不认识他……她从来没有朝他瞟过一眼……我也许真的认识他……他或许在某一次社交场合里曾试图接近过她……他认识我的妻子，并不认识我……他在大街上跟随过她……他竟然敢于同她交谈……不！她也许对我讲过这件事！……讲过！……若是她爱他呢？……啊，她爱的是我……爱的是我？……我怎么会知道呢？是因为她告诉过我这件事？……不是所有人什么都说出来的，最虚伪的不是要比最美好的多得多吗？……噢，我会找到他的……我会找到他的……并要问他……而他……如果他被她爱过的话，他会怎么回答？……我到她的墓地，因为我爱她……但她却对此一无所知……我能逼他说出真话吗？……是呀……我该怎么办？……继续活下去？……就这样继续活下去?……

三天来我一直没有再见过他。这段时间我一直待在外面,他不再出现了。守墓人不知道他是什么人……随后的日子我要跑遍大街小巷,我必须找到他……或许他外出……但他必定会再回来的……他必定会回来吗?……要是他死了呢……?如果他没有她就不活了呢?……噢,这太可笑了!还没有一个人没有她就活不下去的……我只渴望告诉他……我最尊敬的人!您不要过于自己欺骗自己。无论怎么说,她也爱过我……是的,我要使他醋性大发……我把她的照片从我的写字台上摔到地下,它躺在那里,在房间中央……还有她的那些信……随后我把所有的东西都撕开,都翻阅了……可我找到了什么?……是我写的信,是我送的花,是发结,是饰带……或许也有一枝是他送的花?……我要找的是什么呢?……难道一个女人能保留下来会暴露她私密的东西?……我也把她的那些还挂在那儿的衣服翻查了一遍……塞到手上的一封短信、一张纸条会被轻易忘掉的……可她什么也没有忘记……

我不再到公墓那儿去了。再次看到那座坟墓令我心惊肉跳……日子平静得多了……我没有去胡思乱想了,在这样的一段时间之后,我再不去刨根问底查寻隐情了,我得适应这种生活……我多么嫉羡那些清清楚楚知道自己不幸的人啊!我多么嫉羡那些饱受一种怀疑折磨的人所遭遇到的命运,他们依然可以继续保持清醒,依然可以继续窥探下去,他们在等待幸运的时刻,那时不忠的女人就会由于一个眼神、一句话而暴露出来……但我却永远是一个该诅咒的家伙;因为坟墓不能给予回答……有时我在夜里会被噩梦惊醒,会受到这样的思想折磨;我或许亵渎了一个纯洁无辜的女人,这个使我那样幸福过的女人……我多么高兴能去恨她,这个可耻的女人,她欺骗了我,侮辱了我……这儿,在我的写字台上,她的照片又立在那里,因为我把它从地上拾起来,摆放在原先的位置上。如果我可以爱慕你,那我会在这幅照片前跪倒下来,就像跪倒在一位圣女面前一样,哭泣起来!如果我可以蔑视你,那我就会把这幅照片踏在脚下碾成碎片!……

多少个傍晚,多少个深夜,我长时间凝视着这双沉默不语、谜一般的眼睛……

附录

谈施尼茨勒和他的《轮舞》

在世界戏剧史上，遭禁演的戏剧作品并不罕见，但因一部戏剧的演出而掀起一场政治风波，引起议会里党派的纷争，爆发了大规模的示威游行，这却是绝无仅有的。这部戏剧作品就是奥地利戏剧家、小说家，被誉为奥地利现代文学之父的阿·施尼茨勒的《轮舞》。

施尼茨勒生于维也纳一个犹太人之家，他的文学活动始于19世纪末，而鼎盛时期则是在20世纪初。他是奥地利新旧时代交替时期文学史上一位承前启后的作家。他身上既体现了从格利尔帕策、斯梯夫特、玛丽亚·冯·埃伯纳尔-埃森巴哈、费迪南·冯·萨尔沿袭下来的传统，另一方面他又是奥地利现代文学的一个开拓者。现代文学的一个代表性的特征就是一种青年风格，它把奥地利文学与当代的欧洲文学融在一起，形成了一种具有奥地利特点的现代文学。他和海尔曼·巴尔、彼得·阿尔敦伯格、胡果·霍夫曼·斯塔尔、卡尔·克劳斯等人形成一个被称之为"青年维也纳"的文学圈子。他以自己的文学实践为奥地利现代文学的成长和发展做出了杰出的贡献，不仅在奥地利、德国，还在欧洲产生了广泛的影响。一位研究施尼茨勒的学者R.乌尔巴哈在谈到这点时写道:"20世纪的年龄越大,维也纳作家阿·施尼茨勒对欧洲文学的意义就越是重要……施尼茨勒是一个陆沉世界的见证人,同时又是他的未来、我们的现实的一个开路人。"

从19世纪80年代起,施尼茨勒开始了他的文学生涯,在此后的半个世纪里,即在奥匈帝国的解体时代,是他创作的鼎盛时期。这时期的奥地利是一幅什么面貌呢?自1867年成立的奥匈帝国经过短时间的繁荣和安定,到世纪末已走上了衰落。恩格斯在谈到这时期的二元帝国时用了两个词来加以概括:"冷漠和停滞"。它在日益激烈的民族矛盾和阶级矛盾的冲击下,陷入一种不断的政治危机之中。哈布斯堡王朝已无力主宰整个局面,对一切都已无能为力,它没有未来,只能在现在中去追求享乐,醉生梦死和所谓的"Fortwustel"(即混日子,图安乐)已成为这个帝国生活上和政治上的一个信条了。这是一个名副其实的陆沉世界。

施尼茨勒是一位感觉敏锐、观察犀利的作家,并有着一位真正作家所具有的勇气和胆识。他对现实生活中的一切都用怀疑的目光加以审视,用深度的理性去加以剖析,被人称为一个怀疑主义的理性主义者。他是一个精神病医生,他把社会当作一位精神病患者来加以对待。从他的作品中所反映出的这种能力是令人惊叹的,他对它进行观察、分析,然后不留情面地揭露和鞭挞。这使他赢得了声望,自然也为他本人和他的作品带来了许许多多的麻烦。他不断受到官方、军队、教会、反犹太主义者、保守派的攻击。他因小说《古斯特少尉》而被军方剥夺了军医的荣誉,他的一些戏剧屡遭禁演,甚至引起政治上的轩然大波,他的连续独幕剧《轮舞》就是一个突出的例子。

《轮舞》是一个场景系列剧（Scenenreihe），1896年至1897年写就。1897年2月26日，他在致奥尔加·瓦依斯尼克斯的信中写道："这个东西完全不可能印出，也没有多少文学性可言，但是，在一两百年之后发掘出来，它将会独特地说明我们文化的一部分。"在这段话里，施尼茨勒不仅有自知之明——它不能出版，而且更自信地预言到它的意义。1900年他自费出版了200册，分发给他的友人。他的朋友，著名作家霍夫曼·斯塔尔立即认识到这部连续独幕剧的价值。他在1903年2月15日给作者的信中调侃地写道："您这个脏鬼，这确是您最好的书。"

《轮舞》是一部什么样的作品呢？

这是一部由十个场景组成的连续独幕剧，也可以称之为独幕系列剧，或如作者所用的标题：这是一部由十个场景组成的连续独幕剧，也可如作者所用的副标题：十场对话称之。这种形式施尼茨勒在之前就运用过了，如他的戏剧作品《阿那托尔》（1888）。场景与场景，或称之独幕剧与独幕剧之间既有联系也是独立的，每个单独的独幕剧都是构成整体中一个不可缺少的部分。在《阿那托尔》中共分七个场景，每个场景都有自己的标题，但贯串全剧的是主人公阿那托尔。《轮舞》共有十个场景，但它与《阿那托尔》有所不同，它没有一个中心人物，它的每一个场景有两位不同性别的人物，其中之一是上一个场景中的一位。这部连续独幕剧共有十个人物，男女各五个：妓女、士兵、女仆、少爷、年轻的女人、年轻女人的丈夫、甜妞儿、诗人、女演员、伯爵。最先的一幕是妓女和士兵，依次排列下去，到最后一幕是伯爵和妓女，完成了一个循环，像跳轮舞一样，形成了一个怪圈。

这十个人物都没有名字，而只标明身份或职业——附带说一下，这也正是表现主义作家常用的一种手法，它表明了施尼茨勒所受的表现主义影响——从第一个场景的妓女到最后一个场景的伯爵，从社会的最底层开始，直到社会的高层，又把社会的高层反转过来与社会的底层结合在一起。这样，这些只具有社会属性的人物构成了这个现实社会的一个纵断面，显示出了社会的整体面貌，而作者通过把殊不相同的阶级和阶层的人混在一起的形式，揭露了世纪末的情绪和丑恶的生活方式。

这十场对话的场景不断变换更迭组合，但它们的内容是同一个：情欲的游戏。男女之间除了性爱之外，没有其他，仿佛这就是生活中唯一存在的内容。无论是男人还是女人，无论社会地位的高低，异性之间只是追逐和满足于瞬间的性的欢乐。他们寻欢作乐，他们相互欺骗，他们不在乎被骗，他们也心安理得地去骗人、去被骗。在进行这场性爱游戏时，夫妻之间毫不避讳地把对方当作自己的情人，妻子刚与另一个男人偷过情，而丈夫已约好与另一个少女幽会。夫妇间如此，其他人之间就更甚了，他们之间连名字都不知道，也不告诉对方，有的知道名字，可喊出来的是另一个情人的名字。他们需要的只是瞬间的快乐。

这十场独幕剧的唯一内容是性爱，施尼茨勒在每一个场景中都用虚线省略了床上戏。尽管如此，这部作品还是被冠上了"色情"（porno）的字眼，施尼茨勒被骂作色情作家。但施尼茨勒绝不是色情作家。丹麦批评家乔治·勃兰克斯1906年在给作者的一封信中曾说过："您的创作一半是献给Thanatos（死亡），另一半是献给Eros（性爱）。"死亡和性爱确实是施尼茨勒作品中的两大主题，但是以性爱为题材和描写色情是两个截然不同的概念。他是要通过性爱的题材来表达用别的题材所不易表达的社会内容。

我们该如何来理解施尼茨勒这部作品的意义呢？我想以作者本人的话作为出发点。在前面我们业已提到他对这部作品所说的一段话："……在一两百年以后发掘出来，它将会独特地说明我们文化的一部分。"今天距《轮舞》诞生已过百年，用今天的观点再度审视这部作品——施尼茨勒在他的这段话里提到的一个关键词是"文化"。社会学家这样告诉我们：文化是人类某个群体在一个相对固定的地域里，在某个历史阶段内物质生产、精神发展、社会行为、生活方式的一种总体的表现。这使我们得回过头来，对奥地利在世纪交替时期的文化做些了解。

从19世纪末期到第一次世界大战结束，这是奥匈帝国走向衰亡和解体的时期。它虽然还在外表上维持着它的门面，然而不过百足之虫，僵而不死罢了。各种矛盾——政治的、阶级的、民族的、社会的日益尖锐，使它虚弱不堪，濒于瓦解。而由于这个帝国的衰亡引起的一种没落情绪，笼罩着整个国家，蔓延到各个领域，表现在精神生活里尤为突出。海尔曼·布洛赫在一篇文章里称这个时代是"欢乐的末日"（fröhliche Apokalypse），颓废的享乐主义成为风尚，较其他欧洲国家尤烈。人们怀着世纪末的情绪去追求暂时能得到的欢乐，他们在绝望中追求享乐，享乐后又产生更为绝望的情绪。海尔曼·布洛赫一针见血地指出，这是"出之衰亡气氛中的享乐"（Lebensgenuss aus Untergangstimmung）。一切都是一场游戏。

这种世纪末的心态、及时行乐的颓废情绪、空虚精神、放荡生活成为奥地利当时文化的一个组成部分。而施尼茨勒的《轮舞》就是借助性爱的题材，形象地对这一时期的文化做了说明。

《轮舞》的每一个场景单独看来，都有点喜剧和戏谑的味道，可是当这一轮舞结束时，构成的一个完整画面却是悲剧性的，令人惊骇的。赤裸裸的肉欲，男女间的欺骗，彼此间肉体上的满足和精神上的虐待使得人的自身价值变得分文不值，人的生活失去了存在的意义，人的形象遭到了扭曲，人的尊严被加以亵渎。

《轮舞》是一幅令人震惊的风俗画，它反映的是这个二元帝国没落期的精神面貌，它远比史书中所叙述的更为真实形象。著名的戏剧批评家奥托·布拉姆在评论施尼茨勒时这样中肯地写道："如果我们今天返回到施尼茨勒的作品，那非常有可能在它们之中发现一种现实，这种现实远比人们通常称之为'真实'的更为可信。"

现在我来谈一谈惊世骇俗的《轮舞》的遭遇。

《轮舞》是一部用情色包装起来的剧作，在这十个既有联系又相互独立的独幕剧中只有一个中心，即对性爱的追逐和肉欲的满足。但作者的态度是极为严肃的，人物在语言上没有挑逗性的言辞，在动作上没有猥亵行为的展示。然而即使如此，它的出版特别是它的演出仍然受到现存秩序维护者的刁难、查禁，道貌岸然的伪善者的讨伐，教会的攻击和反犹太主义者的咒骂，最终引发一场巨大的政治风波。

这个剧本1903年由岛屿出版社出版，印数相当可观，达到4万册。可翌年就在德国遭禁。同一年慕尼黑的学院戏剧协会所属的大学生剧院演出了该剧的第四到第九场景，但立即招致来自政府方面的刁难。此后直到1920年它一直没有在奥地利、德国演出，然而它先后在匈牙利和俄国上演了。第一次世界大战之后，施尼茨勒迫于要求，终于同意上演这部剧作。

施尼茨勒知道《轮舞》的演出会惹来麻烦，1920年11月22日，他在给柏林的多拉·米歇尔利丝的信中就预计到，批评界的一部分人会借此机会把《轮舞》和他本人当作一种整体现象来加以恶劣对待。因为他早就看出，"那些场景自然会被演得粗俗、无法忍受、下作，这种危险在任何一处舞台上都是无法避免的。"而且他也知道，《轮舞》的演出，会使那些猥琐的人兴奋起来，从他的这部戏剧里只是去嗅性爱的味道。但施尼茨勒一旦下了决心，就无所畏惧，因为他坚信，正如他1920年12月30日在致柏林普鲁士文化部的里希特教授的信中所表示的，真正的艺术作品与色情是能够区分开来的。

1920年12月，《轮舞》在柏林小剧院上演，在演出的当天送来了禁演令，但经理冒着被逮捕的风险，坚持演出。剧中涉及床戏的部分都以落幕的形式处理。这次演出获得了成功。随后在德国的其他一些城市也上演了《轮舞》。1921年年初，柏林撤销了禁令，一度反对这部戏剧的国家法院的第六民事庭称这部作品的演出是"一种道德之举"。在维也纳，虽然没有解除审查，但排演工作仍在进行。1921年2月1日，它首次在维也纳演出，随后在报刊上出现了截然对立的观点。2月5日，在慕尼黑的演出引起了骚乱，一些人携带臭气弹，大喊大叫，招来了警察，于是警察当局禁止了《轮舞》的演出。慕尼黑事件之后也引发了2月7日在维也纳演出的骚乱，二十几个年轻人冲进剧场，使演出中断。据当时《维也纳总汇报》的报道，这些年轻人是德意志人民党的成员。他们没有看过演出，也没有读过剧本。可他们称，在我们这个道德和一切堕落了的时代，我们要使剧院成为一个教育的场所。根据他们透露，为了反对《轮舞》，他们已经计划了一次群众集会和游行示威。

由于这次事件，奥地利政府的内政部试图使维也纳的市长和警察总监同意禁止《轮舞》的演出。这激起了社会民主党议员的反对，他们在议院进行质问，反对禁令。于是不同党派的议员相互争吵，最后厮打起来。维也纳市长（社会民主党人）和警察总监发表声明，说《轮舞》没有被禁。党派的斗争和介入使得《轮舞》所引起的问题更加尖锐起来，而由于施尼茨勒是一个犹太人，种族矛盾使得问题更加复杂。在奥地利天主教人民同盟的一次大会上，国会议员伊格纳茨·扎帕尔称，基督教民众的道德感由于出自一位犹太作家笔下的一部肮脏作品的演出而受到了严重伤害。2月中旬，"德意志—雅利安人联合会"举行了抗议示威。

施尼茨勒对《轮舞》带来的麻烦有所准备，他在致友人的一封信中写道："对此我该说什么呢？我觉得滑稽至极，难道我要去和库萨克或者扎帕尔先生，或者与冲进剧院高喊打倒社会民主党的制鞋徒工进行争论……我早已经历过一些类似的事情，尽管规模上小一些。您还记得《古斯特少尉》和《伯恩哈特教授》吧。几年之后这些喧嚣什么都不剩了，可我写的书依然在，还记得的就是我的对手的丢人现眼而已。在这次事件上也不会有什么两样。"[1]

---

[1] 转引自莱纳特·瓦格纳：《A.施尼茨勒》，第324页。

事情的发展远不止于此，《轮舞》成了党派斗争、政治较量、社会行为和民众生活的一个兴奋点。1921年2月16日的晚场演出又发生了骚乱，一些人冲进剧场，投掷臭气弹，殴打观众，拆毁坐椅。警察不得不用水进行镇压。施尼茨勒亲身经历了这个晚上，他有一种梦游的人穿越一场动乱的感觉。

由于2月16日事件，警察当局禁止《轮舞》的下一次演出。教会和反对报刊对此兴高采烈，而另一些报刊则把这次事件看作一种耻辱。

维也纳警察当局禁止《轮舞》演出，但维也纳市长诺依曼反对这项禁令。更由于剧院经理对警察当局的禁令提出了上诉，于是引起了政治上的冲突。联邦政府（基社党）禁止，而地方政府却允许。这就造成了由一部戏剧而引发的前所未有的事件：联邦政府对地方政府首脑诺依曼向宪法法院提出了控告，罪名是不听从联邦部长格朗茨以请求方式所表达出的一项指示。共进行了两次审讯，诺依曼被宣告无罪。这倒不是因为宪法法庭是主持正义的，而是由于一个技术性的错误造成的：联邦部长在那份请求书上没有签名。轰动一时的审讯宣告结束。

然而在柏林又发生了更为轰动的审讯案，被起诉的不是市长，而是剧院的经理，还有演出《轮舞》的演员。1921年6月22日，柏林的第六刑事法院向演出《轮舞》的剧院送交了一份撤销演出的决定，理由是：在剧中用落幕方式处理床戏时所使用的音乐不当，因为音乐的节奏使人想起性行为。但是剧院的经理不予理睬，因此开始对经理和演员进行了六天的审理。有趣的是，法院传讯了一些观众作为证人。一些人证实他们的道德感情受到了《轮舞》的伤害，另一些人则声称没有受到伤害。经过六次审理，事情拖了五个月，到1921年12月30日，法院宣告被控告者无罪。

经过这些事件之后，尽管《轮舞》在维也纳恢复了演出，但施尼茨勒感到心力交瘁。1922年6月《轮舞》演出了最后一场，随后他委托费舍尔出版社，不再允许这部作品演出，直到逝世他都没有改变这一态度。当然他无法阻止《轮舞》在巴黎、纽约的公演。

施尼茨勒的儿子海利希·施尼茨勒在他父亲死后仍然遵循父亲的心愿，不让演出《轮舞》，他认为有些人怀着丑恶的意图，只是想在《轮舞》中看到一种肮脏的东西。到20世纪50年代，在违反海利希·施尼茨勒的意愿下，这部戏剧先后在瑞典、意大利、美国演出，在法国多次被搬上银幕，但他们都没有从真正的意义上去理解这部作品，有的流入恶俗。

从20世纪80年代起，海利希·施尼茨勒允许重新上演《轮舞》，这之后，它不断地出现在舞台上。我对《轮舞》和它的遭遇做了上述的介绍。通过这个事例，我想是否我们可以得出这样几点结论：

1. 施尼茨勒本人在谈及《轮舞》时曾这样写道："若是在我的一生中除了这本书其他的什么也没有写，那将是使我感到遗憾的，但在我出版的约有二十四部作品中却绝不能缺少它，这是因为我，也同样因为德意志文学之故。"[1]这告诉我们，必须把《轮舞》放在施尼茨勒整体作品中去理解，它是构成施尼茨勒全部作品中的一个不可缺少的部分。施尼茨勒，正如约瑟夫·特所说，他是

---

[1] 转引自莱纳特·瓦格纳：《A.施尼茨勒》，第317页。

一个时代、一个国家、一个王国的代表,在他的笔下所反映的是他们生活的那个时代、那个国家、那个王国;更具体地说,那是一个世纪末的时代,是一个正在陆沉的国家、一个解体的帝国。如果少了《轮舞》所反映的那种淫逸、颓废、享乐,那就不是完整的,从这点讲,《轮舞》是他作品中所不可缺少的。亨利布曼在一篇论述的文章中这样评价他:"在这个世界上,没有人像施尼茨勒那样使人们感到我们真实经历过的时刻中那些残缺不全和可贵之处。"如果单独地把它从施尼茨勒的全部著作中抽出来孤立地看,那极容易错误地理解作者和他的这部作品。施尼茨勒绝不是一位色情作家,如当时他的反对者所说的那样。对剧中情色场景他精心地做了处理,用落幕的方式略去,可它的性爱内容,特别是导演处理上稍有过分或流入"魔道",便会使这部作品蒙上色情的恶名,可这绝非作者之过。他也如他自己所说的,他为此感到遗憾。施尼茨勒决定同意上演这个剧的原因之一,就是因为它是由当时的著名导演M.莱因哈德来执导。还有一件事也可以说明施尼茨勒对上演这部作品的谨慎和精心:在维也纳进行排练时,他亲临现场,对饰演丈夫角色的演员的一个细小动作都给以指导。

2. 艾利希·弗洛姆,这位西方马克思主义者在《弗洛伊德的使命》一文中曾分析了20世纪20年代性道德改变的原因:"19世纪中产阶级受积攒原则支配,20世纪中产阶级则服从消费原则,主张立即消费原则……这种态度不仅指商品消费,性需求的满足亦是如此。"[1]

---

[1] 见弗洛姆:《弗洛伊德的使命》,北京三联书店,第132页。

3. 《轮舞》在1921年至1922年的遭遇，一方面反映了性爱这一题材的敏感性，它必然引起出于多种不同动机的人们的议论和关注；另一方面，也是主要的，它反映了资产阶级的虚伪性。他们道貌岸然，一副正人君子的模样，可行动无所不为，尤其是在性上更是放荡恣肆。他们对施尼茨勒进行了那么恶毒的辱骂——我们同时想到也是在那个时代，弗洛伊德因他的精神分析学所受到的攻击——正是用来掩饰他们的劣迹和恶德。一位名叫波尔涅曼的学者80年代初在一篇纪念弗洛伊德的文章中一针见血地指出这些人的伪善："没有一个城市像维也纳那样，性的放纵是如此得到宽容——可只有一个条件：不要讲出来……说得道德，可生活得却不道德——这在维也纳直到今天不仅是被允许的，而且还十分中听。"[1]施尼茨勒是弗洛伊德的同时代人，波尔涅曼的这段话不正是对施尼茨勒的《轮舞》的一个很好的说明吗？弗洛伊德和施尼茨勒都受到咒骂围攻，所不同的是，施尼茨勒所受到的更为激烈，这是因为施尼茨勒在揭露这种资产阶级道德的伪善时，他不仅说出来，而且把它搬到舞台上，形象地展示了那个说得道德，而生活得不道德的社会。

---

[2] 转引自莱纳特·瓦格纳：《A.施尼茨勒》，第330页。

轮舞

妓女和士兵

晚间。在奥吾夏登桥畔。

（士兵吹着口哨上场，欲返回军营）
妓女：来吧，我英俊的天使。
（士兵转过身去，继续前行）
妓女：你不愿意跟我来吗？
士兵：啊，我是英俊的天使？
妓女：当然啰，还能是谁？到我那儿去。我就住在附近。
士兵：我没有时间。我得回军营！
妓女：总是来得及回军营的。最好是先到我那儿去。
士兵：（靠近她）这倒是可行。
妓女：小声些，随时都会有巡警来的。
士兵：笑话！巡警！我也带有我的家伙呢！
妓女：走吧，跟我来。
士兵：算了，让我安静点吧，我一文钱都没有。
妓女：我不要钱。

士兵：（停下来。他们站在一个路灯旁）你不要钱？完事后你要怎么办？

妓女：那些普通人付给我钱。像你这样的人在我那儿从来是免费的。

士兵：那你一定是胡伯尔跟我讲过的那个女人。

妓女：我不认识什么胡伯尔。

士兵：你一定是那个女人。在船巷的那家咖啡馆，你知道的，他就是从那儿跟你到家里去的。

妓女：有好多人都是从那家咖啡馆跟我到家里去的……噢！噢！

士兵：那好，我们走吧，我们走。

妓女：怎么，现在那么急了？

士兵：哪，我们还等什么呢？十点钟我必须赶回军营。

妓女：你当了多少年兵了？

士兵：这与你有什么关系？你住得远吗？

妓女：走路十分钟就到了。

士兵：这对我来说太远了。给我个甜头。

妓女：（吻他）我最高兴跟我喜欢的人在一起了！

士兵：我可不行。不，我不能跟你去，这太远了。

妓女：那好吧，明天下午你来。

士兵：好的。把你的地址给我。

妓女：可你终归是不会来的。

士兵：跟你说了，那就会来！

妓女：若是你今天晚上到我那儿嫌太远的话，那就——（她指

了指多瑙河）

士兵：这是什么意思？

妓女：那儿很清静……现在没有人来。

士兵：噢，这不合适。

妓女：我觉得没有什么不合适的。走吧，现在就跟我去，谁知道我们明天还能不能活着。

士兵：那来吧，但要快点！

妓女：小心，这儿太黑了。你若是滑下去的话，就掉到多瑙河里了。

士兵：那就更好了。

妓女：嘘，稍等一会儿。我们马上到凳子那儿去。

士兵：这儿你倒是蛮熟悉的啊。

妓女：我真想让你这样一个人成为我的情人。

士兵：我使你太兴奋了吧。

妓女：我不许你说这种话。

士兵：哈哈……

妓女：不要这么大声，有时会招来一个巡警的。是要人知道我们是在维也纳市中心吗？

士兵：过来，过来。

妓女：你在搞什么名堂，我们一滑下去就掉到下面水里了。

士兵：（抓住她）哈，你——

妓女：你抓紧了。

士兵：别怕……

妓女：若是在凳子上玩就更好了。

士兵:这儿,那儿……哪,走了,再见吧。

妓女:你跑什么呀……

士兵:我得回军营,我——

妓女:喂,你,你叫什么名字?

士兵:我叫什么与你有关系吗?

妓女:我叫莱奥卡狄娅。

士兵:哈哈!我还从没有听到过这样一个名字。

妓女:你!

士兵:哪,你要干什么?

妓女:喂,你至少得送我个铜板给门房啊!

士兵:哈哈!……认为我是个傻帽。再见吧!莱奥卡狄娅……

妓女:浑蛋!骗子!

(他消失不见了)

士兵和女仆

普拉特公园。星期天的晚上。

一条路,它从普拉特公园中的羊肠小路直通向昏暗的林荫大道。那儿还能听到从普拉特公园羊肠小路传来的嘈杂音乐声,这儿还能听到——廉价舞场的舞曲音乐,那是一首由吹奏乐器演奏的粗俗的波尔卡。

（士兵和女仆登场）

女仆：现在您可得告诉我了，您为什么一定要离开。

（士兵窘迫地笑了起来，沉默不语）

女仆：我们本来玩的多好啊。我非常喜欢跳舞。

（士兵搂起她的腰）

女仆：（她没有拒绝，让他搂着）现在我们不能跳舞了。您为什么搂得这么紧？

士兵：您叫什么名字？凯蒂？

女仆：您的脑子里就老是只有一个凯蒂。

士兵：我知道，我已经知道了……是玛丽。

女仆：您这个人，这儿这么黑。我感到害怕。

士兵：只要我在您的身边，那您就没有可害怕的。没关系的，有我在呢！

女仆：可我们来这儿干什么呀？这儿一个人都没有。走吧，我们回去！太黑了！

士兵：（抽起他的弗吉尼亚香烟，红色的烟头熠熠发亮）会亮起来的！哈哈！我的宝贝儿！

女仆：嘿！您到底要做什么？若是我早知道就不来了！

士兵：玛丽小姐，今天在这个地方有一个像您这样诱人的女人，我可管不住自己了！

女仆：您遇见所有的女人都要这样尝试一下？

士兵：我在跳舞时就一直在观察呢。我观察的好多呢！哈哈！

女仆：可您同那个金发歪脸女人跳舞的次数比同我多得多呢。

士兵：那是我的一个朋友的老熟人。

女仆：是那个留着翘胡子的下士吧？

士兵：不是，是一个普通人，您知道的，就是那个开头与我一道用餐的人，他说起话来嗓音嘶哑。

女仆：啊，我知道了。那是一个不要脸的家伙。

士兵：他对您无礼了？我要给他点厉害！他对您都做了些什么？

女仆：噢，没什么，我只是看到他同其他的女人鬼混了。

士兵：您告诉我，玛丽小姐……

女仆：您的香烟要烧到我了。

士兵：请原谅！——玛丽小姐，我们相互称"你"，别称"您"了。

女仆：我们毕竟还不是太熟悉呀。

士兵：这太不舒服了，彼此还是称"你"吧。

女仆：如果我们——那就下一次吧……但是，弗朗茨先生——

士兵：您知道了我的名字？

女仆：但是，弗朗茨先生……

士兵：叫我弗朗茨，玛丽小姐。

女仆：您不要这样放肆——嘘，会有人来的！

士兵：就是有人来了，他也看不见两步开外的地方。

女仆：上帝啊，我们干什么到这儿来呀？

士兵：您看，那儿有两个人跟我一样。

女仆：在哪儿？我什么都看不见。

士兵：在那儿……在我们前面。

女仆：您为什么说两个人像我一样？……

士兵：哪，我是说，他们也相互喜欢的。

女仆：可您要留神，这儿有什么东西，我差一点跌倒。

士兵：啊，这是草地上的围栏。

女仆：您不要这样碰我，我要倒下了。

士兵：嘘，别这么大声。

女仆：您要做什么，现在我真的要喊了。您到底要做什么……

士兵：这个地方又远又没有人。

女仆：那我们回到有人的地方去。

士兵：我们不要有人，玛丽，我不要有人……干这种事情……哈哈。

女仆：弗朗茨先生，求您了，看在上帝的分上，若是我知道会是这样……噢……噢……来吧！

士兵：（心满意足地）上帝，再来一次……啊……

女仆：……我根本看不清你的脸。

士兵：什么——我的脸。

士兵：玛丽小姐，您可不能躺在这儿的草地上。

女仆：走吧，弗朗茨，扶我一把。

士兵：哪，走吧。

女仆：噢，上帝，弗朗茨。

士兵：哪，弗朗茨怎么啦？

女仆：你是一个坏人，弗朗茨。

士兵：是啊，是啊，走吧，稍等一下。

女仆：你为什么放开了我？

士兵：哪，我总可以点一支弗吉尼亚香烟吧。

女仆：天太黑了。

士兵：明天早上就又亮了。

女仆：你至少得说你喜欢我吧？

士兵：哪，玛丽，这你感觉不出来吗？哈哈！

女仆：我们到哪儿去？

士兵：哪，回去。

女仆：我求你了，别走得这么快！

士兵：哪，怎么啦？我不喜欢在黑暗中走路。

女仆：弗朗茨，告诉我，你喜欢我吧？

士兵：我刚才说过了，我喜欢你！

女仆：走吧，难道你不想亲亲我吗？

士兵：（和善地）你听——现在又能听到音乐了。

女仆：你又想去跳舞了？

士兵：哪，当然，若不干什么？

女仆：弗朗茨，你看，我必须回家了，他们会骂我的，我的女主人是一个……她根本就不愿意我离开的。

士兵：哪，好啊，你回家去。

女仆：弗朗茨先生，我想您会带我回家去的。

士兵：带你回家？嘿！

女仆：您带我走呀，孤零零一个人回家太可怜了。

士兵：您住在什么地方？

女仆：一点儿都不远，在瓷器巷。

士兵：是这样？好吧，我们倒是顺路……但我觉得现在太早了……现在再去转转,我今天的时间多着呢……在十二点前我不必赶回兵营。我还要去跳舞。

女仆:当然,我早就知道了,现在去跟那个金发歪脸女人跳舞!

士兵:嘿!她的脸根本就不歪。

女仆:噢,上帝,男人都是这样坏。他们同每一个女人都是这样。

士兵:话太多了!

女仆:弗朗茨,求您了,今天别跳了,您今天跟我在一起,好吗……

士兵:好的,好的,就这样。但是我跳舞还是可以的。

女仆:我今天再不跟人跳舞了?

士兵:那个人来了……

女仆:谁?

士兵:那个斯沃博德!我们这么快就又回到这儿。还一直演奏着那个音乐……嗒嗒拉嗒嗒嗒拉嗒……(随着音乐唱了起来)……好啰,如果你等着我,那我就带你回家……如果你不等我……那就再见了——

女仆:好的,我等着。

(他们进入舞厅)

士兵:您知道,玛丽小姐,您可以要一杯啤酒。(他转向一个金发女人,她同一个年轻人跳舞来到他的身边,他说着极为标准的德语:小姐,我可以请您跳舞吗?)

女仆和少爷

炎热的夏日午后。父母都已到乡间去了。厨娘已外出。女仆在厨房给那个已成为她的情人的士兵写信。从少爷的房间传来了铃声,她立起身来进入少爷的房间。

少爷躺在沙发上,抽着烟,在读一本法国小说。

女仆:少爷,有什么吩咐?

少爷:啊,玛丽,啊,是啊,我摇了铃了,是啊……我只是想……啊,对了,您把百叶窗放下来,玛丽,把百叶窗放下来,会凉快些……

(女仆走到窗前,把百叶窗放了下来)

少爷:(继续读小说)您在做什么,玛丽?啊,现在根本读不下去的。

女仆:少爷一直是这么用功。

少爷:(不屑一顾地)就这样吧。

(女仆下场)

(少爷试着继续读下去。不久书就掉到了地下,又一次摇铃)

(女仆上场)

少爷:玛丽……是啊,我要说什么来着……对了……或许家里还有白兰地吧?

女仆:有的,可是锁起来了。

少爷:那,钥匙在谁的手里?

女仆：莉妮手里有钥匙。

少爷：谁是莉妮？

女仆：是厨娘，阿尔弗莱德先生。

少爷：哪，您去告诉莉妮。

女仆：可莉妮今天外出了。

少爷：是这样……

女仆：也许是去咖啡馆给少爷买……

少爷：啊，不要……天太热了。我不需要白兰地。玛丽，您给我拿一杯水来。噢，玛丽，可要水多流一会儿，让它变得凉些。

（女仆下场。少爷目光望着她，女仆走到门旁回过头来，朝他看去，少爷把目光望向空中。……女仆拧开水龙头，让水流起来。这期间她回到她的小房间，洗了洗手，在镜子前梳理一下她的鬓发。随后她给少爷送来一杯水。她走向沙发）

（少爷半立起身来，女仆把水送到他的手里，他们的手指相互碰在一起）

少爷：噢，谢谢。——哪，怎么啦？——留心，您把杯子再放到碟子上……（他躺下，把身子摊平）现在几点了？

女仆：五点了，少爷。

少爷：噢，五点了。——好的——

（女仆下场。走到门旁时她转过身来，少爷在朝她望着；她发觉了，微微一笑）

（少爷躺了少顷，随后突然立起身来。他朝着门走去，又返了回来，躺到沙发上。他试着继续读下去。一两分钟后他又摇起铃）

（女仆上场，面带微笑，毫不掩饰）

少爷：玛丽，我要问您点事。今天上午许勒大夫没有来过吗？

女仆：没有，今天上午没有人来过。

少爷：是这样，这就奇怪了。许勒大夫没有来？您认识许勒大夫吗？

女仆：当然认识。那是个身材高大的人，一脸黑胡子。

少爷：对。也许他来过了吧？

女仆：没有，没有人来过，少爷。

少爷：（果断地）玛丽，您过来。

女仆：（稍微靠近些）有什么吩咐？

少爷：再靠近些……啊……我只是想……

女仆：少爷，您想什么？

少爷：我想……我想……是因为您的衬衫……那是一件什么样的衬衫……呐，您再靠近些。我不会吃掉您的。

女仆：（走到他跟前）我的衬衫怎么啦？少爷您不喜欢？

少爷：（抓住衬衫，同时把女仆拉到身边）蓝色的？这种蓝色真漂亮。（直截了当地）您的衬衫真美，玛丽。

女仆：少爷……

少爷：哪，怎么啦？……（他把她的衬衫解开。一本正经地）您的皮肤真白啊，玛丽。

女仆：少爷在夸我呢。

少爷：（吻她的乳房）这不会使您不舒服吧。

女仆：噢，不会。

少爷：您哼哼起来了！您为什么哼哼起来？

女仆：噢，阿尔弗莱德少爷……

少爷：您穿的那双拖鞋多美呀……

女仆：……少爷……外面有人敲门……

少爷：现在谁会敲门？

女仆：少爷……您看……现在是大白天……

少爷：您在我面前不要羞答答的。您根本不需要在任何人面前不好意思……您长得这么可爱。玛丽，您是个……您知道吗，您的头发真香啊。

女仆：阿尔弗莱德少爷……

少爷：您不要装出这副样子，玛丽……您的其他地方我也都看见过了。那天晚上我回家去取水时，您的房门正敞开着……哪……

女仆：（遮起脸来）噢，上帝，我根本不知道，阿尔弗莱德少爷是这么坏。

少爷：我什么都看见了……这个……这个……还有那个——

女仆：阿尔弗莱德少爷！

少爷：来吧，来吧……就这样，对，这样……

女仆：若是现在有人来——

少爷：现在您就别管他……根本就不去理他。

……

……

（门铃响）

少爷：见鬼……这个家伙在捣什么乱——他是不是先前已按过门铃了。

女仆：噢，我刚才已经听见了。

少爷：哪，您得去看看——从猫眼里。

女仆：阿尔弗莱德少爷……您可是……不，您这样坏。

少爷：请您现在去看看……

（女仆下场）

（少爷迅速拉起百叶窗）

女仆：（再次上场）那个人又走了。现在没有人了。或许是那个许勒大夫。

少爷：（感到不悦地）好吧。

（女仆靠近他）

少爷：（躲开她）玛丽，我现在要到咖啡馆去。

女仆：（温柔地）现在就去？……阿尔弗莱德少爷。

少爷：（口气严厉地）我现在去咖啡馆。若是许勒大夫来的话——

女仆：他今天不会来了。

少爷：（口气更严厉地）若是许勒大夫来的话，告诉他，我……我在咖啡馆。（进入另一个房间）

（女仆从桌子上拿起一支香烟，把它放到衣服口袋里。下场）

少爷和年轻的女人

晚间。斯温德巷中一幢住宅里的一间陈设时尚但是显得庸俗的客厅。

上一场中的少爷进入客厅，他还没有脱掉头上的帽子和上衣，就点起了蜡烛。随后他打开邻室的房门，向里面瞥了一眼。客厅的烛光照亮了地板和摆放在墙旁一张有华盖的木床。卧室角落里的壁炉发出一束红色的火光，直映照到床帷上。少爷观察这间卧室。他从梳妆台上拿起一瓶紫罗兰香水，朝枕头上喷洒起来。随后他拿着这瓶香水穿过两个房间，不停地按动小喷头，很快到处都弥漫着紫罗兰的香味。此后他脱下了外衣和帽子，坐到一把蓝色天鹅绒的扶手椅上，点上一支香烟抽了起来。少顷之后，他又立起身来，查看一下绿色的小百叶窗是不是关上了。突然他又走进卧室，打开床头柜的抽屉，他在里边翻动并找出一支龟骨发卡。他想找个地方把它藏起来，最后他把它放到外衣口袋里。随之他打开客厅里的一个柜子，从里面拿出一个银碟和一瓶白兰地，还有两只小酒杯，把它们都摆放到桌子上。他又走到他的外衣那儿，从里面掏出一个白色的小纸袋。他把它打开，放到白兰地旁边，他又走到柜子那儿，拿出两个小碟子和餐具。他从小纸袋里拿出一颗糖渍的栗子，吃了起来，随后他为自己斟了一杯白兰地，迅速一饮而尽。然后他看了看他的怀表。他在房间里来回踱步。他停在大型的墙镜前面，用口袋里的梳子梳理一下头发和髭须。他走到前厅的门前，仔细谛听。没有任何动静。门铃响起来，少爷轻微地一怔。随之他坐到扶手椅上，直到门开了，年轻的女人走进来时，他才立起身来。

（年轻的女人遮得严严的，她把门关上，停了片刻，这期间她

把左手放到心上,好像要控制自己的极度激动似的)

少爷:(走向她,握住她的左手,在她白色的绣着黑花的手套上印上一吻。他轻声地)我谢谢您。

年轻的女人:阿尔弗莱德,阿尔弗莱德!

少爷:您过来,亲爱的夫人,您过来……埃玛夫人……

年轻的女人:请让我休息一会儿……噢,求您了,阿尔弗莱德!

(她还一直站在门旁)

(少爷站在她面前,握住她的手)

年轻的女人:我现在究竟在什么地方?

少爷:在我这里。

年轻的女人:阿尔弗莱德,这幢房子太可怕了。

少爷:为什么?这是一幢非常高贵的房子。

年轻的女人:我在楼梯上遇到两个男人。

少爷:是熟人?

年轻的女人:我不知道。有可能。

少爷:亲爱的夫人,怎么这样说呢?若是熟人那您会认出来的。

年轻的女人:我根本就没看清楚。

少爷:就算他们是您最好的朋友,那他们也认不出您来的。若不是我知道是您的话,我根本就认不出您……您的这副面纱——

年轻的女人:是两副。

少爷:您不想走近一些吗?……您至少得把帽子脱下来呀!

年轻的女人:您在想什么,阿尔弗莱德?我跟您说过了,就五分钟……不，不能再长了……我向您发誓——

少爷：可是这副面纱得——

年轻的女人：是两副面纱。

少爷：哪，对，是两副面纱——我至少可以看看您呀。

年轻的女人：阿尔弗莱德，您喜欢我吗？

少爷：（深感难过地）埃玛——您问我……

年轻的女人：这儿太热了。

少爷：您还一直披着您的披肩呢——您会受凉的。

年轻的女人：（终于跨进门内，坐到扶手椅上）我累死了。

少爷：请允许我。（他替她取下了面纱，取出她帽子上的别针，摘下帽子，把别针和面纱放在一旁）

（年轻的女人任他这样去做）

（少爷站在她面前，摇头）

年轻的女人：您怎么啦？

少爷：您从没有这样漂亮。

年轻的女人：为什么？

少爷：单独地……单独地与您在一起——埃玛——（他在她坐的扶手椅旁跪了下来，拿起她的双手，吻了起来）

年轻的女人：现在……您让我走吧。您要求我的，我已经做到了。

（少爷把头埋入她的怀里）

年轻的女人：您答应过我要规规矩矩的。

少爷：是的。

年轻的女人：在这个房间里憋气得很呢。

少爷：（立起身来）您还戴着披肩呢。

年轻的女人：摘下来，把它放到我的帽子那儿。

（少爷摘下披肩，把它同样放到沙发上）

年轻的女人：现在……告别了——

少爷：埃玛……埃玛——

年轻的女人：五分钟的时间早就过了。

少爷：还不到一分钟呢！——

年轻的女人：阿尔弗莱德，您要准确地告诉我，现在是什么时候了。

少爷：七点一刻整。

年轻的女人：我早该到我姐姐那儿了。

少爷：您能经常看到您姐姐的呀……

年轻的女人：噢，上帝，阿尔弗莱德，您为什么把我引诱到这儿。

少爷：因为我爱慕您，埃玛。

年轻的女人：这话您已经说过多少次了？

少爷：自从我看到您后，没有对任何人说过。

年轻的女人：我是一个多么轻率的人呀！这话谁在此前说过……是在八天之前……还是在昨天……

少爷：前天您已经答应我了……

年轻的女人：您这样折磨我。我本不想这样做的。上帝为我作证——我本不想这样做的……昨天我就已打定了主意……您知道，昨天晚上我甚至给您写了一封长信吗？

少爷：我没有收到。

年轻的女人：我又把它撕掉了。噢，我把这封信寄给您就好了。

少爷：可这样更好。

年轻的女人：噢，不是这样，可我这样做是有害的……我自己都不了解自己了。再见吧，阿尔弗莱德，放我走吧。

（少爷楼抱住她，热烈地吻她的面庞）

年轻的女人：噢……您要遵守您许下的诺言……

少爷：再吻一个……再来一个。

年轻的女人：这是最后一个。（他吻她，她回吻他，他们的嘴唇长时间地吻在一起）

少爷：我要对您说点什么呢，埃玛？我现在才知道，什么是幸福。（年轻的女人坐回到那张扶手椅里）

少爷：（坐在扶手椅的扶手上，用一只手轻轻地搂住她的脖颈）……或者不如说我现在才知道，幸福是什么。

（年轻的女人深深地叹了口气）

（少爷又吻她）

年轻的女人：阿尔弗莱德，阿尔弗莱德，您要对我做什么呀！

少爷：这儿可没有不舒服，不是吗……我们在这儿安全得很哪！这比在外边幽会要好上上千倍呢……

年轻的女人：噢，您不要使我想起这种事来。

少爷：可我在想起这件事时总是怀着兴奋的喜悦之情。我在您身边度过的每一分钟都是一种甜蜜的回忆。

年轻的女人：您还能想起工业界的那次宴会？

少爷：我能不记得吗？……在晚宴期间我就坐在您身旁，离您非常近。您的丈夫喝了香槟……

（年轻的女人抱怨地注视他）

少爷：我只是说说香槟酒而已。告诉我，埃玛，您不要喝一杯白兰地吗？

年轻的女人：喝一点点，可您先给我拿一杯水来。

少爷：好的……哪儿有呢……啊，好的……（他拉开门帷，进入卧室）

（年轻的女人眼望着他）

（少爷返了回来，手里拿着大肚子玻璃杯和两只小杯子）

年轻的女人：您到哪儿去了？

少爷：（倒了一杯水）在隔壁的房间里。

年轻的女人：现在我要问您点事，阿尔弗莱德——您要向我发誓，您要对我说真话。

少爷：我发誓。

年轻的女人：有没有另一个女人来过这个房间？

少爷：埃玛，您这个人哪——这幢房屋已有二十年了！

年轻的女人：您知道，我指的是什么，阿尔弗莱德……是跟您在一起，是与您在一块儿！

少爷：跟我在一起——这儿——埃玛！——您怎能想这样一些事情，这不好。

年轻的女人：那么说，您是有过了……我怎么……不，我最好不要问您。我要是不问，就更好了。这是我自己的错，得到报复活该。

少爷：您究竟要做什么？您这是怎么啦？报复什么呀？

年轻的女人：不，不，不，我不可以去这样想……我真该害臊，钻到地下去。

少爷：（手里端着杯水，悲伤地摇头）埃玛，您能想到，您使我多么痛苦啊。

（年轻的女人倒了一杯白兰地）

少爷：埃玛，我要对您说，如果您羞于来这儿的话，如果我令您乏味的话，如果您感觉不到，您对我就意味着是世上全部快乐的话，那您最好是一走了之。

年轻的女人：是呀，我会这样做的。

少爷：（抓住她的手）但是如果您想到，我没有您就无法活下去，在您的手上印上一个吻，这对我来说，远比世界上所有女人的温柔都重要得多……埃玛，我与那些向女人献媚讨好的年轻人不一样——也许我太天真了……我……

年轻的女人：可若是您与那些年轻人一样呢？

少爷：那您今天就不会到这儿来——因为您和别的那些女人不一样。

年轻的女人：您怎么知道不一样呢？

少爷：（把她拽到沙发上，挨着她坐了下来）我想了许多关于您的事情。我知道，您是不幸的。

（年轻的女人高兴起来）

少爷：生活是如此的空虚，如此的百无聊赖，而且又是如此的短暂，短暂得可怕！只有一种幸福……那就是找到一个得到他的爱的男人……

（年轻的女人从桌子上拿起一块梨果饯，把它放入口中）

少爷：给我一半！（她用嘴唇含着递给他）

年轻的女人：（抓住少爷到处乱摸的双手）阿尔弗莱德……这就是您的诺言？

少爷：（吞下梨果饯，随后果断地说）生活是如此的短暂。

年轻的女人：（软弱无力地）可这不是理由——

少爷：（机械地）噢，是呀。

年轻的女人：（更加软弱无力地）阿尔弗莱德，您可是答应过了的，听话……天还这么大亮……

少爷：来吧，来吧，您是我唯一的，唯一的……（他把她从沙发上拉了起来）

年轻的女人：您要做什么呀？

少爷：里面根本不亮。

年轻的女人：那儿还有一个房间？

少爷：（拽她）一个漂亮的房间……很暗。

年轻的女人：还是留在这儿吧。

（少爷同她一道进入门帷后面，在卧室内，他解开她的腰带）

年轻的女人：您这是……噢，上帝，您要我怎么样呀！——阿尔弗莱德！

少爷：我求你了，埃玛！

年轻的女人：等一等，你至少要等一等呀……（无力地）先走开……我随后喊你好了。

少爷：让你来帮我，让你来帮我……（他情急之下说错了）让我来帮你。

年轻的女人：你把我的衣服都撕破了。

少爷：你没有围束胸？

年轻的女人：我从来不围束胸，也从来不穿衬裙。你把我的鞋脱掉。

（少爷脱掉她的鞋，吻她的双脚）

年轻的女人：（钻进被里）噢，我好冷啊。

少爷：马上就会暖和的。

年轻的女人：（轻轻地笑了起来）你这样认为？

少爷：（摸着感到不快，自言自语）她真不该这样说。（在暗中脱掉衣服）

年轻的女人：（温柔地）来吧，来吧，来吧！

少爷：（听了这话情绪又变得愉快起来）马上——

年轻的女人：这儿有紫罗兰的香味。

少爷：那是你自己的味道……对——（贴近她）——是你自己的。

年轻的女人：阿尔弗莱德……阿尔弗莱德！！！

少爷：埃玛……

少爷：我真的太喜欢你了……真的……我像着了迷一样。

年轻的女人：……

少爷：整天我就像发疯似的。我早就料到了会是这样。

年轻的女人：这不会对你有影响吧。

少爷：噢，肯定不会。当一个人陷入……这完全是可以理解的。

年轻的女人：不……不……你太激动了。你平静下来。

少爷：你知道司汤达吗？

年轻的女人：司汤达？

少爷：那《爱情心理学》呢？

年轻的女人：不知道，你为什么问我这个？

少爷：这本书里有一个故事，它太好玩了。

年轻的女人：一个什么样的故事？

少爷：是一些骑兵军官在一起聚会的故事——

年轻的女人：是这样。

少爷：他们讲他们的爱情冒险故事。每一个人谈跟他爱得最热烈的女人在一起的那些事……你知道的，他对她，她对他是怎么样……简短地说吧，每一个人跟他的那个女人玩的就像我们现在这样。

年轻的女人：是这样。

少爷：这可够刺激的了。

年轻的女人：是啊。

少爷：这还没有完呢。有一个人强调他……在他一生中，在这种事上他还没有一次不是应付自如的，但是，司汤达加了一句话——这是不知羞耻的吹牛。

年轻的女人：是这样。

少爷：可这话败坏一个人的兴趣，如此的冷漠是一种愚蠢。

年轻的女人：当然啰，你答应过我，你是要老老实实的呀。

少爷：算了吧，不要笑，这于事无补。

年轻的女人：不，我并没有笑。司汤达说的是真的有趣。我总是在想，只有与那些年纪大的人……或者是十分有……你知道，是与那些经多见广的人在一起……

少爷：你这是什么念头。这与此毫不相干。再说我已经完全忘掉了司汤达书中的那些最最有趣的故事。那些骑兵军官中，有一个甚至讲道，他与一个少女整整三个夜晚，甚至是六个夜晚——我记不清了——都待在一起，一个星期他都要求满足她的——désire[1]——你理解的，他们在这些夜里除了因幸福而哭泣什么都没做……两个人……

年轻的女人：两个人？

少爷：是的。你感到奇怪吗？我觉得这太容易理解了——恰恰是在人们相爱的时候。

年轻的女人：但肯定有许多人，他们并不哭泣。

少爷：（神经质地）当然……这肯定是一个例外情况。

年轻的女人：啊——我在想，司汤达会说，所有的骑兵军官在这种场合都哭了起来。

少爷：你这个人，现在你在自己寻开心呢。

年轻的女人：你想到哪儿去了！别这么幼稚可笑，阿尔弗莱德！

少爷：有时真令人心急火燎的……那个当儿我感觉到，你光是往那方面想，可并不……这才使我真的难受呢。

年轻的女人：我根本就没有往那方面想。

少爷：噢，是呀。只是我要证实，你真的爱我。

年轻的女人：你还要求有更多的证据？

少爷：你看，你总是在开心取乐。

---

[1] 法文：欲望、肉欲、性欲。

年轻的女人：为什么？来吧，把你漂亮的脑袋给我伸过来。

少爷：啊，这真舒服。

年轻的女人：你爱我吗？

少爷：噢，我真的太幸福了。

年轻的女人：你用不着也哭啊。

少爷：（摆脱开她，极为烦躁地）又来了，又来了。我已经求过你了……

年轻的女人：当我告诉你，你不应该哭……

少爷：你刚才说过，也哭啊。

年轻的女人：你神经兮兮的了，我的宝贝。

少爷：这我知道。

年轻的女人：可你不该这样。我们是好伙伴，这么说我觉得很好……

少爷：你又来了。

年轻的女人：难道你就不记得了！那是我们的第一次谈话。我们要成为好伙伴，仅此而已。噢，那多么好啊……那是在我的姐姐那儿，一月份，在一次大型舞会上，跳四对舞时……天啊，我早就该离开了，我的姐姐在等我——我该对她说什么好呢……再见，阿尔弗莱德——

少爷：埃玛！你就这样离开我！

年轻的女人：是啊——就这样！

少爷：再待五分钟……

年轻的女人：好的。再待五分钟，可你要答应我……你不要乱动……好的……我再给你一个吻，用来告别……嘘……安静……不要动,我说过了,若不我立刻就起身,你,我甜蜜的……甜蜜的……

少爷:埃玛……我的天使……

年轻的女人:我的阿尔弗莱德——

少爷:啊,跟你在一起无比的快乐。

年轻的女人:可我现在真的要走了。

少爷:啊,让你的姐姐等着好了。

年轻的女人:我必须得回家了,否则到我姐姐那儿去太晚了。现在究竟几点了?

少爷:我怎么知道呢?

年轻的女人:你看看表嘛。

少爷:我的表在我的坎肩里。

年轻的女人:那就把它拿出来呀。

少爷:(猛地站了起来)八点了。

年轻的女人:(迅急地立起身来)上帝呀……快点,阿尔弗莱德,把我的长筒袜递给我,我该怎么说呢?他们肯定在家在等着我……都八点了……

少爷:我什么时候再见到你。

年轻的女人:再不会了。

少爷:埃玛!难道你不再爱我了吗?

年轻的女人:就是因为这个。把我的鞋递给我。

少爷:永远不见面了?这是你的鞋。

年轻的女人:在我的手提包里有一个鞋拔。求你了,快点……

少爷:这是你的鞋拔。

年轻的女人：阿尔弗莱德，这件事对我们两人可是糟透了。

少爷：（极为不快地）为什么？

年轻的女人：若是他问我到哪儿去了，我该说什么呢？

少爷：到你姐姐那儿去了。

年轻的女人：是呀，若是我能说谎就好了。

少爷：哪，你必须这样做。

年轻的女人：这一切就是为了你这个人。啊，过来……让我再吻吻你。（她拥抱他）现在让我一个人留在这儿，你到另一个房间去，你在这儿我没法穿衣服。

（少爷走到客厅，在这儿穿好衣服。然后吃了点糕点，喝了杯白兰地）

年轻的女人：（少顷后）阿尔弗莱德！

少爷：我的宝贝儿。

年轻的女人：我们没有哭，这多好。

少爷：（不无骄傲地微微一笑）怎么能讲这种无聊的话呢。

年轻的女人：只是现在算是怎么一回事呢——如果我们在社交场合偶然再次相遇的话？

少爷：偶然……再次……你明天肯定也要到罗布哈麦尔夫妇那里去吧？

年轻的女人：是的，你也要去？

少爷：当然。我可以请你跳科迪隆舞吗？

年轻的女人：噢，我不会去了。你是在想什么呀？那我……（她穿好衣服，进入客厅，拿了块巧克力点心）……那我会羞得钻到地下去的。

少爷：好了，那明天罗布哈麦尔那儿见，这好极了。

年轻的女人：不，不……我不去，肯定不去……

少爷：那就后天……在我这儿。

年轻的女人：你在想什么呀？

少爷：六点钟……

年轻的女人：在这儿拐角的地方有车停着，是吧？——

少爷：对，随你要多少都有。那就后天六点，来这儿。我的心肝宝贝，说话啊。

年轻的女人：……我们约定明天跳科迪隆舞。

少爷：（拥抱她）我的天使。

年轻的女人：不要把我的头发再弄乱了。

少爷：说好了，明天一起跳科迪隆舞，后天到我的怀抱里。

年轻的女人：再见……

少爷：（突然又关心起来）你今天怎么对他说呢？

年轻的女人：别问了……别问了……这太可怕了。我为什么这么喜欢你！——再见——若是楼梯上再遇到人的话，我会吓得昏过去的。

（少爷再次吻她的手）

（年轻的女人下场）

少爷：（一个人留了下来。随后他坐到沙发上。他面带微笑，自言自语）好了，现在我与一个体面的女人有了关系了。

年轻的女人和她的丈夫

一间舒适的卧室。夜间十点半。妻子躺在床上看书。丈夫进入卧室,身穿睡衣。

年轻的女人:(没有抬头看他)你不再工作了?

丈夫:不啦。我太累了。再说……

年轻的女人:怎么啦?……

丈夫:我在写字台上突然感到十分孤独。我渴望到你身边来。

年轻的女人:(抬头一望)真的?

丈夫:(挨着她的身旁在床上坐了下来)别再看书了。你会把眼睛累坏的。

年轻的女人:(把书合上)你怎么啦?

丈夫:没什么,我的宝贝。我真的爱你!这你是知道的呀!

年轻的女人:可有时候几乎会忘掉的呀。

丈夫:有时候甚至是真的忘掉了。

年轻的女人:为什么?

丈夫:因为婚姻向来是有些不完美的。它会……我该怎么说呢……它会失去它的神圣性。

年轻的女人:噢……

丈夫:你相信我,事情就是这样……如果我们在结婚的五年中间有些时候没有忘掉我们彼此相爱的话,那我们早就不会再这样了。

年轻的女人：这对我太深奥了。

丈夫：事情很简单，我们或许都有过十次或十二次不正当的恋情……你也是这样认为吧？

年轻的女人：我没有数过！

丈夫：如果我们把第一次恋情一直品味到最后的话，如果我一开始就把我的激情都毫无主见地献给你的话，那我们早就像其他成千上万的情侣们一样完结了。我们会分道扬镳。

年轻的女人：啊……你竟是这样想的？

丈夫：相信我，埃玛……在我们结婚的最初日子里，我害怕发生这样的事情。

年轻的女人：我也是这样。

丈夫：你看，我说得不错吧。为此，在一段时间里我们只是保持友好的朋友关系是对的。

年轻的女人：是这样的。

丈夫：这样我们就能一再地过蜜月般的生活，因为我从没有想到过，让这蜜月生活……

年轻的女人：成年累月地延长下去。

丈夫：完全正确。

年轻的女人：那现在……看来好像一段好朋友时期又过去了吧？

丈夫：（温柔地把她搂在怀里）可能是这样。

年轻的女人：可是……我的情况却不一样呢。

丈夫：你的情况没有什么不一样。你是我有过的最聪明最迷人的女人。非常幸运我找到了你。

年轻的女人：有时候你这样讨好倒是蛮叫人喜欢的。

丈夫：（也倚到床上）对于一个有社会阅历的男人——来吧，把头靠到我的肩膀上——对于一个有社会阅历的男人来说，婚姻是一种比起对你们这些良家少女来说要神秘得多的事情。你们纯洁地和……至少在一定程度上无知地投向我们，因此你们在观察爱情的本质上比我们有着更为清晰的目光。

年轻的女人：（笑了起来）噢！

丈夫：肯定是这样。因为我们在婚前不得不经历各式各样的变故而变得昏头昏脑和优柔寡断。你们听得多，知道得太多了，读的书也太多了，但是你们对我们男人实际所经历的却缺少一个正确的理解。我们对人们称之为爱情的东西从根本上是反感的。终归说来，我们所要依赖的女人都是什么样的生物啊！

年轻的女人：是啊，都是什么样的生物？

丈夫：（吻她的额头）我的孩子，你从来就不清楚此中内情，这你该高兴才是。再说大多数都是令人感到可怜的人，我们不要责备她们。

年轻的女人：求你了，别来这种同情了，这对我根本就不合适。

丈夫：（极为温柔地）她们值得同情。你们这些好人家的年轻姑娘，在你们双亲的庇护下期盼着与你们结婚的丈夫——可你们认识不到把像你们这样的大多数可怜人抛向罪恶怀抱的那种痛苦。

年轻的女人：所有的女人都是这样出售自己的？

丈夫：我并没有这样说。我指的也不仅仅是物质上的灾难，但是也有——这是我要说的——一种道德上的灾难，对可容忍的痛苦，特别是对高尚的痛苦缺乏理解。

年轻的女人：但她们为什么要你可怜呢？——她们生活得蛮好呀？

丈夫：我的孩子，你的见解很独特。你不应当忘记，这样一些女人天生注定会越来越堕落，这是无法阻止的。

年轻的女人：（偎依在他身上）可很显然她们过得很舒服呀。

丈夫：（难过地）你怎么能这样讲呢，埃玛。我想到了，恰恰是对于你们这样规规矩矩的女人来说不会有什么反感，不像那些不规规矩矩的女人那样。

年轻的女人：当然啰，卡尔，当然啰。我也只是说说而已。好呀，讲下去，你这样讲很好玩。给我讲点什么。

丈夫：讲什么？

年轻的女人：哪，讲这类生物的事。

丈夫：你这是什么念头？

年轻的女人：你看，我从前早就求过你了，你是知道的，从一开始我就求你给我讲讲你青年时代的事情。

丈夫：你为什么对此感兴趣？

年轻的女人：难道你不是我的丈夫吗？我对你的过去一无所知，难道这是正常的吗？

丈夫：你不要把我看成一个如此乏味的人，说我——算了，埃玛……这简直像是一种亵渎。

年轻的女人：可你确实……谁知道有多少其他女人就像我现在这样躺在你的怀抱里。

丈夫：不要说多少女人，你是唯一的女人。

年轻的女人：可有一个问题你必须回答我……否则……否则……这个蜜月般的生活就过不成了。

丈夫：你说这话有着一种情绪……你要想到你要做母亲了！我们的女儿就在这里面……

年轻的女人：（紧贴在他身上）可我想要一个男孩呢。

丈夫：埃玛！

年轻的女人：算了，别这样……我当然是你的妻子……但是我也想成为你的情人。

丈夫：你愿意？……

年轻的女人：是的，可首先要回答我的问题。

丈夫：（顺从地）哪？

年轻的女人：是一个结了婚的女人，在她们中间？

丈夫：什么？你这是指什么？

年轻的女人：你知道我指的是什么。

丈夫：（感到轻微不安）你怎么想到这个问题？

年轻的女人：我想知道是不是……这样说来，有这样一些女人……这我知道。但是，你是否……

丈夫：（严肃地）你认识一个这样的女人？

年轻的女人：不，我自己也不知道。

丈夫：在你的女友们中或许有一个这样的女人？

年轻的女人：不，我怎么能肯定地说有或者没有呢？

丈夫：或许你的女友中的一个曾经对你说起过……当她们，女人们在一起时——她们什么都——有一个向你承认了？

年轻的女人：（迟疑不决地）没有。

丈夫：你曾经怀疑过你女友中的某一个人，她是……

年轻的女人：怀疑……噢……怀疑。

丈夫：好像是有过吧？

年轻的女人：肯定没有，卡尔，肯定没有。我仔细地想了想，我确实相信是没有的。

丈夫：一个也没有？

年轻的女人：我的女友中一个也没有。

丈夫：埃玛，你要答应我。

年轻的女人：什么？

丈夫：你再不要与那种你也极度怀疑过的女人交往。这种女人过的是一种并非无可指责的生活。

年轻的女人：我得首先向你做出这样的许诺？

丈夫：我知道，你不会去与这类女人交往。但是会发生这样偶然的情况，是的，甚至会经常发生的，恰恰这一类名声不佳的女人，她们想方设法与你们这些体面的女人进行交际，这一方面是为了装潢门面，另一方面是出于一种——我该怎么说呢——出于一种对道德的渴望。

年轻的女人：是这样。

丈夫：是这样的。我相信，我刚才说过的话都是非常正确的。这对道德的渴望。因为这一类的女人从根本上来说都是非常不幸的，你相信我。

年轻的女人：为什么呢？

丈夫：埃玛，你不相信？你怎么能这样问呢？你想想吧，这类女人过的是一种什么样的生活！谎言、狡诈、下流，充满了危险。

年轻的女人：是啊，你是对的。

丈夫：说真的——她们付出一点点幸福……得到一点点……

年轻的女人：快活。

丈夫：为什么是快活？你怎么想到说这是快活？

年轻的女人：哪——该是这样嘛！否则她们是不会这样做的。

丈夫：不是这么一回事……是一种陶醉。

年轻的女人：（沉思地）一种陶醉。

丈夫：不对，从来都不是一种陶醉。付出的太昂贵了，这是肯定的！

年轻的女人：这么说来……你一定尝试过了——不是吗？

丈夫：是的，埃玛。那是我的一次最可悲的回忆。

年轻的女人：她是谁？说！我认识她吗？

丈夫：你想到哪儿去了！

年轻的女人：多长时间了？在你和我结婚之前已经很长时间了？

丈夫：别问了。求求你，别问了。

年轻的女人：可是，卡尔！

丈夫：她已经死了。

年轻的女人：真的？

丈夫：是的……这听起来几乎可笑，但是我有这样的感觉，所有这一类的女人都年纪轻轻就死了。

年轻的女人：你很爱她？

丈夫：人们不会爱那些说谎的女人。

年轻的女人：那为什么……

丈夫：一种陶醉。

年轻的女人：说下去嘛。

丈夫：我求你，不要再谈这件事了。这一切都早已过去了。我爱的人只有一个，那就是你。纯洁和真诚之所在，才会有爱呀。

年轻的女人：卡尔。

丈夫：噢，在这样的怀抱里该是怎样的快乐。我为什么没有在你是一个孩子时就认识你？我相信，我就会对其他女人不屑一顾了。

年轻的女人：卡尔。

丈夫：你真美呀！……美！……噢，来吧……（他关掉灯）

年轻的女人：你知道我今天在想什么吗？

丈夫：想什么了，我的宝贝？

年轻的女人：想……想……想威尼斯。

丈夫：想那第一夜……

年轻的女人：对……是这么……

丈夫：什么？……说呀！

年轻的女人：你是这么爱我，像你今天这么爱我。

丈夫：是的，这么爱你。

年轻的女人：啊……如果你永远……

丈夫：（躺在她的怀抱里）怎么？

年轻的女人：我的卡尔！

丈夫：你想说什么？如果我永远……

年轻的女人：是呵。

丈夫：呐，说呀，那会怎样，如果我永远……

年轻的女人：那我会永远知道，你是喜欢我的。

丈夫：对。但你也必须知道，男人并不永远是可爱的丈夫，男人有时也不得不在仇视中生活，必须去斗争去努力！我的孩子，永远不要忘记这点！在婚姻中一切都有它的时间性——这正是它美的地方。没有那么多人在五年之后还会记起他们的威尼斯。

年轻的女人：当然啰！

丈夫：呐，现在……晚安，我的孩子。

年轻的女人：晚安！

丈夫和甜妞儿

在公园旅店的一个单间里，布置得非常舒适，并不十分豪华。煤气炉火正旺。

上一场的丈夫，甜妞儿。桌子上还留着剩下的饭菜、奶白点心、水果、奶酪。酒杯里是一种匈牙利白酒。

（丈夫抽着一支哈瓦那雪茄，靠在沙发的一角）

（甜妞儿坐在靠近他的一把扶手椅上，从一块点心中挖出奶白，快意地放进嘴里，咂咂有声）

丈夫：好吃吗？

甜妞儿：（不受干扰地）噢！

丈夫：你还要一块？

甜妞儿：不要了，我吃得够多了。

丈夫：你没有酒了。（他把酒杯斟满）

甜妞儿：不啦……您看，那一杯我还没有动呢。

丈夫：你又说您了。

甜妞儿：是呀，您知道，这是很难习惯的呀。

丈夫：你知道。

甜妞儿：知道什么？

丈夫：你知道，你应该说你，不要说您。过来，你坐到我这儿来。

甜妞儿：马上……我还没有吃完呢。

（丈夫立起身来，站在扶手椅后，搂抱住甜妞儿，同时把她的脑袋转向自己）

甜妞儿：哪，要干吗？

丈夫：我要一个吻。

甜妞儿：（给他一个吻）您是……噢，请原谅，你是一个厚脸皮的家伙。

丈夫：你现在才知道？

甜妞儿：啊，不，这我早就想到了……还在胡同里的时候。您一定——

丈夫：你一定。

甜妞儿：你一定是想着有关我的美事了。

丈夫：为什么呢？

甜妞儿：因为我立刻就跟您进入单间了。

丈夫：哪，可没有说立刻呀。

甜妞儿：但是您的盛情难却呀。

丈夫：你这样认为？

甜妞儿：最终还不是这样？

丈夫：那当然。

甜妞儿：是不是散散步，或者——

丈夫：去散步？这天也太冷了。

甜妞儿：当然太冷了。

丈夫：但这儿暖和，非常舒服，是吧？（他又坐了下来，搂起甜妞儿，把她拉到自己身边）

甜妞儿：（瘫软地）哪。

丈夫：现在说吧……你早就注意到我了，是不是？

甜妞儿：当然。还在歌手胡同时就注意到您了。

丈夫：我是说，不是今天，也不是前天和大前天，是我跟在你后面的时候。

甜妞儿：有许多人跟在我的后面。

丈夫：这我能想象得到。但你是不是注意到我了。

甜妞儿：您知道……啊……你知道，我新近发生了什么事情？我表妹的丈夫在天黑时追求我，竟然没有认出我来。

丈夫：他对你感兴趣？

甜妞儿：你在想什么呀？你认为每个人都像你这样厚脸皮？

丈夫：可事情是发生了嘛。

甜妞儿：当然是发生了。

丈夫：哪，你做了些什么？

甜妞儿：哪，什么也没有做。我没有答应。

丈夫：哼……但是你答应了我。

甜妞儿：哪，也许你生气了？

丈夫：（熟练地吻她）你的嘴唇甜得有奶白的味道。

甜妞儿：噢，我的嘴唇生来就是甜的。

丈夫：有许多人这样对你说过？

甜妞儿：有许多许多人！！你又在胡思乱想些什么！

丈夫：哪，说真话，有多少人吻过你的嘴唇？

甜妞儿：你在问我些什么？如果我告诉你，那你也不会相信我的！

丈夫：为什么不相信呢？

甜妞儿：猜猜看！

丈夫：哪，我说了，但是你不能生气？

甜妞儿：我为什么要生气呢？

丈夫：那我估计……二十个。

甜妞儿：（摆脱开他）哪，为什么不说是一百个？

丈夫：说的是，我本来要猜一百个。

甜妞儿：但是你猜错了。

丈夫：那么是十个。

甜妞儿：（受到侮辱地）是啊，一个女人，在胡同里随便与人搭话并立即随他去开个单间！

丈夫：别这样孩子气。不管是在大街上来回转悠还是在一间房子里坐着……我们现在可是在一家旅馆里。每分钟侍者就会进来的——可这根本没什么关系……

甜妞儿：我也正是这样想的。

丈夫：你过去曾在一个单间里待过吗？

甜妞儿：好啦，我该说说实话，待过。

丈夫：你看，你至少还是诚实的，这令我高兴。

甜妞儿：可这与你想的是两码事。我是与一个女友和她的未婚夫在一个单间里待过，在今年狂欢节的时候。

丈夫：就是你曾经——与你的情人在一个单间里，那也不是什么丢脸的事——

甜妞儿：当然不是什么丢脸的事。但是我没有情人。

丈夫：哪，算了。

甜妞儿：以我的灵魂作证，我没有。

丈夫：你不必说服我，我是……

甜妞儿：什么呀？……我没有情人——半年多了，都没有过。

丈夫：啊……可在此之前呢？是什么人？

甜妞儿：您怎么这样好奇？

丈夫：我是好奇，因为我喜欢你。

甜妞儿：真的？

丈夫：当然。这你一定发现了。讲给我听听。（把她紧紧地搂住）

甜妞儿：我给你讲什么呀？

丈夫：不要让我长时间求你了。我想知道，这个人是谁。

甜妞儿：（笑了起来）哪，就是一个男人嘛。

丈夫：说呀，说呀——他是谁？

甜妞儿：他看起来有点儿像你。

丈夫：是这样。

甜妞儿：若是你看起来不是与他那样相似的话——

丈夫：那会是怎样？

甜妞儿：哪，不要问了，若是你看到了……

丈夫：（领悟到了）所以你才和我交谈哪。

甜妞儿：哪，是这样啊。

丈夫：现在我真的不知道，我该是为此高兴还是为此感到恼火了。

甜妞儿：哪，处在你的位置上该是高兴。

丈夫：哪，是啊。

甜妞儿：就是在交谈时你也使我想起了他……你用怎样的目光去注意一个人……

丈夫：他当时在场？

甜妞儿：没有，我说的是眼睛——

丈夫：他叫什么名字？

甜妞儿：别，别这样看我，我求你了。

（丈夫抱住她，长时间热烈地亲吻）

（甜妞儿挣脱，要站起来）

丈夫：你为什么要摆脱开我？

甜妞儿：是回家的时候了。

丈夫：再待一会儿。

甜妞儿：不，我真的得回家了。你知道，我母亲会说些什么呀？

丈夫：你住在你母亲那里？

甜妞儿：我当然住在我母亲那里。你在想什么？

丈夫：是这样……住在母亲那里。你单独一个人与她住在一起？

甜妞儿：是啊，当然是一个人了！我们一共五个人！两个男孩，还有两个姑娘。

丈夫：你坐的不要离我这么远嘛。你是老大？

甜妞儿：不是，我是老二。卡蒂先来到世上，她在做生意，在一家花店里。随后就是我了。

丈夫：你住在哪儿？

甜妞儿：哪，我住在家里。

丈夫：一直住在家里？

甜妞儿：总得有个家嘛。

丈夫：当然哪。是啊，如果你这么晚回家的话，那你对你母亲该说些什么呢？

甜妞儿：很少有这种情况。

丈夫：比如说像今天这样呢？你的母亲问你你怎么办？

甜妞儿：当然会问我了。每次回家时，我都极为小心，不去惊动她，可她总是醒着。

丈夫：那你对她说什么呢？

甜妞儿：哪，说我去剧院了。

丈夫：她相信吗？

甜妞儿：哪，她为什么不相信我呢？我经常去剧院的。在星期天我就与我的女友和她的未婚夫，还有我的哥哥去过歌剧院。

丈夫：你们从哪弄到的门票？

甜妞儿：我的哥哥可是一位理发师呀！

丈夫：是啊，理发……啊，大概是剧院的理发师。

甜妞儿：你干什么这样盘问我？

丈夫：我感兴趣呀。你的另一个兄弟是做什么的？

甜妞儿：他还在学校念书。他要做一个教师。不了……问这些干吗！

丈夫：那你还有一个小妹妹？

甜妞儿：对，她还是一个小丫头片子，可今天她令人担心起来。你想到没有，姑娘们在学校会变坏的！你不相信！最近她与人幽会时就让我碰见了。

丈夫：什么？

甜妞儿：真的！和一个坐在对面的男孩，晚上七点半，在斯特洛齐胡同里散步。这个小鬼头！

丈夫：哪，怎么办呢？

甜妞儿：打她一顿！

丈夫：你这么严厉？

甜妞儿：哪，不是我还能有谁？姐姐忙于生意，母亲除了唠唠叨叨什么事也不做，所有的事都得靠我。

丈夫：上帝啊，你太可爱了！（吻她，变得更加温柔地）你使我也想起了一个人。

甜妞儿：好啊——想起了谁？

丈夫：肯定不是想到一个女人……我想到那个时代……哪，是想到了我的青年时代。来吧，喝呀，我的孩子！

甜妞儿：你多大年纪了？你……啊……我还不知道你叫什么名

字呢。

丈夫：卡尔。

甜妞儿：你叫卡尔，这可能吗？

丈夫：那他也叫卡尔？

甜妞儿：不，但真的是一个奇迹……对，是啊……不，眼睛……相貌……（她摇摇头）

丈夫：他是谁？——你还一直没有告诉我呢。

甜妞儿：他是一个坏人——这是肯定的，要不他不会抛弃我的。

丈夫：你喜欢过他？

甜妞儿：当然，我喜欢过他。

丈夫：我知道他是谁了——是一个少尉。

甜妞儿：不，他没有在军队待过。他们没有要他。他的父亲有一幢房子……可你干吗要知道这些呢？

丈夫：（吻她）你真的有一双灰眼睛，开始时我以为是黑的呢。

甜妞儿：哪，也许你感到还不够漂亮吧？

（丈夫吻她的眼睛）

甜妞儿：不要，不要——这我根本无法忍受……噢，求你了——噢，上帝……不要，让我起来……只一小会儿——求你了。

丈夫：（变得越来越温柔）噢，不行。

甜妞儿：卡尔，我求你了……

丈夫：你多大了？——十八岁，是吗？

甜妞儿：十九岁都过了。

丈夫:十九岁……而我……

甜妞儿:你三十岁了……

丈夫:三十岁过了——我们不谈这种事了。

甜妞儿:我认识他时,他三十二岁了。

丈夫:我们在这儿待了多长时间了?

甜妞儿:我不知道……你,一定在酒里放了东西了。

丈夫:是呀,可为什么这么说呢?

甜妞儿:我现在……觉得天旋地转。

丈夫:那你就紧紧地靠着我。就这样……(他把她紧紧搂住,变得越来越温柔,她几乎无法抗拒)我要告诉你,我的宝贝,我们现在真的可以开始了。

甜妞儿:开始?……回家?

丈夫:不是现在回家……

甜妞儿:你这是什么意思?……噢,不,噢,不……你想做的,我不干——

丈夫:听我说,我的孩子,下一次,我们见面时,你知道,我们就这样安排……(他倒下身去,把他的头埋到她的怀里)这真舒服,噢,这真舒服。

甜妞儿:你这是做什么呀?(她吻他的头发)……你,你在酒里一定是放了东西——我晕得厉害……你,我站不起来了,干什么呀?可是,可是,卡尔……会有人进来的……我求你了……侍者——

丈夫:他一辈子也不会进来的。

(甜妞儿闭着双眼,依在沙发一角)

（丈夫点起一根香烟，随之在小单间里来回踱步。长时间沉默不语）

丈夫：（长时间观察甜妞儿，自言自语）谁知道，她究竟是一个什么样的人呢——见鬼……这么快……我不一直都很小心吗……哼……

甜妞儿：（没有张开双眼）你一定在酒里放了东西了。

丈夫：是呀，为什么呢?

甜妞儿：要不……

丈夫：你为什么把什么都推到酒上呢?

甜妞儿：你在哪儿？你为什么离我这么远？到我身边来。

（丈夫走近她，坐了下来）

甜妞儿：现在告诉我，你是不是真的喜欢我。

丈夫：这你知道……（他迅速地打住）当然。

甜妞儿：你知道……这可是……说吧，告诉我真话，你在酒里放了什么?

丈夫：好哇，你相信我是……我是一个投放毒药的人?

甜妞儿：是啊，你看，我真的不懂。我一向并不这样的……我们不过才认识……我一向并不这样的……我的灵魂和上帝作证——如果你相信我的话。

丈夫：是啊——那你有什么可担心的。我相信你根本就不是一个坏女人。我相信你是爱我的。

甜妞儿：是啊……

丈夫：再说了，如果两个年轻人单独在一个房间里，用餐、喝酒……这根本不需要在酒里放什么东西……

甜妞儿：我也只是这样说说罢了。

丈夫：是啊，可为什么？

甜妞儿：（更为固执地）我感到羞愧。

丈夫：这太可笑了。这根本不是个理由。再说了，我使你想起了你的第一个情人。

甜妞儿：是啊。

丈夫：想到第一个。

甜妞儿：哪，是啊……

丈夫：现在我感兴趣的，另外的人是谁。

甜妞儿：没有人了。

丈夫：这不是真的，这不可能是真的。

甜妞儿：算了，求你了，别纠缠我了。

丈夫：要抽支烟吗？

甜妞儿：不，谢了。

丈夫：你知道现在几点了吗？

甜妞儿：哪？

丈夫：十一点半。

甜妞儿：这么晚了！

丈夫：哪……你母亲会怎么说呢？她习惯了，是吗？

甜妞儿：你真的要送我回家？

丈夫：是啊，可你从前都是自己单独……

甜妞儿：算了，你这个人反复无常。我怎么得罪你了？

丈夫：孩子，你想哪儿去了，怎么能有这种想法？

甜妞儿：你的脸上就是这副样子嘛，我说的是真话，要不你会……有好多人求过我，与他们去开单间。

丈夫：哪，你要……不久跟我再次来这个地方……或者去另一个地方——

甜妞儿：我不知道。

丈夫：什么叫再次，你不知道？

甜妞儿：为什么你现在才问我？

丈夫：那什么时候？不过我首先要向你声明，我不住在维也纳。我只是有时来这儿待一两天。

甜妞儿：啊，算了吧，你不是维也纳人？

丈夫：我是维也纳人，但我现在住在近郊……

甜妞儿：是什么地方？

丈夫：噢，上帝啊，反正一样。

甜妞儿：哪，你不要害怕，我不会去的。

丈夫：噢，上帝啊，如果你感兴趣的话，你也可以到那儿去。我住在格拉茨。

甜妞儿：说话当真？

丈夫：哪，当然，这有什么使你感到奇怪的呢？

甜妞儿：你结婚了，是吗？

丈夫：（极为惊讶）是的，你怎么知道的？

甜妞儿：我只是猜想到的。

丈夫：这不会使你感到难堪吧？

甜妞儿：哪，我更喜欢你是个单身汉。但你已经结婚了！

丈夫：是啊，可你要告诉我，你怎么想到这上面去了？

甜妞儿：当一个人说他不住在维也纳和并不总有时间的话。

丈夫：这并不是都不可信的。

甜妞儿：我不相信。

丈夫：你引诱一个已婚的男人陷入不忠，难道你一点儿都不感到不安吗？

甜妞儿：啊，你说什么呀，你的妻子肯定与你没什么两样。

丈夫：（发起火来）你，我禁止你说这种话。这种话——

甜妞儿：我相信，你没有老婆。

丈夫：不管我有还是没有——都不能说这种话！（他站了起来）

甜妞儿：卡尔，哪，卡尔，这是怎么啦？你生气了？我真的不知道你已经结婚了。我只是这么说说而已。得了，来吧，别生气了。

丈夫：（一两秒钟之后，走近她）你们真是些奇怪的人……你们……女人。（他又变得温柔地靠近她）

甜妞儿：得了……别……也太晚了——

丈夫：你现在听我说。我们要认真地谈谈。我想再见到你，经常地见到你。

甜妞儿：真的？

丈夫：但有一点是必要的……就是说你得使我能相信你。我不能照顾你。

甜妞儿：啊，我自己能照顾自己。

丈夫：你是一个……怎么说呢，不能说你是一个不谙世事的人——但你年轻啊——再说——男人们一般来说都是些没有良心的家伙。

甜妞儿：噢，对！

丈夫：我这仅就道德方面而言。哪，你肯定懂我的意思。

甜妞儿：对，告诉我，你对我究竟是怎么想的？

丈夫：当你要跟我好时——只是跟我——那我们就能这样安排——即使我通常住在格拉茨时也能够的。这儿，随时都有人闯进来的，是不合适的。

（甜妞儿紧贴在他身上）

丈夫：下一次……我们到另一个地方去，好吗？

甜妞儿：好的。

丈夫：到一个完全不受打扰的地方。

甜妞儿：好的。

丈夫：（热烈地拥抱她）其余的我们在回家的路上再细谈。（他站了起来，打开门）侍者……结账！

甜妞儿和诗人

一个小房间，布置得令人赏心悦目。窗帷使房间半明半暗，红色的透明窗帷。一个大型的写字台，上面散放有纸张和书籍。靠墙摆放了一架钢琴。

诗人和上一场的甜妞儿。他俩刚一同走进房间。诗人把门关上。

诗人：好了，我的宝贝。（吻她）

甜妞儿：（还戴着帽子披着披肩）噢！这儿可真美！就是什么都看不清楚！

诗人：你的眼睛得习惯这种半明半暗的光线。——这双漂亮的眼睛。（他吻她的眼睛）

甜妞儿：可这双甜蜜的眼睛却没有足够的时间来消受啊。

诗人：为什么？

甜妞儿：因为我只能在这儿待一分钟。

诗人：把帽子摘下来，好吗？

甜妞儿：就为了一分钟？

诗人：（取下她帽子上的别针，把帽子放在旁边）还有披肩——

甜妞儿：你要做什么呀？我得马上离开。

诗人：可你得好好休息一下呀！我们已经走了三个小时了。

甜妞儿：我们是坐的车呀。

诗人：是的，回家的车——但在魏德林我们可是在小溪边上逛悠了整整三个小时。你现在要好好地坐下来，我的孩子……你要到哪儿去呢——到写字台那儿。不，那儿不舒服。坐到沙发上——就这样。（摁她坐下）如果你太累了，那你就躺在沙发上好了，就这样。（他把她摁倒在沙发上）这儿，把头靠在垫子上。

甜妞儿：（笑了起来）可我根本不累呀！

诗人：你相信我好了。就这样——如果你困了的话，那你就睡觉好了。我会静静的。再说，我还能为你弹一首催眠曲……我自己谱的……（他走到钢琴那儿）

甜妞儿：你谱的？

诗人：是的。

甜妞儿：罗伯特，我认为你是一个诗人呢。

诗人：为什么？我已经告诉你了，我是一个作家。

甜妞儿：作家们都是博士啊。

诗人：不，不都是，例如我就不是。可你怎么想到这上面去了呢？

甜妞儿：哪，因为你说过，你弹奏的曲子是你谱的。

诗人：是的……或许也不是我谱的，反正一样。再说啦，管它是谁谱的，都是一样的。只要好听就行——不是吗？

甜妞儿：当然……好听就行……这是主要的！

诗人：你知道我是什么意思吗？

甜妞儿：什么意思？

诗人：哪，是我刚才说过的。

甜妞儿：（甜妞儿昏沉沉地）哪，当然。

诗人：（站了起来，走向她，抚摩她的头发）你什么都不懂。

甜妞儿：算了，我可不是那么愚蠢。

诗人：你当然够愚蠢的了，可正因为如此我才喜欢你。啊，你们女人都愚蠢的话，那才是件好事呢。我的意思是，像你这样。

甜妞儿：什么，你在骂我？

诗人：天使，我的小天使。躺在柔软的波斯地毯上舒服吧，对不对？

甜妞儿：噢，对。去吧，你不是要继续弹钢琴吗？

诗人：不，我更愿意跟你在一起。（抚摩她）

甜妞儿：你把灯打开好不好？

诗人：唉，不……这种朦胧更令人惬意。我们今天一整天都像是在洗日光浴似的。这么说吧，现在我们是洗完了日光浴……朦胧似一件浴袍——（笑了起来）啊，不对——这得换个说法……你没有觉得？

甜妞儿：我不知道。

诗人：（轻轻地离开她）见鬼，这个蠢女人！（他拿一个笔记本，在上面写了几个字）

甜妞儿：你在做什么呀？（把头转向他）你在上面写什么呀？

诗人：（轻轻地）太阳，沐浴，朦胧，浴袍……就这样……（把笔记本放起来。大声地）什么也没写……我的宝贝，现在说吧，你想吃点什么还是喝点什么？

甜妞儿：我根本不渴，但是我饿了。

诗人：呶……你最好是渴了，我家里有白兰地，可吃的我得首先叫人去买。

甜妞儿：你不能让人去买？

诗人：不行，我的女仆现在不在了——哪，也好——我自己去好了……你喜欢吃什么？

甜妞儿：不要费力气了，我反正是要回家的。

诗人：别说这种话。我要告诉你的是：若是我走的话，那就一块儿找个地方吃夜宵。

甜妞儿：噢，不要了。我没有时间。再说我们到什么地方去呢？会有熟人看见我们的。

诗人：这么说你有许多熟人啦？

甜妞儿：只要有一个人看见，那就倒霉了。

诗人：倒什么霉？

甜妞儿：哪，你想，若是我母亲听到的话，那该会……

诗人：我们可以去没有人看到我们的地方，有一些单间的旅馆。

甜妞儿：（唱了起来）是呀，在单间里用晚餐！

诗人：你已经去过单间了？

甜妞儿：若是我说的是真话，那就是去过。

诗人：谁是那个幸运儿？

甜妞儿：噢，不是你想的那样……我是与我的女友和她的未婚夫，是他们把我带去的。

诗人：我该相信你说的话？

甜妞儿：你不需要相信我！

诗人：（靠近她）你现在脸红了？红得都认不出来了！我都看不出你脸上的表情了（用他的手抚摩她的面庞），但这样我就认不出你了。

甜妞儿：哪，可你要留心，别把我错认成了别人。

诗人：真奇怪，我记不起你的长相了。

甜妞儿：谢啦！

诗人：（严肃地）你，几乎是祸水，我无法想象你这个人。在某种意义上我已经忘记你了——我也无法记得你的声音……你究竟是怎样的人？既近在眼前，又远在天边……祸水。

甜妞儿：嗨，你在说些什么呀？

诗人：没说什么，我的天使，没说什么。你的嘴唇在哪儿……

（他吻她的嘴唇）

甜妞儿：你不要把灯打开？

诗人：不……（他变得更加温柔）告诉我，你是不是爱我。

甜妞儿：非常……噢，非常爱！

诗人：你还爱过像爱我一样的男人吗？

甜妞儿：我已经对你说过了——没有。

诗人：但是……（他叹了一口气）

甜妞儿：那是我从前的未婚夫。

诗人：这我觉得还好一点，你现在不会再想他了。

甜妞儿：好了……你要做什么……你看……

诗人：我们现在也可以想象，我们是在印度的一座宫殿里。

甜妞儿：那儿的人肯定不像你这样坏。

诗人：傻话！真的——啊，如果你想一想，你该是我的什么人……

甜妞儿：什么人？

诗人：不要老是摆脱开我，我根本就没碰你——至少是现在。

甜妞儿：我的紧身胸衣弄得我很不舒服。

诗人：（干脆地）脱掉它。

甜妞儿：好的。但你不能动手动脚的。

诗人：不会。

（甜妞儿站了起来，走到暗处，把紧身胸衣脱了下来）

诗人：（这期间他坐在沙发上）告诉我，难道你对我姓什么都不感兴趣？

甜妞儿：感兴趣，你叫什么名字？

诗人：我最好不告诉你我叫什么，而是告诉你：我自己叫我什么。

甜妞儿：这有什么区别吗？

诗人：哪，我称自己是一个作家。

甜妞儿：啊，你写东西真的不在下面写自己的名字？

（诗人走近她）

甜妞儿：啊……走开……不要。

诗人：你身上有一股什么样的香味啊。多么甜。（他吻她的胸脯）

甜妞儿：你把我的内衣撕破了。

诗人：脱掉……脱掉……一切都是多余的。

甜妞儿：可罗伯特！

诗人：我们现在进入印度宫殿去。

甜妞儿：先告诉我，你是不是真的爱我。

诗人：我求你了。（热烈地吻她）我求你了，我的宝贝，我的春天……我的……

甜妞儿：罗伯特……罗伯特……

……

……

诗人：这是超凡的快乐……我称自己……

甜妞儿：罗伯特，噢，我的罗伯特！

诗人：我称自己是毕比茨。

甜妞儿：你为什么称自己是毕比茨？

诗人：我不叫毕比茨——我这样称呼自己……咴，你也许不知道这个名字吧？

甜妞儿：不知道。

诗人：你不知道毕比茨这个名字？啊，上帝啊！真的？你是说你不认识他，是吗？

甜妞儿：以我的灵魂作证，我从来没听说过他！

诗人：那你从来没有去过剧院？

甜妞儿：噢，是啊——我只是前不久和一个人——你知道，是与我女友的叔叔和我的女友去过歌剧院，看《骑士》。

诗人：哼，那么说你从没有去过城堡剧院了。

甜妞儿：因为从没有人送我票呀。

诗人：下次我送你一张票好了。

甜妞儿：噢，好啊！可你不要忘了！是要喜剧。

诗人：好的……喜剧的……你不想看悲剧？

甜妞儿：不喜欢。

诗人：可若是我写的一个剧本呢？

甜妞儿：什么——你写的一个剧本？你为剧院写剧本？

诗人：请允许我把灯点上。自你成了我的情人，我还没有看清你呢？——天使！（他点上一根蜡烛）

甜妞儿：别，我感到害羞呀。至少你得给我一床被子啊。

诗人：别着急！（他端着灯走到她跟前，长时间地观察她）

甜妞儿：（用双手遮住脸）别了，罗伯特！

诗人：你真美呀，你是一个美人儿，或许你就是自然，你是神圣的纯洁。

甜妞儿：噢，痛呀，你把蜡滴到我身上了！看，你怎么不留点心呢!

诗人：（把蜡烛移开）你是我长期以来梦寐以求的呀。你只能爱我，我就是成了一个布店的小伙计，那你也要爱我，这太幸福了。我要向你承认，我直到这个时候也没有摆脱开某种疑虑。老实地告诉你，你没有想到我是毕比茨吧？

甜妞儿：算了，我根本不知道，你到底要我怎么样。我根本不认识毕比茨。

诗人：荣誉算什么！不，忘掉我对你说的，甚至忘掉我告诉你的名字。我是罗伯特，我要为你而活。我刚才也只是开玩笑而已，我根本不是一个作家，我是一个小伙计。（轻声地）在晚上我给那些大众歌手伴奏。

甜妞儿：好呀，可我现在连自己也糊涂了……不，你怎么这样看一个人呀。是啊，这是怎么啦，你是怎么啦？

诗人：这太奇怪了——这种事几乎还从来没有发生过，我的宝贝，我要流泪了。你使我深深地感动。我们要一起生活，是的，我们要彼此相爱。

甜妞儿：你，给大众歌手伴奏是真的？

诗人：是的，但不要再问了。如果你爱我的话，那就什么都不要问。告诉我，你能在一两个星期里完全自由吗？

甜妞儿：什么是完全自由？

诗人：唉，离开家？

甜妞儿：但是！！这我怎么能够！那母亲会怎么说呢？那样的话，家里没有我会变得一塌糊涂的。

诗人：我都想好了，与你在一起，单独与你在一起，到外地的某一个寂静的地方，在森林里，在大自然中生活一两个星期。大自然……在大自然中……然后，在某天分手——各走各的，不必知道到什么地方去。

　　甜妞儿：现在就讲分手！我还以为你多么爱我呢。

　　诗人：正因为如此——（他弯下腰吻她的额头）你是一个甜蜜的女人！

　　甜妞儿：好啦，抱紧我，我太冷了。

　　诗人：是你该穿衣服的时候了。等等，我还要给你点上几根蜡烛。

　　甜妞儿：（抬起身来）不要朝我这儿看。

　　诗人：不看。（靠在窗边）告诉我，我的孩子。

　　甜妞儿：你指的是什么呢？

　　诗人：我这是泛泛而论，问你是不是快乐的？

　　甜妞儿：还可以更好一些。

　　诗人：你误会我了。你已经把你的家庭情况给我讲的够多了。我知道你不是一个公主。我指的是，如果你抛开所有这一切，如果你觉得简单地生活下去。你觉得你是在生活吗？

　　甜妞儿：好了，你没有木梳吗？

　　诗人：（走向洗手间的桌子，递给她木梳，观察甜妞儿）上帝啊，你看起来这么迷人！

　　甜妞儿：哪……不！

　　诗人：别，留在这儿，留在这儿，我去弄点夜宵和……

　　甜妞儿：可已经太晚了。

　　诗人：还不到九点呢。

甜妞儿：哪，好吧，可我得快点。

诗人：我们什么时候再见面？

甜妞儿：哪，你要什么时候再见面？

诗人：明天。

甜妞儿：明天是什么日子？

诗人：星期六。

甜妞儿：噢，我不行，因为我得与我的小妹妹去监护人那里。

诗人：那就星期天……星期天……在星期天……有件事现在我得向你解释清楚。我不是毕比茨，但毕比茨是我的朋友。我将来会把他介绍给你的。但星期天上演的是毕比茨的戏。我会给你寄一张票的，并把你从剧院接走。你要告诉我，你喜不喜欢这个剧，好吗？

甜妞儿：现在，毕比茨的故事把我搞糊涂了。

诗人：如果我知道，你看这个戏是怎么想的，那我才算认识你了。

甜妞儿：好的……我完了。

诗人：那走吧，我的宝贝！（他们下场）

诗人和女演员

乡下一座旅馆中的一个房间。春日的一个傍晚，草地和山丘，天空一轮明月，窗户敞开。万籁俱寂。女演员和上一场的诗人走了进来，一踏进房间，诗人手中的蜡烛熄灭了。

诗人：噢……

女演员：怎么搞的？

诗人：灭了。可我们不需要了。你看，夜色这么明亮，妙极了！

（女演员突然跪倒在窗旁，两手交叉起来）

诗人：你怎么啦？

（女演员沉默不语）

诗人：（走近她）你要做什么呀？

女演员：（发起火来）你没看见我在祈祷吗？

诗人：你相信上帝？

女演员：当然，我可不是一个地道的坏人。

诗人：啊，是这样！

女演员：到我这儿来，挨着我跪下来。难道你真的不能也做一次祈祷？这不会使你王冠上的珍珠倒下来的。

（诗人跪在她的身边，用手搂住她）

女演员：坏家伙！（她立起身来）难道你不知道我是在向谁祈祷吗？

诗人：我想是向上帝呀。

女演员：（揶揄地）对！我是向你祈祷。

诗人：那你为什么朝窗外看呢？

女演员：你最好告诉我，你把我弄到什么地方来了，你这个引诱者!

诗人:噢,孩子,这本是你的想法呀。你是要到乡下来,而恰巧就到了这儿。

女演员:呶,难道我错了吗?

诗人:没错,这个地方多么迷人。要想到这儿离维也纳只有两个小时的路程——万籁俱寂,怡静清幽。一个怎样的好地方!

女演员:什么呀!若是你碰巧有点才气的话,或许你能写出些诗文来的。

诗人:你过去来过这儿?

女演员:我是否来过这儿?哈哈!我在这儿待过一年多呢!

诗人:与谁一起?

女演员:呶,当然是与弗朗茨了。

诗人:啊,是这样!

女演员:我真的崇拜那个男人哪!

诗人:你已经跟我讲过了。

女演员:请原谅——如果我使你感到无聊的话,那我可以离开!

诗人:你使我感到无聊?……你根本想不到你对我有多重要……你是我的世界……你是神圣的,你是天才……你是……你原本就是圣洁……是的,你……但是你现在不应该谈起弗朗茨。

女演员:这是一种错误!哪,行了吧!

诗人:你意识到了就好。

女演员:过来,给我一个吻!

(诗人吻她)

女演员：可现在我们要说晚安了！再见，我的宝贝！

诗人：你这是什么意思？

女演员：哪，我要睡觉了！

诗人：是啊——是要睡觉了，可这与晚安有什么关系……我该在什么地方睡觉呢？

女演员：这幢房子里还有好多房间呢。

诗人：可另外的房间对我没有一点儿吸引力。你不认为，我现在应当把灯点上吗？

女演员：好呀。

诗人：（点上放在床头柜上的蜡烛）多么温馨的一个房间……这儿的人都十分虔诚。全是些圣像……在这些人中间度过一段时间，该是多么有趣呀……这可是另一个世界。我们对他人知道得太少了。

女演员：别说这些废话了，把桌上那个手提袋送给我好了。

诗人：这儿，我唯一的人儿！

（女演员从手提袋里拿出一副带镜框的小相片，把它放到床头柜上）

诗人：这是谁的像？

女演员：这是圣母像。

诗人：你一直都带着它？

女演员：这可是我的护身符。现在你走吧，罗伯特！

诗人：这是开什么玩笑？我不该帮帮你吗？

女演员：不要，你现在该走了。

诗人：那我什么时候再来呢？

女演员：十分钟之内。

诗人：（吻她）再见！

女演员：你要到哪儿去呢？

诗人：我在窗前来回溜达好了。我很喜欢夜间在外边四下散步，我的才思都是来自这个时候。尤其是在你的近旁，在思念你的氛围里……在你的艺术的气息中。

女演员：你说起话来像个傻瓜……

诗人：（痛苦地）有一些女人，她们说起话也许……像个诗人。

女演员：哎，你走吧。但你可别跟女侍者胡搞去。

（诗人下场）

女演员：（脱掉衣服。她倾听，诗人是如何走下木台阶，现在听到了诗人在窗下的脚步声。她一脱掉衣服就走到窗前，向下面俯视，看到他站在那里，她轻声地向下面喊道）来吧！

（诗人迅急地奔上来，扑向她，她这时已躺在床上，把灯熄灭；他关上门）

女演员：好了，现在你可以坐在我跟前，跟我讲点什么吧。

诗人：（靠着她，坐在床边）要我把窗关上吗？你不觉得冷？

女演员：噢，不冷！

诗人：我该给你讲什么呢？

女演员：哪，在这个时刻你觉得对谁不忠了？

诗人：很遗憾，我没有感到对谁不忠。

女演员：你放心，我也欺骗过别人。

诗人：这我能想象得到。

女演员：你认为我欺骗谁了？

诗人：孩子，我对此一无所知。

女演员：哪，猜一猜。

诗人：等等——对了，是你的院长。

女演员：我亲爱的，我不是合唱队的成员。

诗人：哪，我只是想想而已。

女演员：再猜一次。

诗人：那你就是欺骗了你的同事……是本诺——

女演员：嗨！这个男人从来就没有爱过女人……这你都不知道吗？这个男人与他的邮递员有关系！

诗人：这可能吗？——

女演员：好了，你最好吻我一下！

（诗人搂抱她）

女演员：你要做点什么呀？

诗人：你不要这样折磨我了。

女演员：听着，罗伯特，我要给你一个建议。挨着我，躺到床上。

诗人：同意！

女演员：快来，快来！

诗人：好的……我能如愿以偿了，我早就……你听……

女演员：听什么？

诗人：外面有蟋蟀在叫。

女演员：我的孩子，你大概昏头了，这儿根本就没有蟋蟀。

诗人：可你倒是听听啊。

女演员：呶，来吧，快点！

诗人：我来了。（靠近她）

女演员：就这样，现在：你好好躺着别动……嘘……不要动手动脚。

诗人：好的，你在想什么？

女演员：你很想与我发生关系吧？

诗人：不言自明，这你清楚的。

女演员：呶，某些人都想……

诗人：可现在没有什么可怀疑的了，我的机会是最多的了。

女演员：那就来吧，我的蟋蟀！从现在起我就叫你蟋蟀。

诗人：好极了……

女演员：呶，我欺骗了谁，知道吗？

诗人：谁？……也许是我……

女演员：我的孩子，你脑子有病，病得够厉害。

诗人：或者是一个你自己从来都没有看到过的人……一个你自己不认识的人，一个注定是你永远无法找到的人……

女演员：求你了，别再讲这些废话。

诗人：……难道这不奇怪吗……你也——可这得相信哪。但是，不，把你最珍贵的掠夺了，要你……来吧，来吧——来吧——

女演员：这比演那些呆头呆脑的戏要好玩多了……你说对吗？

诗人：呶，我认为，你得有时演一些理性的戏才好呢。

女演员：你这条妄自尊大的狗，肯定又在指你写的戏了。

诗人：是的！

女演员：（严肃地）这确实是一部出色的戏。

诗人：那当然啰！

女演员：对，你是一个伟大的天才，罗伯特！

诗人：趁这个机会你要告诉我，为什么昨天你拒绝我。你根本就没有不舒服。

女演员：呶，我是要气气你。

诗人：可为什么呢？我怎么得罪你了？

女演员：你太狂妄了。

诗人：怎么这么说呢？

女演员：剧院里的人都这样认为。

诗人：是这样。

女演员：但是我告诉他们：这个人有理由狂妄。

诗人：那其他人怎样回答呢？

女演员：人们该怎样回答我？我没有同任何人讲过。

诗人：啊，这样。

女演员：他们都非常想毒死我。但是他们没有成功。

诗人：现在不要去想其他人。你最好感到快乐才是，我们在这儿，并且告诉我，你爱我。

女演员：你还要求进一步证明？

诗人：这根本不能算是证明。

女演员：但这是出色的呀！你还要什么？

诗人：你用这种方式向多少人证明过？……你都爱他们吗？

女演员：噢，没有。我只爱一个人。

诗人：（拥抱她）我的……

女演员：弗朗茨。

诗人：我叫罗伯特。如果你现在想到的是弗朗茨，那你把我看成什么啦？

女演员：你闹情绪了。

诗人：对，我的情绪是不好。

女演员：哪，告诉我，你不是骄傲吧？

诗人：不是，我为什么要骄傲呢？

女演员：我在想，你有一种理由感到骄傲。

诗人：啊，正因为如此。

女演员：好啊，正因为如此，我的真正的蟋蟀！——哪，蟋蟀是怎么个叫法？它们还在叫吗？

诗人：不断地在叫。你听不见？

女演员：我当然听到了。但这是青蛙，我的孩子。

诗人：你错了，青蛙是呱呱地叫。

女演员：它们肯定在呱呱地叫。

诗人：但不是在这儿，我的孩子，这儿是唧唧地叫。

女演员：你是我碰到的最固执的人了。给我一个吻，我的青蛙！

诗人：求你了，别这样叫我。这使我神经受不了。

女演员：哪，我该怎么叫你？

诗人：我可是有一个名字：罗伯特。

女演员：啊，这个名字太蠢了。

诗人：可我求你，我叫什么你就简单地叫我什么好了。

女演员：好了，罗伯特，给我一个吻……啊！（她吻他）你现在满意了吧，青蛙？哈，哈，哈哈。

诗人：你允许我给我自己点上一支烟吧？

女演员：也给我点一支。

（诗人从床头柜上拿起烟，递给她一支）

女演员：你对我昨天的演出还一句话都没有说呢。

诗人：什么演出？

女演员：怎么？

诗人：是这样。我昨天没在剧院里。

女演员：你真喜欢开玩笑。

诗人：根本没开玩笑。在你昨天拒绝了我之后，我就认为，你昨天也不会尽全力去演，于是我还是放弃为好。

女演员：这你可错过了。

诗人：是这样。

女演员：那简直是轰动。观众的脸都变白了。

诗人：你看清楚了？

女演员：本诺说，孩子，你演得像一个女神。

诗人：哼！……前天还病得那么厉害呢。

女演员：对！我确实病了。难道你不知道为什么？是想你害的相思病。

诗人：那你为什么不早告诉我，你是要气我，为此你才拒绝我。

女演员：可你知道不知道，我怎样爱你。你对此不理不睬，冷眼相加。我整夜都在发高烧。四十度！

诗人：这对一个爱发脾气的人来说相当高了。

女演员：你说我爱发脾气？因为爱你都要死了，你却说这是意气用事?

诗人：那弗朗茨呢？……

女演员：弗朗茨？……不要再给我提这个死囚犯了！

女演员和伯爵

女演员的卧室。布置得非常臃肿繁杂。正值中午十二点，卷帘窗依旧垂下，床头柜上点着一支蜡烛，女演员还卧在挂有床帷的床上。被子上放有不少报纸。

伯爵身着龙骑兵的军装登场。他停在门前。

女演员：啊，伯爵先生。

伯爵：令堂允许我，否则我无法……

女演员：请进吧，靠近一点。

伯爵：您好。请原谅……我刚从马路上来……我还什么都不清楚，这样……我们见面了……（靠近床边）您好。

女演员：请坐吧，伯爵先生。

伯爵：令堂告诉我，小姐身体欠安……但愿不严重吧。

女演员：不严重？我差点儿死了！

伯爵：上帝保佑，这怎么可能呢？

女演员：您不辞劳累到我这儿来，这太好了。

伯爵：差点死了！昨天晚上您的演出像女神一样呢。

女演员：那是一次伟大的凯旋。

伯爵：无与伦比！……所有的人都被迷住了。我简直说不出话来。

女演员：谢谢您送的美丽的花篮。

伯爵：请吧，小姐。

女演员：（用眼睛瞥向摆在窗旁一个小桌上的大花篮）放在这儿的。

伯爵：您昨天都被埋身在花篮和花冠中了。

女演员：那些我全都留在化妆室了。我只把您的花篮带回家来。

伯爵：（吻她的手）您的美意。

（女演员突然拿起他的手，吻了起来）

伯爵：可是小姐……

女演员：您不要吃惊，伯爵先生，您根本不必束手束脚。

伯爵：您是一个奇特的女人……几乎可以说是谜一般的。

（稍停）

女演员：毕尔肯小姐很容易解开这个谜。

伯爵：是啊，小毕尔肯不是问题，虽说……我对她的认识也是很肤浅的。

女演员：哈哈！

伯爵：你应当相信我。但您是一个问题。我总是在思念您。在我昨天……看到您的演出之后，一种巨大的享受我再也摆脱不掉了。

女演员：这可能吗？

伯爵：小姐，这是真的，剧院给我带来了麻烦。我习惯很晚用午餐……可那时再去戏院，精彩的部分就演过了。这说得不对吗？

女演员：那从现在起你要早一些用餐了。

伯爵：是的，我也想到了这一点，或者根本不吃饭。吃午饭，这真是件不愉快的事。

女演员：您这样富有朝气的老人还有什么能让您认为是一种快乐呢？

伯爵：我有时自己问自己！可我不是一个老人。一定有另外一个原因。

女演员：您相信这一点？

伯爵：相信。比如，卢卢说过，我是一个哲学家。您知道吗，小姐，他认为我思考的太多了。

女演员：是啊……思考，这是一种不幸。

伯爵：我的时间太多了，因此我思考。小姐，您看，我在想，如果我调到维也纳的话，那就好多了。这儿有消遣，有刺激。但从根本上说，这儿与上边没有什么两样。

女演员：上边是哪儿呀？

伯爵：这儿是下边，您知道，小姐，上边是匈牙利，在内斯特，在那儿我大半时间是在军营里。

女演员：是这样啊，您在匈牙利做什么呀？

伯爵：哪，小姐，我是在服役。

女演员：这样，那您为什么在匈牙利待这么长时间？

伯爵：是啊，就是这样。

女演员：这一定会使人发疯的。

伯爵：为什么？像在这儿一样，有很多的事情要做。您知道吗，小姐，训练新兵，调教军马……那儿的环境也不像人们所说的那样恶劣。那是一个很美的地方，低地……太阳落山的时候，遗憾的是我不是一个画家，我有时想，如果我是一个画家的话，那我就画出点什么。我们团队里有一个画家，一个斯普拉尼青年人，他画了……可我跟您讲这些乏味的故事干吗，小姐。

女演员：噢，讲下去，我感到好玩极了。

伯爵：小姐，卢卢跟我讲过了，可以跟您聊聊天，这样的机会很少呢。

女演员：哪，当然，在匈牙利。

伯爵：可在维也纳也是如此！人们到处都是一个模样，人多，拥挤不堪，这就是区别。小姐，告诉我，您真的喜欢这些人吗？

女演员：喜欢？我恨他们！我不能见人！我也从不见任何一个人。我一直是孤独的，没有人进入这间房子。

伯爵：你看，我已经想到了，您原本就是一个人类的敌人。从事艺术的人经常发生这种情况。当人们进入更高的领域的话……哪，您做得对。至少您知道，您为什么活着！

女演员：这是谁告诉您的？我不知道我为什么活着！

伯爵：请别这样说，小姐……您有名声……受到欢迎……

女演员：难道这是一种幸福？

伯爵：幸福？小姐，没有幸福。恰恰是人们津津乐道的东西，从来就没有过……比如爱情也就是这样。

女演员：这您是对的。

伯爵：享乐……陶醉……那好啊，这没有什么可说的……这是真的。现在我享乐……好呀，我知道，我在享乐。或者我在陶醉，美呀，这也是真的。已经过去了，它就这样过去了。

女演员：（大声地）它过去了！

伯爵：只要人们不，我该怎么表达呢，只要人们不沉溺于这样的时刻，那或晚些或早些就会想到……哪，这都是一样的。晚些……是悲哀的……早些是没把握的……一句话……人们变得只是晕头晕脑的。我说的对吗？

女演员：（瞪着大眼睛点头）您道破此中的奥妙了。

伯爵：您看，小姐，一旦人们看透了这种事，那无论是在维也纳还是在普斯塔，或者在斯坦纳玛格，都是一样的。比如说吧……我可以把帽子放在哪儿呢？好的，谢谢……我刚才说到哪儿了？

女演员：说到斯坦纳玛格了。

伯爵：对。正如我说的，区别是不大的。不管我晚上是坐在赌场或俱乐部里，一切都是一样的。

女演员：这与爱情有什么关系？

伯爵：若是人们相信的话，那总是会有一个女人爱上一个男人的。

女演员：比如毕尔肯小姐。

伯爵：我真的不知道，小姐，您为什么总是扯到小毕尔肯。

女演员：她毕竟是您的情人啊。

伯爵：这是谁说的？

女演员：每个人都知道。

伯爵：只有我不知道，这真是奇怪了。

女演员：可您因为她进行了一场决斗！

伯爵：甚至我也许都被打死了呢，根本就没人注意到。

女演员：哪，伯爵先生，您是一个有名望的人。您坐得近一点。

伯爵：那我就随便一些了。

女演员：（她把他拉近自己，用手梳理他的头发）我知道您今天会来的。

伯爵：为什么？

女演员：我昨天在剧院就知道了。

伯爵：您从戏台上看见我了？

女演员：您这个人，您难道没有注意到，我只是为您而演出吗？

伯爵：这怎么可能呢？

女演员：我看到您坐在第一排时，我都飞起来了啊！

伯爵：飞起来了？为了我？我不知道您在注意我！

女演员：您的高贵会使一个男人陷入绝望之中的。

伯爵：是啊，小姐……

女演员："是啊，小姐"！……您至少得把您的战刀解下来呀！

伯爵：如果您允许的话，当然。（把战刀解下，倚在床边）

女演员：给我一个吻。

（伯爵吻她，她不放开他）

女演员：我当时不看您就好了。

伯爵：可还是这样更好一些！

女演员：伯爵先生，您是一个假模假样的人！

伯爵：这是为什么？

女演员：如果某一个人可以处在您的地位的话，您认为他该是怎样的幸福啊！

伯爵：我非常幸福。

女演员：哪，我在想，没有幸福。您是怎样在看我呀？我相信，您害怕我，是吧，伯爵先生？

伯爵：是的，小姐，您是一个大麻烦呀。

女演员：啊，你别用哲学来折磨我了……到我跟前来。现在你可以求我点什么……你要什么就能得到什么。你太英俊了。

伯爵：那我请求允许我……（吻她的手）今天晚上再来。

女演员：今天晚上……我有演出呀。

伯爵：在演出结束之后。

女演员：你不求我别的什么了？

伯爵：其他的我会在演出结束之后求您。

女演员：（受到伤害地）你就长时间地求好了，你这个可怜的假模假样的人。

伯爵：是啊，您看，我们直到现在彼此之间是这样投机……我觉得在演出结束之后一切都会变得更美好……比现在更舒服惬意，这个时候……我总是有这样一种感觉，好像门要打开似的。

女演员：这门不会从外边打开的。

伯爵：您看，我觉得，人们不该草率地先把本该非常美好的事情破坏掉。

女演员：这有可能了！……

伯爵：我应当说实话，我觉得在清早时爱是令人厌恶的。

女演员：哪……你是我遇到的一个最严重的精神病人！

伯爵：我谈的不是随便任何一个女人……总的来说，通常她们都是一样的。但你这样的女人……不，你可以上百次叫我傻瓜，但像你这样的女人……在早餐前是不会与你来的。就是这样……你知道……就这样……

女演员：上帝，你太可爱了！

伯爵：你看，我说的有什么不对。我在这样设想……

女演员：哪，你怎样设想的呢？

伯爵：我在想……在演出结束之后我在一辆车里等你，然后我们一道去某个地方吃夜宵……

女演员：我不是毕尔肯小姐。

伯爵：我没有说过嘛。我只是觉得，做什么都要有个情调。我总是在吃夜宵时才会有兴致。每当吃完夜宵一道回家时，那才是最美好的，然后就……

女演员：然后就什么？

伯爵：然后就……事情就水到渠成了。

女演员：坐得再靠近些，靠近些。

伯爵：（坐到床上）我必须说，从垫子里溢出一股……木樨草的味道……不是吗？

女演员：这儿这么热，你不觉得吗？

（伯爵俯下身来，吻她的脖子）

女演员：噢，伯爵先生，这可不是您的节目。

伯爵：谁说的？我没有节目。

（女演员把他拉近身边）

伯爵：天真的很热。

女演员：你觉得热？天这么黑了，像到了晚上一样……（把他拉向自己）现在是晚上……现在是夜里……若是你觉得亮，那就闭上眼睛。来吧……来吧……

（伯爵不再推却了）

女演员：哪，你这个假模假样的人，现在情绪如何？

伯爵：你是一个小魔鬼。

女演员：你这话是什么意思？

伯爵：哪，是说你是一个天使。

女演员：你该做一个演员才对！真的！你熟悉女人！你知道我现在要做什么？

伯爵：哪，做什么？

女演员：我要告诉你，我永远不想再见到你。

伯爵：那为什么？

女演员：不见，不见。对我来说你太危险了！你使一个女人发疯。现在你突然站在我的面前，好像什么事都没发生似的。

伯爵：但是……

女演员：伯爵先生，我求您想一想，我刚才是您的情人哪。

伯爵：我永远不会忘记！

女演员：今天晚上怎么办？

伯爵：你指的是什么？

女演员：哪——你不是要在演出结束后等我吗？

伯爵：是呀，那好吧，比如说后天。

女演员：这是什么意思，后天？讲的是今天嘛。

伯爵：这不是个好主意。

女演员：你这个老家伙！

伯爵：你不理解我。我的意思更多呢，我该怎么表达呢，是与灵魂相关的事清。

女演员：你的灵魂与我有什么相干？

伯爵：相信我，灵魂与这有关。认为人们能把它分割开来，我觉得这是不正确的看法。

女演员：别用你的哲学来纠缠我了。如果我想知道的话，那我读书好了。

伯爵：人们从书本里什么都学不到的。

女演员：这是对的！因此你应该今天晚上等我。因为我们的灵魂已经结合在一起了，你这个无赖！

伯爵：如果你允许的话，那我将用我的车……

女演员：你会在我的家这儿等我——

伯爵：……在演出结束之后。

女演员：当然。

（伯爵把战刀佩上）

女演员：你要做什么？

伯爵：是我该走的时候了。这对一次正规的拜访来说，我停留的时间长了一点。

女演员：哪，今天晚上可不是一次正规的拜访。

伯爵：你相信？

女演员：这不用你操心了。现在再给我一个吻，我亲爱的哲学家。就这样，你这个引诱者，你……甜蜜的孩子，你这个贩卖灵魂的家伙,你这个黄鼠狼……你……(她狠狠地吻了他几下之后,猛地把他从身边推开)伯爵先生,这对我是极大的荣幸!

伯爵:小姐,祝你健康!(走到门旁时)再见。

女演员:再会。斯坦纳玛格人!

伯爵与妓女

清晨,六时许。

一个寒酸的房间,只有一扇窗户,脏兮兮的黄色卷帘垂了下来。绿色窗帘仍遮得严严的。一个抽屉柜上摆放着几张照片和一顶破旧不堪的廉价女帽。在镜子后面是一把廉价的日本扇子。一张桌子,铺着一条红色的桌布,上面摆放着一盏煤油灯,灯光暗淡,黄色的灯罩,旁边是一个罐子,里面还剩些啤酒,一个半空的杯子。床脚下散乱地放着一些女人的衣服,它们像是刚刚被随手扔下来似的。妓女睡在床上,呼吸平稳。在沙发上,伯爵和衣而卧,身着呢外衣,帽子掉在沙发一头的地上。

伯爵:(动了动,揉了揉眼睛,迅速立起身来,又坐了下去,向四周张望)怎么,我真的是……啊,这样……这么说我真的是到了这个女人的家里了……(他迅速站起来,看着她的床)她躺在那里……在我这样的年纪怎么还发生这样的事情。我没有这个念头,是谁把我抬到这儿来的?不对……我看到了——我进入这个房间……对……我那时还是清醒的或者说我醒着呢……或者……或者也许只是,这个房间使我想起了什么?……上帝啊,哪,是啊……我昨天真的看到了……(看钟)什么!昨天,一两个钟头之前——可是我知道,一定会出事的……我感觉到了……我昨天是怎么开始喝酒的。我感觉到……发生什么事了?……没有什么事情……或者出事了?……上帝啊……自从……十年来这样的事情从没有发生过,我不知道……那么一句话,我是喝醉了。若是我知道,是从什么时候开始的就好了……那么说我知道得还十分清楚,我是怎么进入那个妓女出没的咖啡馆,并和卢卢……不,不……我们还一道离开了咖啡馆……然后就上路了……对,是这样,我与卢卢一起坐我的车走的……我干吗这样费脑筋呢?反正是一样嘛。看看,这是怎么回事。(站了起来。灯光摇晃)噢!(看睡在床上的人)她睡得倒是沉稳呢。虽然我什么都不知道……但我会把钱放到她的床头柜上……再见……(他站在她的床前,长时间望着她)若是不知道她是什么人就好了!(长时间观察她)我认识许多女人,她们睡觉时看起来没有这样庄重呢。我的上帝……我会再次告诉卢卢,我是个哲学家,但睡觉也是同样的,我觉得是这样的——像它的兄弟,我说的是死亡……哼,我只是想知道,是否……不,我一定是记起来了……不,不,我是立刻就倒在沙发上了……什么事都没发生……所有女人有时看起来都是一样的,这简直没法相信……哪,走吧。(他要动身)对,走吧。(他掏出钱包,从里面抽出一张钞票)

  妓女:(醒了过来)哪……谁这么早就……(认出他)你好,

宝贝儿!

伯爵：早安。你睡得好吗？

妓女：（伸了个懒腰）啊，过来。亲个嘴儿。

伯爵：（朝她俯下身来，考虑少顷，又离开了）我正要走呢……

妓女：要走？

伯爵：时间很紧了。

妓女：你就这样离开？

伯爵：（几乎是窘迫地）就这样……

妓女：哪，再见。改日再来吧……

伯爵：好的，再见。哪，你不要亲亲手吗？

（妓女从被里伸出手来）

伯爵：（拿起她的手，机械地吻了吻，看到她的表情笑了起来）像一位公主。再说了，只要是……

妓女：你干什么这样看我？

伯爵：只要是光看见脑袋，像现在这样……在醒来时看起来都是一副纯洁的样子……上帝啊，如果没有煤油的臭味的话，那有什么想象不出来的呀……

妓女：是啊，这灯总是讨厌的。

伯爵：你究竟多大年纪了？

妓女：哪，你猜呢？

伯爵：二十四岁。

妓女：是啊，对了。

伯爵：还要大些吧？

妓女：刚二十岁。

伯爵：你有多久了做……

妓女：做这种营生已经一年了！

伯爵：那你很早就开始了。

妓女：赶晚不如赶早。

伯爵：（坐到床上）告诉我，你真的感到幸福吗？

妓女：什么？

伯爵：是这样，我是说，你生活得好吗？

妓女：噢，我一向都很好。

伯爵：这样……告诉我，难道你从没有想到，你能有另一种活法吗？

妓女：怎么个活法？

伯爵：这么说吧……你真的是一个美丽的姑娘。比如说你可以有一个情人。

妓女：也许你以为我没有？

伯爵：是的，这我知道——但我说的是一个，一个养活你的人，你不需要与任何什么人有关系。

妓女：我也不是与任何什么人都有关系的。感谢上帝，这我没有必要，我是会选择的。

（伯爵观望房间四周）

妓女：（注意到他的举动）下个月我们就要搬到城里，搬到镜巷。

伯爵：我们？都是谁？

妓女：哪，一个女人和还住在这儿的两个姑娘。

伯爵：还住这么一些人……

妓女：旁边的……你没听见……那是密莉，她也在那家咖啡馆待过。

伯爵：就是打呼噜的那个。

妓女：那个就是密莉，她现在在打呼噜，整个白天都在打，直到晚上十点，她起床，到咖啡馆去。

伯爵：这简直是一种可怕的生活。

妓女：当然啰。女人也够苦的了。我每天总是中午十二点时在街上。

伯爵：你十二点在街上做什么？

妓女：我做什么？我去拉客呀。

伯爵：啊，这样……当然啦……（站起来，掏出钱包，把一张钞票放在床头柜上）再见啦！

妓女：你要走了……再见……不久再来呀。（倚在床边）

伯爵：（又停下脚步）你告诉我，这一切对你都无所谓——是吗？

妓女：什么？

伯爵：我是说，你根本没有欢乐可言。

妓女：（打了个呵欠）我困了。

伯爵：不管是一个年轻的或者年老的，对你都是一样，或者不管是一个……

妓女：你要问什么呀？

伯爵：……那么……（突然想起点什么）上帝啊，现在我知道了，你使我想起了谁，这是……

妓女：我长的跟谁一样？

伯爵：不可置信，不可置信，可现在我迫切地求你，你什么也不要讲，至少一分钟别说话……（仔细地看她）完全是同一张脸，完全是同一张脸。（他突然吻她的眼睛）

妓女：哪……

伯爵：上帝啊，遗憾哪，你……没有什么是不一样的……你能得到你的幸福！

妓女：你简直跟弗朗茨一样。

伯爵：弗朗茨是谁？

妓女：哪，是我们咖啡馆的那个侍者。

伯爵：我怎么像弗朗茨一样？

妓女：他也老是说，我能得到幸福，我应当和他结婚。

伯爵：那你为什么不呢？

妓女：谢啦……我不想结婚，不，决不。或许以后会结婚。

伯爵：眼睛……整个眼睛……卢卢肯定会说，我是个傻瓜……但是我要再次吻你的眼睛……就这样……现在再见了，现在我要走了。

妓女：再见……

伯爵：（走到门边）你……告诉我……你一点儿都不感到奇怪吗……

妓女：奇怪什么？

伯爵：我根本没有要你做什么呀。

妓女：有许多男人，他们在早晨是不干这种事的。

伯爵：哪，是啊……（自言自语）我要是要，那太蠢了，她会感到奇怪的……那再见了……（他走到门旁）我真的对自己感到恼火。我是知道的,这样的女人就是为了钱……我说什么——这样的女人……她至少没有装模作样,这很好……这我该高兴的……你——知道,我下次会再来你这儿的。

妓女:(闭着双眼)好的。

伯爵:你什么时候都在家?

妓女:我一直在家。你只要找莱奥卡娣娅就行了。

伯爵:莱奥卡娣娅……好的……那就再见了。(在门旁)我还是醉醺醺的。可现在时间太紧了……我在这样一个女人身边并且什么也没干,除了吻了吻她的眼睛,是因为她使我想起了一个女人……(转向她)你,莱奥卡娣娅,一个男人就这样离开你,这种事经常发生吗?

妓女:怎么?

伯爵:就像我这样?

妓女:在早晨?

伯爵:不……是不是有些时候有人在你这儿,什么要求都没有向你提出来过?

妓女:没有的事,我这儿从没有发生这种事。

伯爵:那么,你怎么看?你认为我不喜欢你吗?

妓女:为什么你不喜欢我?夜里你已经喜欢我了。

伯爵:现在我也喜欢你。

妓女:可在夜里你更喜欢我。

伯爵:你为什么相信是那样?

妓女:哪,你为什么问得这么蠢呢?

伯爵:在夜里……你说,我不是立刻就倒在沙发上了吗?

妓女：哪，是啊……是和我一起躺在沙发上的呀。

伯爵：与你一起？

妓女：是啊，难道你一点儿都不知道？

伯爵：我是……我们是睡在一起……是啊……

妓女：可你马上就睡着了。

伯爵：我马上就……是这样……那么说是这么回事！……

妓女：是这样，宝贝儿。你一定是大醉了，你什么都记不起来了。

伯爵：这样……可是……这根本就不一样……再见……（倾听）这是什么在响？

妓女：女仆已经起床了。走吧，出门给她点钱。门也开着呢，门房就不必给了。

伯爵：好的。（在前厅）就这样……这很好，我只吻了你的眼睛。这几乎是一种冒险……我觉得什么都恍恍惚惚的呢。（女仆在那里，打开了门）啊——这是给您的……晚安……

妓女：早安。

伯爵：是呀，当然了……早安……早安。